廣嶋玲子
Reiko Hiroshima

廣嶋玲子短編集

銀獣の集い

東京創元社

銀獣の集い　廣嶋玲子短編集

目次

銀獣の集い　廣嶋玲子短編集

銀獣の集い

序幕

重厚な部屋であった。

両脇の壁には天井まで届く本棚が取りつけられ、上段から下段まで、見るからに希少な書物がぎっしりと詰まっている。窓際に置かれた異国造りの机は飴《あめ》色の光沢を放ち、それと対になっている椅子の座面は紅いビロードが張られている。

一見して、書斎のような部屋であったが、中央には大きな寝台があった。これも異国の品なのだろう。天蓋《てんがい》付きの豪華なもので、金糸で縫いとりのほどこされた深紅のカバーがかけられ、威圧感をかもしだしている。

そして、この部屋の主は、まさにこの寝台の中にいた。

大きな羽根枕を背に当て、上半身を起こした男。歳は七十以上だろう。だが、その目は鷲《わし》のように鋭く油断がなく、白いたてがみのような髪とひげは獅子《しし》を思わせる。老人と呼ぶには覇気《はき》のありすぎる男だ。

石渡征山《いしわたりせいざん》。

それが男の名だった。

ゆっくりと、征山は部屋を見回した。老人を中心にして、寝台を取り囲むように、五つの椅子が置かれていた。それに座っているのは五人の客人だ。

男もいれば女もいる。ある者は一人で、ある者は連れを伴っていた。年齢もばらばらだったが、なにより目がそれぞれ違った。

焦《あせ》りに血走った目。

狂気に満ちた目。

陶酔《とうすい》した目。

満足をたたえた目。

そして、なんの感情も浮かんでいないうつろな目。

彼らをじっくりと見たあと、征山は口を開いた。

「一年前、わしはおまえ達五人を招き、もっとも優《すぐ》れた銀獣を連れてきた者に、わしの財を全て渡すと告げた。……だが、正直がっかりした」

老人の声は重い力に満ちていた。その声と口調に、びくっと、肩を震わせる者も何人かいた。

「わしが出した題は、いたって単純なもの。にもかかわらず、今日ここに集うた中には、銀獣を連れておらぬ者がおる。どこをどうしたら、このようなことになるのか。不愉快きわまりないが、興味もある。一人ずつ、ここに至ったいきさつを話してもらおうか」

征山のまなざしは、一番右端に座る男に向けられた。

「冬嗣《ふゆつぐ》」

「は、はい！」

慌てて椅子から立ち上がったのは、二十四、五歳の青年だ。身なりはみすぼらしく、髪は乱れ、顔もげっそりとやつれている。

なんという変わりようだと、征山は心の中でつぶやいた。

一年前、この青年は輝かしい若さと傲慢《ごうまん》さ、ふてぶてしいまでの自信をまとっていたというのに。今はそんなものはかき消え、焦りと苦しみに蝕《むしば》まれている。美しく猛々《たけだけ》しかった顔も、臆病で卑屈《ひくつ》なものへと変わってしまっている。

立ち上がったものの、青年はうつむいたまま、なかなか話しだそうとしなかった。征山はもう一度、口を開かねばならなかった。

「おまえから話せ、冬嗣。話さぬのなら、ここから叩き出す。だが、おまえの話がおもしろいものであったら、それなりの褒美《ほうび》はくれてやろう」

冬嗣の目にぱっと光が散るのを見て、なんと浅ましいと、征山は顔に出すことなく嘲笑《あざわら》った。

だが、褒美という言葉は、憔悴《しょうすい》しきっていた冬嗣をおおいに奮い立たせたらしい。おどおどしながらも、冬嗣は話し始めた。

冬嗣

石渡征山。この名を知らない者は、赤子くらいだろう。

価値のなかった石山から希少な鉱石を見出し、それで得た資金を貿易に投資し、たった一代にして巨万の財を築いた男。いまや、貴族すらも彼の顔色を窺《うかが》い、並ぶ者がないとされる傑物《けつぶつ》だ。

征山が手をつけた事業はことごとく成功し、費《つい》やした資金は必ず何十倍にもなって彼の懐《ふところ》へと戻った。その恐ろしいまでの目利き、強運に、ある者は彼を天才と呼び、ある者は化け物と呼んだ。どちらにせよ、彼は畏怖《いふ》されていたのだ。

そしてまた、彼は非常に偏屈《へんくつ》でもあった。

成功者には珍しく、征山は家族というものに執着しなかった。二度結婚したが、どちらも彼の人脈と事業を広げるための政略婚であり、夫婦間は冷えきったものだった。しかも長くは続かなかった。子をなす前に、一人目は病死、二人目は事故であっけなく亡くなったのだ。

悲しむ様子は見せなかったものの、征山はすっかり懲《こ》りてしまったらしい。そのあとは、妾《めかけ》も作らず、ひたすら孤独を好み、富を築いた。

だが、そんな孤高の王も、歳には敵わなかった。先年大病を患《わずら》って以来、屋敷を出ることが少なくなってしまったのだ。

いよいよ石渡征山もあの世に逝《い》くのか。では、残された彼の富は？　いったい、誰のものになるのか？

二度の結婚によって親戚になった者達から配下、はては屋敷の召使いに至るまで、「もしかしたら、自分に……」と、ちらとでも思わぬ者はいなかった。

征山の気まぐれは世に知れていた。自分とはなんの関わりもない、通りすがりの花売りの子供に、紅玉《ルビー》の指輪を無造作に与えたこともある。

ああした先例もあるのだから、もしかしたら自分にも運が回ってくるかもしれない。なんと言っても、征山には後継ぎがいないのだ。

誰だ？　いったい誰が、征山の最後の恩寵《おんちょう》を賜《たまわ》るのか？

色めき立つ周囲に、征山は不快感を覚えたようだった。しきりに御機嫌うかがいをしに来る者どもを避け、寝室に閉じこもるようになる。多様な事業への指示も、全て寝室から出し、やってくる客は大物であれ追い返していた。

その征山が、突然、倉林《くらばやし》冬嗣を招いたのだ。

大事な話があるゆえ、急ぎ参られたし。

短くそっけない文を受け取った時、冬嗣は体中の血が沸騰《ふっとう》するような興奮を覚えた。

今の征山にとって大事な話。そんなもの、財産のこと以外にあるはずがない。自分が選ばれた。富は自分にゆだねられるのだ。

冬嗣は、かなり血のつながりは薄いものの、征山の最初の妻の、母方の縁戚にあたる。そのためか、征山は一応倉林家のことを気にかけ、事業の一つをまかせてくれている。その関係で、冬嗣は何度も征山に会い、そのお眼鏡に適おうと努力してきた。

努力とは、業績をあげることばかりではない。征山の前に出ていく時は、身だしなみに人一倍気を遣い、弁舌もさわやかに、振る舞いも正しく、それでいて堅苦しくも卑屈《ひくつ》にもならぬように気をつけてきた。

征山は冬嗣のことなど足元の塵芥《ちりあくた》ほども興味を示した様子はなかったが、実際には末頼もしい若者と見ていたに違いない。だから、こうして屋敷に招いてくれたのだろう。自分がやってきたことは無駄ではなかったと、冬嗣はにやりとした。

「所詮、石渡の御前も子なしのじじいだったってことだな。やれやれ、ずいぶん長く肩の凝る芝居をさせられたが、それも無駄じゃなかったわけだ」

目も眩むような期待に胸をはずませ、冬嗣は征山の屋敷へと飛んでいった。

だが、いざ屋敷についてみて、ぎょっとした。そこには他にも招待客がいたのだ。

集まっていたのは、冬嗣を含めて五人。いずれも征山となんらかの関わりのある者達だ。

高まっていた期待感が、音を立てて砕け、冬嗣は思わず舌打ちした。

まさか、こいつらも呼ばれているとは。やはり石渡征山は食えないじじいだ。だが、この顔触れを見て、はっきりした。今日の徴集は間違いなく財産に関することだ。

豪華な客間で、冬嗣は他の四人を敵意ある目で睨みつけ、苛立ちと憎しみを抑えながら、その時を待った。

やがて、執事がやってきて、五人を征山の寝室へと通してくれた。

征山に会うのは一年以上ぶりだったが、彼が放つ覇気《はき》、鋭さ、容赦のなさは少しも衰《おとろ》えていなかった。やはり化け物だと、冬嗣は心の中で毒づきつつ、顔には心底嬉しそうな表情を浮かべてみせた。

「御前。よかった！　おこもりになられてからお姿を拝見できなかったので、心配しておりましたが、少しもお変わりなく、お元気そうですね」

「……口を開く許しは与えていないぞ、冬嗣」

「ははっ！　申し訳ありません。御前にお会いできたのがあまりに嬉しくて、失礼をいたしました。以後、気をつけます」

闊達《かったつ》さを心がけながら、冬嗣は微笑《ほほえ》んでみせた。

征山は部屋の中央に据えた寝台に座っており、その寝台を囲むようにして、五つの椅子が置かれていた。

客がそれぞれの椅子に座ると、征山は単刀直入に切り出した。

「おまえ達五人のうち、もっとも優《すぐ》れた者に、わしの財を全て渡す」

声もなくどよめく五人に、征山は小さな黒い紙を一枚ずつ渡した。

名刺だった。表には「銀の森」という字が、銀色のインクで大きく優美に書きこまれ、その下にはやや小さく住所が入っている。

裏側には朱色で印が捺してあった。丸の中に、鋭い二つの三日月が交差している紋。石渡征山の家紋だ。

「その住所を訪ねよ。名刺を見せれば、銀獣の卵を渡してくれよう」

今度こそ、全員が絶句した。

銀獣。石の卵から生まれ、主人となる人間の想いを受けて、その姿を成長させるもの。石の精とも呼ばれ、生き物と鉱物の中間たる存在と言われている。

人間と獣《けもの》が合わさったかのような不可思議で美しい姿と、主人に忠実な性質から、究極の愛玩《あいがん》物と呼ばれているものだ。

だが、銀獣が生まれる卵は、めったなことでは市場に出ない。銀獣の卵を扱う者達は、入手先を決して明かさないからだ。当然、卵の価格は天井知らず。皇族や大貴族、あるいはよほどの金持ちでなければ手に入れることは不可能なのだ。

だからこそ、銀獣を連れていることは、どんな宝石で身を飾るよりも贅沢《ぜいたく》とされ、あらゆる者達の垂涎《すいぜん》の的となる。

もちろん、石渡征山は銀獣を所有していた。王麒《おうき》と名づけられたその銀獣は、深紅の髪を奔放《ほんぽう》に振り乱し、なめらかな金色の肌を持つ美しい若者の姿をしていた。だが、それは上半身のみ。下半身は力強い獅子《しし》のもので、その毛並みは艶《つや》やかな漆黒《しっこく》だ。体軀《たいく》も大きく、馬ほどもある。その姿は圧倒的な力に満ちており、まさしく征山が育てたものと一目でわかる銀獣だ。

大病する前の征山はよく王麒の背にまたがり、どこへ行くのも共にしたものだ。その光景は、冬嗣も何度も目にしたことがある。どんなにそれをうらやましく思ったことか。倉林家はそれなりに財をなしてはいるが、銀獣を手に入れられるほどではない。

なのに……。

冬嗣は穴の開くほど黒い名刺を見つめた。逆立ちしても無理だと思っていたものが、手に入るというのか？　この一枚の紙切れが、本当に銀獣をもたらしてくれるというのか？

混乱しているのは、冬嗣ばかりではなかった。候補者の一人がかすれた声をあげた。

「では、これは、この『銀の森』という店は、銀獣屋なのでございますか？」

「そうだ。だが、怯えることはない。すでに代金は払っておるし、おまえ達の希望になんなりと添うよう、主人には話をつけてある。おまえ達はここで卵を受け取り、孵化《ふか》させ、育てればいいだけだ」

「……………」

「一年後、わしはふたたびおまえ達をここに招く。その時に、もっとも優れた銀獣を連れていた者こそが、わしの財を受け取る者だ」

話は以上だと、征山は五人を追い出した。

冬嗣は誰よりも先に屋敷を飛び出し、自分の馬車に乗りこんだ。頭の奥がどくどくと脈打ち、あちこちから血が噴き出しそうなくらい興奮していた。

石渡征山の財産がなんとしてもほしかった。そのためにも、他の誰よりも早く銀獣の卵を手に入れなければ。巨万の富も名声も、全て自分のものだ。誰にも手出しはさせない。

御者を怒鳴《どな》り続け、飛ぶような速さで馬車を走らせたおかげで、冬嗣は一刻もしないうちに目的の場所に到着した。

そこはわびしいところだった。見捨てられた建物がごみごみと立ち並び、薄暗い路地からは鼠や猫がうごめく気配がする。

人もちらほらいたが、みんな怪しげな風体《ふうてい》で、ひと癖もふた癖もあるような輩《やから》ばかりだ。物乞いや貧乏人と違い、彼らは冬嗣の馬車を見ても、物ほしげな顔をしなかった。それどころか、なにやら侮蔑に満ちた笑いを送ってくる者さえいた。

「薄汚い下民め」

吐き捨てながら、冬嗣は馬車を降りた。件《くだん》の店はもう少し先なのだが、道が狭く、これ以上は馬車では入っていけないからだ。

足元の道は茶色い汚水《おすい》やごみでおおわれ、いやな臭いを放っていた。征山に会うと聞いて、一《いっ》張羅《ちょうら》の背広を着てきたのが悔やまれた。特注で作らせた革靴のまま、こんな汚らしい地面を歩いたりしたらだいなしだ。

だが、冬嗣はすぐに気持ちを切り替えた。征山の財産が手に入れば、こんな靴も服も、いくらでもまた買えるではないか。

覚悟を決め、冬嗣は名刺を片手に細い路地へと入っていった。

そこに小さな店があった。朽ちかけた建物と建物の間に、まるで無理やり割りこんだかのように、ちょこんと腰を下ろしている。異国風の石造りで、緑色に塗られた扉の上には、「銀の森」とだけ書かれた看板がかけられている。ガラスの窓には、黒いビロードのカーテンがかけられ、のぞきこんでもまったく中は見えない。

なんとなく入るのがためらわれるような雰囲気があったが、ここでひるんでいては何も始まらない。冬嗣は店の戸を押しあけ、大きく中へと踏みこんだ。

店の中は、ランプが一つあるだけで、あとは薄墨のような闇に沈んでいた。何もかもがおぼろげで、そのせいか足元さえふわふわしてくる。

ランプのそばを離れないようにしながら、冬嗣は周囲を見回した。なんと暗いのだろう。それに、店というわりには、何も置いていない。がらんとしていて、見捨てられた廃屋のようだ。だが、部屋の中の空気はよどんでいなかった。それどころか、かすかに薫香《くんこう》が漂っている。

「おい、誰か！　いないのか？」

たまりかねて、冬嗣が声をあげると、応えるかのように薄闇の向こうからぱたんと、小さな音がした。続いて、ゆっくりと人影が出てきた。

冬嗣の前に現れたのは、松葉色の着物を着た男だった。髪は短く、丸い眼鏡をかけ、おっとりとした顔に笑みを浮かべている。歳は、三十歳半ばくらいかと思われたが、妙に渋い落ち着きを持ち合わせている。

男はものやわらかな口調で言った。

「なんの御用でございましょう？　道に迷われましたか？」

冬嗣は黙って名刺を見せた。とたん、男の態度が一変した。ぐっとうやうやしげになり、深く頭を下げてきた。

「これはこれは。石渡の御前のお客様でございましたか。ようこそ、『銀の森』へ」

「ではやはり、ここは銀獣屋なのだな？」

「はい。手前がここの主人でございます。石渡の御前より全て承っております。どうぞ、こちらへ」

男にうながされて、冬嗣が奥へと七歩ほど進むと、そこに扉があった。黒く塗られているため、近くに寄らないと、気づけない。店の主はさきほどこの扉から出てきたのだと、冬嗣は悟った。

主人が扉を開けると、そこには地下へと続く階段があった。そこを下っていくと、また扉が現れた。今度は見るからに頑丈な造りで、錠前が三つもついている。

その錠前を一つずつはずしていき、主人は扉を開いた。

「さあ、『銀の森』の品揃えをごらんあれ」

中に入った冬嗣は息をのんだ。

部屋の中は、地下とは思えぬほど明るかった。天井から、無数の銀の鎖がたらされており、その先には蠟燭《ろうそく》立てのような受け皿が取りつけられている。だが、その受け皿の上に鎮座しているのは、蠟燭ではなく、輝く卵達だった。

大きさは鶉《うずら》の卵よりわずかに大きい。水晶のように透き通っており、それでいてうっすら銀色

の光沢を放っている。表面はなめらかだが、よく見ると細かな葉脈のような筋でおおわれていて、その奥、内部の中心にはまたたく光がある。

卵によって、内部の光は様々だった。

金色、虹色、すみれ色、翠《みどり》色、漆黒、橙《だいだい》色、深紅。

中には色が似ているものもあった。が、それは似ているだけであって、一つとして同じものはない。卵でありながら、それぞれが強烈な〝個性〟を放っているのだ。

冬嗣は圧倒された。

「これらがみな……」

「はい。銀獣の卵でございます。この中より、お好きな卵を一つ、お選びください」

「……一番いいものがほしい。どれがいいやつだ？」

はてと、主人は首をかしげた。

「銀獣の卵に優劣はございません。卵は、所有した人間の魂の波動を受けて、孵化するのでございます。どの卵からも、きっとお客様を満足させる銀獣が生まれましょう。けれどもまあ、とりわけて強く惹かれるものを選ばれるのがよろしいかと」

しかたなく、冬嗣は部屋の中を歩き回った。

天井からつるされ、淡く輝く卵達。その色。その個性。どれを選んだらよいか、わからなくなる。まるで色とりどりの宝石を前に差し出され、どれでも好きなものを一つ、選べと言われているかのようだ。

だが、ついに冬嗣は足を止めた。

彼の目の前には、金の光を放つ卵があった。きらきらと、黄金のかけらが中から放たれている。これがほしいと思った。金とはもっとも豪華な色だ。もっとも自分にふさわしい色でもある。

これにすると、冬嗣は言った。

「かしこまりました」

主人は丁寧《ていねい》な手つきで卵をおろし、愛《いと》おしげになにやら話しかけながら、冬嗣へと差し出した。

受け取ってみると、卵はほのかに温かく、ずっしりと重かった。

幻のように貴重な卵が自分のものになったことに、冬嗣は思わず口の端がゆるんだ。

「それで、この卵を孵化させるにはどうしたらいい？」

「はい。おそばから離さず、時間のある時はたえず触れていていただきとうございます。生まれてきてほしい理想の姿や特性を思い浮かべながら、毎日表面を柔らかな布で磨《みが》き、お客様自身の血を一滴、これも欠かさず卵にお与えください。そうすれば、ひと月ほどで銀獣が生まれるかと」

「そんなに面倒なものなのか」

早くも冬嗣は嫌気がさした。

彼がほしいのは、人々の目を奪い、絶賛される美しい愛玩物だ。卵の時から愛《め》でながら育てるなどという根気も気力もない。なにより、自分にとっての理想の銀獣の姿を思い浮かべることができなかった。そういう意味では想像力を欠いていたのだ。

だが、想像力には欠けていても、冬嗣は知恵の回る男であった。冬嗣は主人に問いかけた。

「銀獣屋ということは、もしかして、卵の孵化も引きうけてくれるのではないか？」

「はい。だいたいのお客様は、卵から育てるのを好まれますが、中にはそれが面倒という方々もいらっしゃるので。そういう場合は、手前どもが一時的にお預かりし、お客様の御希望を伺った上で、孵化までお世話いたします」

「では、それを頼む」

「……よろしいのでございますか？」

「ああ。俺は色々と忙しいからな。卵の世話にはとても手が回らん。ここは専門家にまかせたい」

承知いたしましたと、主人はふたたび頭を下げた。

「それでは卵をお預かりいたします。……それで、どのような銀獣を所望されますか？」

「美しいものだ」

冬嗣は言いきった。

「他のどんな銀獣よりも、美しいものにしてくれ。石渡の御前の王麒よりも見栄えがよく、見るだけではっとさせられるようなもの。とにかく、他の銀獣など歯牙《しが》にもかけないほどの美を持つものだ」

石渡征山は「もっとも優れた銀獣を」と言った。銀獣は富の象徴にして、その容姿で人々にため息をつかせる。すなわち、「優れている」とは「美しい」ということだ。

冬嗣はそう信じて疑わなかった。

銀獣屋の主人はうなずき、「卵が孵化したら連絡する」と約束した。

こうして、冬嗣は自分が選んだ卵を銀獣屋に託し、意気揚々と自分の住まいへと引き上げたのだ。


銀獣屋「銀の森」から文が届いたのは、きっかりひと月後のことだった。

至急参られたし。

文に書かれていたのは、それだけだった。まるで電報のようなそっけなさだ。だが、それだけに冬嗣の胸は高鳴った。

ついに銀獣が孵化したのだろうか？　いったい、どんな銀獣だろうか？

その日の予定を全て放り出し、冬嗣は馬車に飛び乗った。

駆けこんできた冬嗣を、銀獣屋の主人はにこやかに出迎えた。

「いらっしゃいませ」

「か、孵ったのだな？　そうなのだろう？」

「はい」

「……出来は？　ちゃんと俺の望みどおりにしてくれたのだろうな？」

「それはご自分の目でお確かめくださいませ。ただ……これまで孵化させた中でも、随一の美しさに仕上がったと、自負しております」

微笑みながら、銀獣屋は「こちらへ」と冬嗣を誘《いざな》った。今度は店内の右側へと進んだ。そこにも黒い扉があった。その先には階段が上へと続いており、上っていくと、小さな部屋へとたどりついた。

空虚な部屋だった。窓はなく、ただ中央に銀色に塗られた玉座のような椅子があった。その椅子に、一人の少女がいた。気だるそうに頭を椅子のひじに乗せ、静かにこちらを見ている。

少女の美貌に、冬嗣は声を失った。

この世のものとも思えない美しさとは、このことを言うのだろう。歳はせいぜい十くらいだろうに、傾城《けいせい》のような成熟した色気はどうだ。

あまりに白すぎて逆に闇を感じさせる肌。ふっくらと柔らかく、毒がしたたるように紅い唇。長いまつげにふちどられた大きな目は、清純さと魔性を潜ませた翡翠《ひすい》色だ。

なにより目を引くのは、少女の髪だ。少女の全身をおおうように、床にまでたれた髪は、なんと純金色をしていた。

本物の金塊から紡ぎ出したような、きらきらと輝く金髪。その艶やかさ、奔流《ほんりゅう》のような豊かさに、思わず冬嗣は手を伸ばしていた。

一筋、つかんだ。手の中で、髪はまるで小さな金の蛇のようになめらかにすりぬけていく。その感触には恍惚《こうこつ》とさせられた。

もっともっと撫でていたい。触れていたい。

少女の髪を弄《もてあそ》びながら、冬嗣は少女を見た。

美しい。ぞっとするほどに。少女を造形しているもの全てが、異様な迫力と、歪《ゆが》みすれすれの妖艶《ようえん》さを生み出している。見つめれば見つめるほど、目を離せなくなる。強烈な引力だ。魂さえ吸い取られてしまいそうだ。

銀獣屋が声をかけてこなかったら、冬嗣はいつまでも少女に触れ、見つめていたことだろう。

「もし？　お客様？」

「ん……」

「ご満足していただけましたか？」

「あ、ああ。満足だ。満足だとも」

「ようございました。それでは、最後の仕上げを。こればかりはお客様自身でやっていただかねばなりません」

「何をすればいいのだ？」

すっと、銀獣屋は小さな短刀を差し出してきた。水晶で作られているのか、刃が透き通っている。

「血と名前をお与えください。お客様の血を飲ませ、この銀獣に名をつけるのです。そうすれば、銀獣は完全にお客様のもの。お客様のことをただ一人の主と認めましょう」

「わかった」

冬嗣は受け取った短刀で人差指を少しだけ切った。

たちまち血がにじんできた指先を、金の少女の唇にそっと入れた。少女が指を吸ってくるのを感じ、ぞくぞくとするような快感がこみあげた。

ふいに頭に名が浮かんだ。

これだ。これしかない。

「金華《きんか》」

冬嗣がその名をつぶやいたとたん、少女の様子が変わった。うつろだった目に光が宿り、熱心に冬嗣を見つめ出した。まるで人形に血が通い出したかのような変化だ。

銀獣屋の主人が満足げにうなずいた。

「おめでとうございます。これで、この銀獣は本当にお客様のものとなりました。どうぞお連れください。末永くかわいがってやってくださいませ」

「あ、ああ」

抱きあげようと、冬嗣は恐る恐る腕を金華の腰のあたりに差し出した。髪をかきわけたところで驚いた。

それまで髪に隠れていてわからなかったのだが、金華の腰から下は優美な魚のものだった。虹色の玉石のような鱗《うろこ》でおおわれ、その先には水色のひれが生えている。

人魚。月下の海で船乗り達を惑わし、水の中に引きこむという神話の生き物を思わせる姿ではないか。

ますますすばらしいと、冬嗣は吐息をついた。美しさに加えて、神秘的ですらあるとは。まさに自分にふさわしい銀獣だ。

抱きあげてみると、金華はまるで羽毛のように軽かった。これならいくらでも抱いていられる。どこへでも連れて歩けるだろう。そこがますます気に入った。

「それでは連れて帰る。……そうだ。餌は？　何を与えればいい？」

「お客様、銀獣は石の精でございます。生き物のようにものを食べることはございません」

したがって排泄《はいせつ》もないのだと、主人は言った。

「ですが、かわりに愛情だけはたっぷり注いでやってくださいませ。お客様の心、関心が、その銀獣をますます輝かせることとなりましょう」

「わかった。それについては心配ない」

宝物を運ぶように、冬嗣は大切に金華を屋敷に連れ帰った。

その日から、冬嗣はどこへ行くのにも金華を連れていった。

仕事場、取引先、社交界。

どこへ行っても、金華は絶賛された。人々の陶酔《とうすい》と嫉妬《しっと》のまなざしは、冬嗣を有頂天《うちょうてん》にさせた。

だが、人に見せびらかすばかりではなかった。時には何時間も金華と二人きりで過ごした。その黄金の髪に触れ、櫛《くし》で梳《す》いてやっていると、時を忘れた。

そう。いまや冬嗣は金華に夢中だった。

水が好きな金華のため、部屋の中に大きな水槽を造らせ、自由に泳げるようにした。きらめく髪がより映えるようにと、惜しげもなく高価な髪飾りや櫛を買い与えた。ひたすら心を注ぎ、愛でたのだ。

その想い、執着は、確実に銀獣に伝わっていく。

言葉を話すことはなかったが、金華は微笑むようになった。淡雪のような微笑み。自分だけに向けられる微笑みに、冬嗣はますます溺《おぼ》れた。

そのまま溺れたままでいられたら、どれほど幸せだったか。

後に、冬嗣はそう後悔することになる……。


金華を手に入れてから数ヶ月後の夏の夜。とある夜会の席で、冬嗣は思いがけない相手に会った。

荒森照子《あらもりてるこ》。五人の相続人候補のうちの一人だ。

照子は、石渡征山の最初の妻の姪にあたり、征山とはもっとも近い身内と言える。しっとりとした美貌と教養を持ち合わせており、征山からもそれなりに気に入られているらしい。候補者の中で一番の大敵だと、冬嗣は密かに思っていた。

できれば顔を合わせたくなかったのだが、ここで照子の気をくじいてやるのも悪くはないと、思い直した。

むろんのことながら、この夜も冬嗣は金華を連れていた。黄金の髪に夏にふさわしい青玉《サファイア》と水晶でできた髪飾りをつけた金華は、輝くばかりに美しい。これを見れば、照子も「とても敵わない」と思い知るはずだ。

冬嗣の思惑どおり、挨拶《あいさつ》のために近づいてきた照子は、冬嗣の腕に抱かれた金華に釘付けとなった。知的な目が驚愕《きょうがく》したようにきらめき、次いでうっとりととろけていく。

「お久しぶりですね、照子さん」

「はい。お久しぶりでございます、倉林様」

金華から目を離すことなく、照子は言葉を返してきた。

「そちらが……倉林様の銀獣ですのね？」

「ええ、金華といいます。なかなか見事なものでしょう？」

「見事なんて……そんな言葉ではとても言い表せませんわ。倉林様の銀獣のお噂は、あちこちで聞いておりましたが……ああ、もう、なんと言ったらいいのかしら」

吐息《といき》のような照子の賛辞に、冬嗣は抑えきれぬ誇らしさを覚えた。

だが、照子自身は銀獣を連れてはいなかった。冬嗣はそれをいぶかしく思った。

「照子さん。失礼ながら、あなたの銀獣は？　今夜は連れてこなかったのですか？」

「あ、いえ。わたくしのはまだ卵ですの。孵化していないんですのよ。倉林様と違って、なかなか姿を決めることができなくて」

「ふうん。そうですか」

「それにしても……本当に美しい銀獣ですこと。まるで太陽のよう。これで月のような銀獣がいたら、対になって、それこそ本当に見事でしょうね」

ここで、照子は他の客に呼ばれ、向こうに行ってしまった。

だが、冬嗣はもはやそのことすら目に入らなかった。頭の中には、じわじわと照子の言葉が広がっていた。

これで月のような銀獣がいたら……。それこそ本当に見事でしょうね。

思わず腕の中の金華を見つめた。どういうわけか、今までほどには美しく見えなかった。なにやら輝きがくすみ、物足らない。

頭の中には、照子の言葉がよみがえってきた。

「もう一匹の、月のような銀獣……。金華と対になる……。太陽と月……。太陽と月！」

これだと悟った。

冬嗣は夜会を退席し、夜道を馬車で疾走《しっそう》した。そして三度《みたび》、銀獣屋「銀の森」を訪れたのだ。

「もう一匹、銀獣がほしい！」

出てきた主人の顔を見るなり、冬嗣は叫んだ。

「金華に勝るとも劣らない美しさで、なおかつ月を思わせる銀獣だ。金華と対になる、銀色の銀獣がほしい！　金華はこのままでは不十分だ！　太陽たる金華が完全になるには、対になる月が必要なんだ！」

つばを飛ばしてわめく冬嗣を、銀獣屋の主人は静かに見ていた。その老成したまなざしが、冬嗣を苛立たせた。

「何をしている？　早く俺を卵のところへ連れていけ！」

「しかし……銀獣を二匹所有されるというのは……」

「わかっている！　前例がないというのだろう？　だからこそだ！　あの石渡征山ですらなしと

げていないことだからこそ、やる価値がある！」

「……」

「いい加減にしろ！　石渡の御前から、俺達の希望にはなんなりと添え、と言われているはずだ！　俺も、二匹手に入れてはならんとは言われていない。黙って、対になる銀獣を用意するんだ！」

ぴかりと、主人の目が光ったようだった。

よろしいと、老いた雰囲気をまとう男はうなずいた。

「そうまでおっしゃるのであれば、ご用意させていただきましょう。ただし……そのあとのことは、何が起きようと、お客様の自己責任ということでお願いいたします。よろしゅうございますね？」

「むろんのことだ」

「では、卵を選びに参りましょう」

主人に案内され、冬嗣はまた無数の卵が吊り下げられた部屋へと入った。そこで、月光色に輝く卵を選び、前と同じように主人に託した。「金華と対になる銀獣にしろ」と、注文をつけて。

それから一ヶ月あまり、指折り数えて知らせを待った。その間、金華のことはあまりかまわなかった。今の金華は不完全だと気づいてしまったからだ。気づいてしまった以上、もう前のような愛情は注げなかった。

「もう一匹の銀獣が来たら、二匹合わせて愛でてやればいいさ」

金華が寂しげな目で見つめてきても、冬嗣は無視して放っておいた。

じりじりするほど時の流れが遅く感じたが、ようやく知らせがもたらされた。前回と同じ、「至急参られたし」とだけ書かれた文を受け取り、冬嗣は胸を躍らせて「銀の森」へと向かった。

そこで引き合わされた銀獣は、金華に瓜二つの容姿をしていた。極めて繊細《せんさい》で妖艶なおもざし、ほっそりとしたうなじとしなやかな腕、優美な魚の下半身。だが、波打つ長い髪は、月光のような銀色だった。瞳も、紫水晶を思わせる淡いすみれ色だ。

冬嗣は歓喜の叫びをあげていた。まさしく月を思わせる銀獣だ。これならば、金華に見劣りすることもない。それどころか、二匹が並べば、どんな宝石よりも人目を引くはずだ。

大急ぎで血を与え、「銀水《ぎんすい》」と名づけた。そして、銀獣屋の主人が何か言いかけるのを無視し、ほとんどさらうようにして、銀水を自宅へと連れ帰ったのだ。

早く、早く金華に会わせたい。二匹の銀獣が並び立つ様を見たい。

頭の中に浮かぶのはそのことだけだ。

自分の屋敷の扉を蹴破るようにして開き、冬嗣は金華の部屋へ駆けこんだ。

金華がいた。中央の大水槽の中で身を丸めていたが、冬嗣の気配にさっと顔をもたげた。悲しげに沈んでいた目が、主を認めてきらめきだす。

そんな金華に、冬嗣は叫んだ。

「金華！　おまえの対になる銀獣を連れてきてやったぞ！」

水槽に駆け寄ると、冬嗣は水の中に銀水を放してやった。

ああ、やはりだ。金華の時もそうだったが、この銀水も水の中だといっそう美しい。銀の髪が水に広がり、輝いている。

さて、二匹が並んだ姿はどう見えるだろう。

冬嗣はいったん水槽から離れて、遠くから見てみることにした。

だが、水槽を背にしたとたん、激しい水音が立った。

「なっ！」

振り向き、冬嗣は絶句した。

水槽の中は、混沌と化していた。金と銀の髪がいりまじり、からみあい、あたかも繭玉《まゆだま》のように一つになっている。その向こうで、何かが暴れていた。

銀獣達だった。

金華が銀水の脇腹に食らいついていた。一方の銀水は、金華の美しい目をえぐりにかかっている。水中には早くも藍《あい》色の血が漂い、水を濁《にご》らせ始めていた。

共食いする蜘蛛《くも》のように戦う銀獣達に、冬嗣はようやく我に返った。

「よ、よせ！　やめろぉぉぉ！」

冬嗣は水槽をばんばんと叩いた。このままではどちらもひどいことになってしまう。美しい姿が損なわれてしまう。

だが、冬嗣の声は、死闘を続ける銀獣達には届かない。

このままでは埒《らち》があかないと、冬嗣はついに椅子で水槽の壁をたたき割りにかかった。二度殴るとひびが入り、三度目でついに割れた。

砂の城が崩れるがごとく、水槽は壊れた。あふれでてきた大量の水に跳ね飛ばされ、冬嗣は壁に背中を打ちつけた。痛みにうめきながらも、前を見る。

「金華！　ぎ、銀水！」

水浸しとなった床に、金と銀の長い髪が蛇のようにうねっていた。

と、その先にあった二つの塊のうち、一つがゆっくりと体を起こした。

金華だった。顔半分がひどくえぐれ、片腕も一本、食いちぎられている。下半身である魚の部位も、ぼろぼろだ。

そして金華の前には、銀水がいた。こちらは喉と腹がぱっくりと割れ、ぴくりとも動かない。すみれ色の瞳は、もはや光を欠いていた。

傷口から藍色の血をぼとぼととしたたらせながら、金華は寝起きの幼子のように周囲を見回した。残った片目が冬嗣をとらえる。

「ひっ……！」

がたがた震え出す冬嗣に、金華は笑った。

それは勝者の笑みだった。恋敵を消し去り、愛しい男を手に入れた女の笑み。それを浮かべた金華は、無残な姿にもかかわらず、これまでで一番美しく見えた。

ずるり。

金華が冬嗣に向かって這いより始めた。壮絶な笑顔がこちらに向かってくる。

冬嗣の頭は恐怖でついに壊れた。

「う、うわあああっ！」

わけのわからぬ絶叫をあげ、冬嗣はまだ握りしめていた椅子を振りあげ、金華に向かっていった。ただただ、目の前のおぞましくても美しいものを消し去りたくて……。

気づいた時、冬嗣の前には、ぐちゃぐちゃの肉片だけが残されていた。

「お、おおおおっ！」

冬嗣は藍色に染まった手で頭をかきむしった。

取り返しのつかないことをしてしまった。失って初めて気づいた。愛していたのだ、金華を。銀色の対を手に入れたかったのも、金華をより引き立たせるためだったのに。なのに、肝心の金華を失ってしまうとは。

どうしてだ？　どうしてこうなった？　いや、待て。銀獣は生き物でありながら鉱物の質も持つという。もしかしたら、この肉片からふたたび金華をよみがえらせることができるかもしれない。

ほとんど狂気に取り憑かれ、冬嗣は肉片と黄金の髪をかき集め、「銀の森」へと向かった。

藍色の血にまみれ、蒼白な顔をしている冬嗣を見ても、「銀の森」の主人は驚かなかった。ただ憐《あわ》れむようにため息をついた。

「やはり、そうなりましたか」

「やはり……ということは、ど、どうしてこんなことに、な、なったのか、わかるのか？　し、知っていたのに、貴様、教えなかったのか！」

今にもつかみかからんばかりの冬嗣を、主人は「落ち着いて」と、静かな声でなだめた。

「何度もお伝えしようとしましたとも。ですがお客様はお聞きになろうとしなかった……銀獣は二匹所有することはできないものなのです」

「ど、どういうことだ？」

「……銀獣は主からの慈《いつく》しみによって育ちます。つまり、それが生きる糧《かて》と言っていい。だから、もし、ほんのわずかでも、主の想いをかすめとるものが現れれば……ましてそれが同じ銀獣であれば……決して許さないはず。命をかけて、邪魔者を消し去ろうとする」

だから、金華も銀水も戦った。冬嗣を渡さぬために殺し合った。銀水は死に、勝者である金華は……。

「うぐっ！」

自分がしたことを思い出し、冬嗣はたまらずに吐いてしまった。げえげえと、床に這いつくばってうめいている青年を、主人はどこか冷めた目で見下ろしていた。

ようやく吐くものがなくなり、冬嗣は主人を見上げた。

「金華を……よみがえらせてくれ。か、金ならいくらでも払うから」

「それは無理というものです。銀獣と言えど、持っている命は一つ。失われたものは戻りません」

「そんな……で、では、もう一匹！　新しい銀獣を注文する！　金華と瓜二つのやつを！」

もう一度手に入れたら、今度こそ大切にする。その銀獣だけを愛するようにする。もうしくじらないから。愚かな失敗は二度としないから。

哀願する冬嗣に、主人はゆっくりとかぶりを振った。

「そのことなのですが、さきほど、石渡の御前より知らせがありまして」

「ご、御前から？」

「はい。冬嗣様が二匹目の銀獣を注文されたことを聞き、御前は不快に思われたご様子でして。この競い合いを、銀獣の数で有利に運ばせるつもりはない。次の銀獣を求める者がいても、今後は断るように。そうお言葉を賜りましたもので。もちろん、あの、自費で卵をお買い上げということであれば、問題はないかと思いますが……」

それは無理な話だった。冬嗣の全財産、屋敷、所持品を金に換えたとしても、到底、卵の値段には届かない。加えて、ここ数ヶ月、冬嗣は金華のために散財してきてしまった。

もはや手元に金はない。

卵を、新たな金華を取り戻す手はない。

冬嗣は自分の体がじわじわと灰になっていくのを感じた。恐ろしい喪失感《そうしつ》が、魂を侵食していく。

「金華……」

冬嗣は気を失った。

文《ふみ》子《こ》

海藤《かいどう》文子は、何かを自分で選んだことはなかった。全ては親が決めていた。口に入れるもの、耳に聞くもの、身につけるもの。玩具《おもちゃ》も本も、学友すらも。

文子自身が好きだと思えるものも、親が「いらぬ」と言えば、二度と触れられなくなった。「おまえにはふさわしくない」と言われれば、文子は昨日までの親友を無視しなければならなかった。

まだ幼い頃は泣いて抵抗したが、十六歳になった今では、文子は一切反発しなくなっていた。どう足掻いても無駄なのだと、わかってしまったからだ。

やり方はどうあれ、親は自分のことを思ってくれている。守ってくれている。だから、従うのが良い方法で、そうするのが当たり前なのだ。

そうあきらめてしまえば、日々の暮らしもそう悪くはなかった。文子の家は一応裕福で、衣食住に困ることはなかったからだ。

だが、両親はもっと上を求めていた。熱望していたのだ。

文子が十三歳となった頃から、両親は娘を頻繁《ひんぱん》に夜会や宴席に連れていくようになった。文子は着飾らされ、化粧をほどこされ、言われるままに琴や舞、茶の腕前を披露した。

あとから思えば、あれは見合いのようなものだったのだろう。海藤家にはおしとやかで物静かで、一通りの教養も身につけた娘がいると、上流社会の男どもに知らしめていたに違いない。

いずれ、その中の誰かが文子をほしがり、親が「申し分なし」と認めれば、文子はそこへ嫁ぐことになるだろう。そう遠くないことなのだろうなと、文子はぼんやりと思っていた。

石渡征山と出会ったのは、そんな夜会の一つでだった。どこぞの伯爵が開いたものだったはずだが、詳細は覚えていない。その夜のことで、文子がただ一つ明確に覚えているのは、石渡征山という老人が圧倒的な覇気《はき》をまとい、その場にいる者全てを統べていたことだ。

彼は文字通り、人々の中心にいた。そして、なぜか文子に目をとめたのだ。

光る目で見据えられ、文子は全身を砕かれるような衝撃を食らった。ゆるぎない自信と誇り、力に満ちた目。おそらく、この老人は全てを自分で決め、自分の手でつかみとってきたのだろう。文子とは正反対の存在だ。

小さく震えている文子の前に、征山が立った。

「海藤の娘か」

「……ふ、文子と申します」

「ふむ。かわいらしいな。まるで人形のようだ」

にやっと、征山が笑った。口からのぞいた歯が、文子には猛獣《もうじゅう》の牙《きば》のように見えた。

同時に悟った。

この老人は、文子を褒めたのではない。親に操られるがままの人形だと、一瞬にして見抜いたのだ。

そのことがひどく恥ずかしく、そして恐ろしかった。

屈辱《くつじょく》と恐怖に、文子は顔をうつむけるしかなかった。

もう二度とこの人には会いたくない。

そう思っていたのに。

なぜか、征山は文子のことが気に入ったらしい。夜会から半年ほど経ったある日、自分の屋敷に文子を招いてきたのだ。

招くのは文子一人で、両親の同行は許さないと、手紙には書いてあった。それでも、両親は狂喜した。

あの石渡征山に招かれるとは、なんと幸運なことか。どんな理由であれ、これはめったにない好機。決して征山の意向に逆らわぬように。

両親は文子に叩きこむように何度も言い聞かせ、一番のよそゆきの着物に着替えさせて、征山の屋敷へと送った。

親という保護者がいなくなり、文子は心細かった。十六歳になっていたが、長年の親からの束《そく》縛《ばく》で、心は未熟なまま。一人では何をしたらいいのか、わからなくなってしまう。

とにかく、征山の言うことに従おう。それが一番いいのだから。父と母がそうしろと言ったのだから。

自分を守るまじないのように、繰り返しその言葉を唱えながら、巨大な屋敷の門をくぐった。そして、見知らぬ男女四人と合流し、石渡征山の前に連れ出された。

半年ぶりに見る征山は、床に臥《ふ》していても、なお王だった。他者を威圧し、支配する者だ。そして、文子は奴隷でしかない。

頭を下げ、征山の命令を待った。

娘の帰りを手ぐすね引いて待ちかまえていた両親は、戻ってきた文子に文字通り飛びついた。何があった？　何を言われた？　御前の望みは？

息もつかせてくれないような、矢継ぎ早の質問攻めに、文子は小さな声で答えていった。

「銀獣を育てろと？」

征山の望みには、さすがの両親も驚いた様子だった。だが、それが財産に関わると知ると、目の色が変わった。

「なるほど。読めた。石渡の御前は、各自が誕生させる銀獣によって、その器をはかるつもりだな。もっとも優《すぐ》れた者に、己の全てを受け継がせようというわけだ」

「がんばりなさい、文子さん。あなたならできますよ」

「そうとも。おまえには我々がついているからな」

「あなた、さっそく銀獣の卵を手に入れないと」

「文子、いただいたという名刺を渡しなさい。……うん。ここなら急げば、今日中に行って帰ってこられる」

「車を用意させます。あなたも支度を急いで」

「このままで行く。おまえも身なりなどかまうな」

「わかっております」

海藤夫妻の息はぴったりと合っていた。ただ文子一人が疎外されて、ぼんやりとしていた。

「文子さん！　急ぎなさい！　行きますよ」

「あ、はい、お母様」

文子は素直に従った。そして数刻後、文子は来たことのない場所に降り立った。

こんな場所がこの世にあるとは、と文子は目を瞠《みは》った。汚水《おすい》まみれの道に、今にも崩れんばかりの古い建物が立ち並んでいる。人通りは少なく、荒《すさ》んだ雰囲気だ。

海藤夫妻は娘を守るようにしながら、小さな石造りの店へと入った。店の中はひどく暗かったが、すぐに奥から人が出てきた。

松葉色の着物を着た、三十代の男だった。髪は短く、ややふくよかな顔に丸い眼鏡があいまって、柔和《にゅうわ》な雰囲気をかもしだしている。

男は丁寧《ていねい》に頭を下げてきた。

「いらっしゃいまし。……失礼ながら、もしや石渡の御前のお客様でいらっしゃいましょうか？」

「そうだ。その様子だと、話はもう聞いているようだな？」

「はい。念のため、御前がお渡しした名刺を拝見できましょうか？」

海藤氏が名刺を渡すと、男はそれにさっと目を通し、にっこりとした。

「ありがとうございます。拝見させていただきました。手前はここの主人でございます。では、これより卵を選んでいただきますが……あの、御前より直接依頼された方はどなたでしょう？」

「……私です」

小さな声で文子は答えた。

「おじょうさまでございましたか。では、どうぞこちらへ。卵の部屋へとご案内いたします。あ、どうぞ、親御様はご遠慮くださいませ」

「なぜだめなのかね！」

「そうです。私達も付き添います！」

「なにとぞご理解を」

低姿勢ながら、銀獣屋の主人はまったく引かなかった。

「卵を選ぶというのは、とても繊細《せんさい》な作業なのでございます。他者がいると、卵の声を聞き取りにくくなります。……おじょうさまにふさわしい銀獣、最高の銀獣を選ばせたいというお気持ちがあるのであれば、どうかご遠慮くださいませ」

それを言われてしまっては、さすがの海藤夫妻も引き下がるしかなかった。そこで、娘に向き直り、がしりと両肩をつかんで言い聞かせた。

「いいな、文子。一番良いものだ。銀獣屋の話をよく聞いて、一番良いものを選んでくるのだぞ」

「あなたならできます。私達はここで待っていますから。しっかり選んでらっしゃい。いいですね」

「……はい」

うなずき、文子は主人と共に地下へと向かった。地下には大きな扉があり、主人がそれを開くと、虹のような淡い光が中からあふれてきた。

「どうぞ、お入りください」

うながされ、扉をくぐった文子は息をのんだ。そこには、無数の宝石のような卵達が輝いていたからだ。

「この中から……選ぶのですか?」

「はい」

「……どれが、一番良いものなのでしょう?」

「どれでも」

「え?」

首をかしげる文子に、銀獣屋の主人は微笑《ほほえ》んだ。

「おじょうさまがお選びになったものが、一番良いものとなるのでございますよ。これだ。これがほしい。そう思える卵がきっとあるはずでございます。それはすなわち、卵のほうでもおじょうさまを選んだということでもあります。お選びください。ご自分の心のままに」

その言葉に、文子はぶるりと震えた。

選ぶ？　自分が？　誰の助言も意見も聞かず、ただ自分の心のままに？

そんなことはやった経験がない。

生まれて初めて、自分で何かを選べることに、文子は猛烈な快感とかすかな背徳感を覚えた。

そろりと、文子は動き出した。目を皿のようにして、部屋中に置かれた卵を見ていく。卵達はどれも美しく、それぞれに強烈な個性があった。全てを手に入れたいと思うのに、手を伸ばして触れる気にはなれない。自分にはその資格がないと、なぜか感じてしまうのだ。

魅了され、そして気後れしながらも、文子は足を進めていった。

ふいに、一つの卵に目がとまった。

内部に空色の光を宿した卵だ。すみわたった秋の空のような色に、文子は胸が苦しくなるような欲望を感じた。

ほしい。これがほしい。

気づけば手を伸ばし、その卵を持っていた。優しく、そしてしっかりと両手で包みこむ。卵は冷たく、重かった。

ああ、愛《いと》しい。なんて愛しいんだろう。

文子はうっとりと卵を撫でた。

「お選びになったのでございますね」

優しい声に、文子は我に返った。

「あ、あの、私……ご、ごめんなさい」

「いいのです。今のように、できるだけ撫でたり、触ったりしてあげてくださいませ。どんな姿に生まれてきてほしいのか、思い浮かべながら。あと、卵は常に清潔な状態を保ってくださいませ。柔らかな布などで磨《みが》き、その上で、おじょうさまの血を一滴、卵の上にしたたらせてくださ
い」

「私の血を？」

「はい。それは毎日欠かさずにお願いいたします。そうすれば、ひと月あまりで銀獣が孵化《ふか》することでしょう」

文子は主人の言葉を決して忘れないよう、心の中に書きつけた。

だが、ここにきて、急に不安になった。

「あの……私、どんな銀獣がほしいのか、よくわかっていないのです。どんな姿になってもらいたいのか、全然思い浮かばなくて」

「それでも大丈夫でございますよ」

銀獣屋はにこりとした。

「お望みの姿が定まらぬのであれば、そのぶん、卵に愛情をかけてあげてください。銀獣は、おじょうさまの心の奥底にある願望を敏感に読み取ります。必ずや、おじょうさまがもっとも欲している姿で生まれてくることでしょう。さあ、お父様達の元に戻りましょう」

空色に輝く卵をしっかりと持って、文子は両親の待つ部屋へと戻った。

無事に銀獣の卵が手に入ったということで、両親は興奮の態《てい》となった。屋敷に帰ってからも、

どんな銀獣にするべきか、文子そっちのけで話し合いだした。

「やはり力強い、勇猛な姿であるべきだろう。御前が所有されている王麒を見れば、御前の好みは明らかだ」

「いえ、御前は自分にはないものをお求めなのかもしれませんよ。だいたい、うちの娘を遺産相続人の候補としてお選びになったくらいです。あの方は、そう、はかなさや繊細さといったものを望んでおられるのかも」

「いや、しかしなぁ……」

「絶対にそうですよ」

どんどん白熱していく議論。文子は完全に蚊帳《かや》の外だ。

いつもであれば、文子は白けた気分でそれを眺めていたことだろう。だが、今日は違った。両親の会話を聞いているうちに、胸がむかむかしてきたのだ。

二人とも、勝手なことばかり言っている。私の卵なのに。私が選んだ卵なのに。

両親にまかせたら、何かが歪《ゆが》んでしまう気がする。卵を守らなければ。

気づけば、文子は口を開いていた。

「お父様、お母様。私、浜長《はまなが》の別荘に行ってもいいでしょうか？」

いつもは物静かな娘の突然の発言に、海藤夫妻はびっくりしたように固まった。まるで知らない人を見るような目で、文子を眺める。

その姿に、文子はおかしさがこみあげてきた。だが、あえて真面目な顔で言葉を続けた。

「お父様達のお言葉を聞けば聞くほど、心に迷いが生まれて、銀獣の姿が決められないのです。このままでは、怪物のようなものが生まれてきてしまうかもしれません。ですから、しばらくの間、別荘にこもりたいと思うのです。文子一人で」

「何を言っておるか！」

「そんなこと、許されませんよ！　年頃の娘が一人で親元を離れるなど、とんでもない！」

両親の叱責《しっせき》にも、文子はひるまなかった。ひたすら頭を下げて願った。

「どうか文子のわがままを許してください。このままでは恐ろしい姿の銀獣を生み出しそうで、怖くてたまらないのです。ひと月。ひと月だけ、文子を一人にしてください。そのかわり、必ず御前の目を奪う銀獣を生まれさせてみせます。……文子も、御前の財産がほしいのです」

「文子さん、はしたないですよ！」

母親はとがめたが、父親は一瞬目を瞠ったあと、文子を褒めた。

「いや、その心意気だ。いいぞ、文子。御前の財産か。うむ。そういう強い気持ちでなくてはならん。……わかった。それでは支度をしなさい。下女は何人連れていくかね？」

「一人か二人でけっこうです」

いつになく凛《りん》とした娘の態度と言葉に戸惑《とまど》いながらも、両親は文子を浜長の別荘へと送り出した。

別荘は、没落した貴族からただ同然で買い取った小さなもので、切り立った崖の上にあった。前方には荒々しい海が見えるだけ。聞こえるものは、潮騒《しおさい》と海鳥の鳴き声のみ。若い娘向きとは到底言えぬ場所だ。

だが、今の文子にはこの静寂と孤独がなにより必要だった。

ついてきた下女達に、「三度の食事だけ自分の部屋に運んできてくれればいい。湯あみも部屋の掃除も、自分でやるから」と言い渡し、文子は別荘で一番大きな部屋へとこもった。

その部屋にはとても大きな窓があり、海が一望できた。窓辺に座り、海風を吸いこみながら、文子は卵を取り出した。

空色の卵。文子の愛しい卵。

「二人きりで、ゆっくり過ごしましょうね。大丈夫よ。あなたが生まれてくるまで、誰にも邪魔はさせないから」

小さくささやきかけながら、文子は持ってきた小刀で指先をほんの少し切った。たちまちにじみでてきた血の粒を、そっと卵の上に載せた。

とたん、血はぽとんと、卵の中へと吸いこまれていった。まるで、水の中に紅玉《ルビー》の粒が落ちていくような、そんな光景だった。

そうして内部に入った血は、中央の光の中に取りこまれた。

とくん。

小さな脈を、文子は感じた。

見れば、卵の光がそれまでとは違う光り方をしていた。呼吸をするかのように、鼓動《こどう》を打つかのように、強弱を繰り返している。

卵に命が宿ったのだと、文子は悟った。文子が与えた命だ。

銀獣が生まれてくる。

不思議な感動と喜びを覚えながら、文子は卵を握り、ぎゅっと身を丸めた。文子自身が卵であるかのように。


一週間、文子は時を忘れ、家を忘れ、両親のことを思い出すこともなく、銀獣の卵の世話に明け暮れた。

卵を丹念に磨き、話しかけ、血を分け与える。

時には自分のまだ薄い胸の間に卵をはさみ、子守唄を歌って聞かせた。そうすると、卵が喜ぶような気がしたからだ。

二週間目に突入すると、少しずつ光の中に銀獣の姿らしきものが見えてきた。今にも光に溶けてしまいそうだが、確かに見えた。どうやら胎児《たいじ》のように身を丸めているらしく、どんな姿なのか、どんな顔をしているかなどは、まったくわからない。だが、確かに形作られてきているのだ。

文子は狂喜し、いっそう熱心に世話をした。

私の銀獣。私だけの愛しい子供。

「早く生まれてきて。そうしたら、もうずっと一緒よ。決してそばから離さないから」

とりとめもなくそんなことをささやき、口づけを繰り返した。そのたびに、冷たかった卵が熱く脈打つような気がした。まるで文子の愛に応えるかのように。

三週間目になると、卵の光はだいぶ衰《おとろ》えてきた。今では、かすかに光る程度だ。そのかわり、卵の内部では、銀獣の姿がはっきりと見え始めていた。

文子の銀獣は、人間の男の子のようだった。肌は異人のごとく白くなめらかで、長めの赤い髪が卵の中で揺れている。身を丸めているため、まだ顔は見えないが、間違いなく愛らしい容貌をしていると、文子は確信した。

だが、足の先だけがどうも奇妙だ。長くて、妙に先が尖《とが》っている。それに背中にも小さな突起が二つ、突き出ている。

奇形だろうかと、文子は不安になった。だが、数日後に違うとわかった。

背中の突起は、翼《つばさ》だった。小さな翼が生えようとしていたのだ。

同時に、足の形が妙なのも理解できた。これは人の足ではない。鳥の足になるのだ。

翼と鳥の足を持つ小さな少年が、自分の肩や指にとまるところを思い浮かべ、文子はにっこりした。なんと愛らしくてすてきなのだろう。

そして悟った。自分は、はばたくものを望んでいたのだと。

日々、銀獣は卵の中で成長していった。おぼろげだった体の線がくっきりとしていき、実体化しているのが見てとれる。

背中の翼もどんどん大きくなった。

羽の色も、最初は白一色であったが、次第に様々な色が出てきた。

緑、金、朱、黒、真珠《しんじゅ》、青。

文子が持っている絵具よりもはるかに多様な色の羽が、翼を彩っていく。しかも、その鮮やかさときたら、宝石のようだ。

文子はその美しさに目を奪われ、ため息をつくばかりだった。

そして、ついに待ちに待った日がやってきた。

その朝は、卵の発光が激しくなっていた。徐々に弱まっていたのが嘘のように、うねるように青い光を放っている。

陣痛だと、文子は感じた。

その光の中で、銀獣が身をよじっていた。手足を伸ばし、卵の殻《から》を内部から押し上げようとする。必死な姿に、文子は息をつめた。

がんばって。あなたならできるから。

ようやく、小さなひびが入った。それはみるみると広がり、ついには穴が開いた。

とろりとした液体があふれでてきた。思わぬほど量が多い。その勢いに乗るようにして、銀獣は穴を押し広げ、ぬるんと、外へとまろびでた。

濡れた体は小さく、震えていた。だが、水気はすぐに乾いていき、しぼんでいた翼も徐々に大きく開いていく。

銀獣は身を起こし、そっと顔をあげて、文子を見た。

文子は心臓を射抜《いぬ》かれるような衝撃を受けた。

異国の本の挿絵にあった、天使もかくやというような、あどけなくも美しい顔。金の粉をまぶしたかのようにきらめくあかがね色の髪、深い瑠璃《るり》色の目、白い艶《つや》やかな肌、しなやかな少年の体。膝から下はほっそりとした鳥の足で、これがまた優美だ。

だが、なによりすばらしいのは、やはり翼だ。無数の宝石のかけらをちりばめたかのような二枚の翼は、いまや少年の背丈の二倍近くにもなっていた。透き通った羽一本一本の美しさ、その集合体である翼の見事さ。眼福《がんぷく》とはこのことを言うのではないかと、文子はため息をついた。

と、少年が何かを求めるように、文子に手を伸ばしてきた。どこかうつろな目でこちらを見つめてくる。

文子はやっとのことで我に返った。

「あ、血……」

銀獣屋を離れる際、主人が言っていた。誕生した銀獣には、すぐに契約の血と名前を与えるようにと。

文子は慌てて指の包帯を取った。このひと月あまり、毎日指を傷つけ、傷口から血をしぼって、卵に与えてきた。おかげで、白い指先は傷でぎざぎざだ。

だが、かまってはいられないと、昨日切ったばかりの傷のところに力を入れた。ふさがりかけていた傷口が開き、ぷっくりと血の粒がもりあがった。

それを少年に差し出すと、少年はまるで小鳥が主の手から餌を食べるように、血のしずくに口をつけた。

少年の小さな唇が自分の肌に触れるのを感じ、文子は恍惚《こうこつ》とした。なんとも甘美な心地だ。

これまでずっと考えてきた名前が、すっと口からこぼれた。

「天璃《てんり》」

呼ばれたとたん、少年の瑠璃色の瞳がいっそう澄んだ。そこに確かに魂が宿る。

それまでとはまったく違う、意思を持つまなざしで、天璃と名づけられた銀獣は文子を見た。

文子は、天璃が自分を愛しているのを感じた。そう。純粋で、ひたむきな愛情だ。自分も、同じものを感じている。

「天璃」

呼びながら手を差し伸べると、少年はわずかに翼をはばたかせた。

次の瞬間、天璃は軽やかに空中に舞い上がっていた。はばたく翼は、鱗粉《りんぷん》のような細かな光を散らし、ますますもって美しい。

天璃は翼の具合を確かめるように、二、三度、文子の上を旋回し、それからふわりと、文子の手の上に降りた。軽かった。本当に小鳥のようだ。このまま大きくなることはあるのだろうか？

それはいやだと、文子は思った。

天璃にはこのままでいてもらいたい。小さいままなら、こうして手や肩に乗せられる。室内でもどこでも、連れていける大きさがいい。文子がそう望めば、そうなるはずだ。銀獣は主の望みを叶える。そして、天璃の主は文子なのだから。

「もう絶対に……離さないわ」

文子は天璃をそっと両手で包み、その頭に口づけした。

それからしばらく、文子は天璃と二人きりで部屋の中で過ごした。卵が孵化したことを、両親には伝えなかった。天璃との時間を邪魔されたくなかったし、この美しい生き物を自分以外の誰かに見られるのはいやだった。欲にまみれた目で見られたら、無垢《むく》な天璃が穢《けが》されるような気がしたのだ。

銀獣である天璃は、文子の願い、想いを絶対のものとしていた。

まず、その体が成長することはなかった。文子がそう望んだからだ。

かわりに、翼の羽は日増しに輝き、色を増していった。日々、趣《おもむき》を変える翼を、文子はどれほど喜んだことか。

また天璃は、文子のそばを離れることを嫌がった。文子がふざけて部屋の中を走り出すと、大慌てであとを追ってくる。その目が文子から離れることはない。両親の束縛の目と違い、なんとひたむきで愛しいまなざしであることか。

そのうち笑うことを覚えた。天璃の天真爛漫《てんしんらんまん》な笑顔を見ると、文子は心の底から幸せな気持ちになった。

愛しい。愛しい。

もはや、天璃はしっかりと文子の魂によりそっていた。

だが、蜜月《みつげつ》はふいに終わった。便りがないことに焦《じ》れた両親が、別荘に踏みこんできたのだ。

文子はいやいや両親に天璃を見せた。

すばらしい翼を持つ、美しい少年に、両親は目を奪われたようだった。だが、それは一瞬で、すぐに口やかましく言ってきた。

「見事だ。だが、少し小さくはないか？　もっと大きくなるよう、育てなさい。そのほうが見栄えがいい」

「それに、この銀獣は……裸ではありませんか。文子さん、どうして腰に布を巻くなり、何か人形の服でも着せるなりしなかったのです？　破廉恥《はれんち》きわまりないですよ」

なにより大事な天璃にけちをつけられ、文子は頭に血がのぼった。

「お言葉ですが……」

気づいた時には、言い返していた。

「私の銀獣は、このままが一番良いと思うのです。お父様、考えてもごらんになって。大きくなってしまったら、人は、天璃の翼しか目に入らなくなりますわ。このように小さな体であればこそ、全体の優雅さ、繊細さが際立つのです。そしてお母様……」

文子は母に向き直った。

「この美しい無垢な体に、どんな着物を着せろと言うのです？　むしろ台無しになってしまいます。天璃はなにもかも、このままで完璧なのです」

娘の抵抗に、両親は渋い顔をしつつも押し黙った。

文子は勝ったと思った。前は、両親に逆らうことなど、考えるだに恐ろしかったのに。天璃だ。天璃を守りたいという想いが、自分を強くしてくれたのだ。

勝利に酔っている文子に、父が言った。

「わかった。それなら……せめて外に出る時は鳥籠《とりかご》に入れなさい。万が一、逃げられたら困る」

「天璃が私から逃げるはずがありません」

「それでもだ。籠の中のほうが安全なのだ。やたら変な輩《やから》を近づけずにすむからな」

「それは……確かにそうですね」

天璃を見て、吸い寄せられるように近づき、触れようとする不心得者がいるかもしれない。いや、きっといるに違いない。

天璃の顔や体を、無遠慮な手が撫でまわすのを想像し、文子は吐き気を覚えた。絶対にそんなことはあってはならない。

「では、お父様、鳥籠を用意していただけますか？　ただし、この子にふさわしい、特別に美しい鳥籠にしていただきたいのです。ただの鳥籠ではこの子がかわいそうですから」

「もちろんだとも。そのへんはまかせておけ。さっそく手配しよう。金に糸目はつけまい。いささか小さくはあるが、確かに意表を突く銀獣だ。きっと、石渡の御前も気に入ってくれよう」

石渡征山。久しぶりに文子はあの老人のことを思い出した。卵を得てからは、とにかく夢中で、財産や銀獣比べのことも忘れ果てていたのだ。

文子は改めて天璃を見た。

銀と宝石で作られたかのような銀獣。本当にきれいだ。天璃ならば、あるいは征山の心すらも奪えるかもしれない。勝利を勝ち取れるかもしれない。いや、絶対にできる。莫大《ばくだい》な財産が自分のものとなる。

そんな未来が初めて見えた気がした。

とたん、文子の中に欲が芽生えた。

そうなったら、一生困らないだけのお金が手に入る。天璃と二人、どこか静かな場所で共に暮らせる。父と母には、望むだけ財産を分けてやればいい。二人とも大喜びして、文子を自由にしてくれるはずだ。そうだ。自分の自由を買うために、征山の財がほしい。

十六歳の少女の目に、妖しい光が宿った。

共に屋敷に帰るようにと言う両親を、「鳥籠ができたら帰る」とはねのけ、文子はふたたび天璃と二人、自室にこもった。小さな少年の髪を人形用の櫛《くし》でくしけずり、翼をそっと撫でる。そうしながら、ささやいた。

「もっときれいになってちょうだい。もっともっと。そうすれば、私は自由になれるの。おまえもよ、天璃。お金が手に入ったら、私達の楽園を作りましょう。私とおまえ、二人だけの楽園。そこで一生暮らすの。そのために、もっと美しくなって。大丈夫。おまえならできるから」

夢と欲を織り交ぜながら、文子はささやき続けた。

それから十日ほど経ち、鳥籠が届いた。

「金に糸目をつけぬ」と、父が宣言したとおり、鳥籠はそれは見事なものだった。文子がちょうど抱えられるほどの大きさで、囲い全体が繊細な蔓草《つるくさ》の透かし模様となっている。金むくで、あちこちに黒と赤の宝石の実が品よくあしらわれている。中には止まり木がわりの小さな金のブランコがこしらえてあり、天璃が腰かけるのにぴったりの大きさだ。それほど乗り気ではなかった文子だが、この鳥籠は気に入った。これなら天璃の美しさを損なわない。むしろ、ここに入れることによって、一種の嗜虐《しぎゃく》的な妖しさをかもしだしそうだ。それに、ここに入れておけば、見知らぬ人間に勝手に触られる心配もなくなる。

文子は肩に乗っていた天璃に手を出した。

「さあ、いらっしゃい。ここに入るのよ」

ところがだ。天璃はいつものように文子の手に乗ってこなかった。それどころか、文子の手が届く前に、さっと空中に飛びあがったのだ。

どくんと、文子の胸が嫌な音を立てた。

「どうしたの、天璃。ほら、降りてらっしゃい。ここに入って。いい子だから」

だが、天璃は言うことを聞かなかった。寝台の天蓋《てんがい》の上に隠れ、頭だけ出して、じっとこっちを見下ろすばかりだ。その瑠璃色の目が不満げに光っているように、文子には思えた。

逆らった。主に逆らうはずのない銀獣が。それはつまり、天璃が自分から離れようとする兆候ではないだろうか。

その考えに至ったとたん、文子は血が逆流した。

逃げようというの？　私から？　育ての母であり、魂の恋人である私から？　そんなことは許さない。絶対に逃がさない。

激しい狂気と怒りに衝き動かされ、文子はうおおっと吼《ほ》えた。驚いたように、天璃が天蓋から飛び立った。

はばたく少年に向けて、文子は手近にあった本を次々と投げつけた。一冊目ははずれたが、二冊目は見事、天璃に当たった。

少年は小さな悲鳴をあげ、鉄砲で撃たれた鳥のように床に落ちた。体を丸めて震えている天璃に、文子は駆け寄って、しっかりと捕まえた。

「逃がさない。だめよ。絶対にだめ。……翼があるからいけないのね。そうよ。どこへでも飛んで行けてしまうなんて、危ないわ。……大丈夫。そんなものがなくたって、私はおまえを愛してあげるから。これは天璃、おまえのためなのよ」

もがく銀獣に歪んだ笑みを向けながら、文子は銀色の大きなはさみをつかみとった。


二日後、鳥籠を送ったにもかかわらず、娘が戻ってこないことに怒り、海藤夫妻はふたたび浜長の別荘を訪れた。

扉をこじ開けた夫妻が目にしたものは……。

無数の小さな羽が散らばる床の上、金色の鳥籠を抱きかかえるようにしながら笑っている娘の姿だった。

鳥籠の中には、少年の姿をした銀獣がいた。

笑い続ける主を、籠の中から悲しげに見つめる銀獣。その右の翼は、無残にも切り取られてしまっていた。

幕間

正気と狂気の間をさ迷いながらも、海藤文子はなんとか自分の物語を話し終えた。

部屋に集まった誰もが、息をのんでこの十六歳の少女を見つめていた。

可憐《かれん》でか細い少女。腕に大きな鳥籠《とりかご》を抱えこんだ少女。その鳥籠の中には、片方の翼《つばさ》を切り取られた小さな少年がうなだれている。

哀れで、異様で。

なんとも言えない空気が、文子とその銀獣のまわりを取り巻いていた。

「わからない……わからないのです」

つぶやくように文子は言った。

「どうしてあの時……天璃が私の言うことを聞いてくれなかったのか。ねえ、どうして？　いつも、私の言うことは素直に聞いてくれていたのに、どうして？　鳥籠に入ってくれてさえいたら……こんなことにならなかったのに」

その疑問に答えたのは、意外にも石渡征山だった。

「それがおまえの本心だったからだろう」

「えっ……？」

「おまえは心の奥底で、〝閉じこめられる〟ことを恐れていた。憎んでいた。おまえの銀獣はそれを読み取り、だからこそ鳥籠を断固として拒んだのだ。……浅はかなことよ。銀獣がどこまでも主に忠実なことを忘れ、自分の命令に従わなかったことに逆上するとは」

文子はぽかんとした顔で、征山を見ていた。それから、ゆっくりと鳥籠に目を移した。

「ふ……ふふふ、うふふふ」

不気味に笑い出した文子。その目はふたたび狂気に囚われていた。

一方、笑う少女を、征山はもはや一顧《いっこ》だにしなかった。

「次だ。輝久《てるひさ》、おまえが話すがいい」

「はい」

輝久と呼ばれた男が立ち上がった。

五人の候補者のうち、彼は一番の年長者で、風体《ふうてい》も落ち着きのある立派なものだ。目にはゆるぎない自信と、深い悲しみが刻まれている。

隣に座る文子を気の毒そうに一瞥《いちべつ》してから、輝久はゆっくりと話し始めた。

輝久

国丸《くにまる》輝久は四十三歳。二十そこそこで事業を興し、若くして成功した男として世間に知られていた。

成りあがり者と、陰で謗《そし》る者は多かったが、輝久は気にしていなかった。今の地位も財産も、彼が人一倍努力し、苦労して勝ち取ったものだ。そのことを輝久は誇りに思っていた。

自分の手でつかみとったものだけに価値がある。

それが輝久の信念だった。

そういうところを石渡征山に見こまれたらしい。ここ数年、征山は姻戚関係のまったくない輝久を重用し、取引先を紹介するなど、様々な優遇をしてくれた。

まるで身内のような扱いを、輝久はありがたく思いつつ、いぶかしんでもいた。いったい、この見返りとして、何を差し出せばいいのだろう。

そう思っていた矢先、征山から呼び出され、他の四人の候補者と銀獣比べをしろと言われたのである。

話を聞いた時は怒りを感じた。馬鹿にするのもいい加減にしろと思ったのだ。

確かに、征山の財力はすさまじい。だが、犬の餌のように投げ与えられるものに、輝久は魅力を感じなかった。

財産なら、これまでどおり自分の手で増やしていけばいい。

地位？　それも自分の才覚で勝ち取れる。

そして家族。輝久には弓子《ゆみこ》という妻がいる。病弱で、子供は望めないが、そばにいてくれるだけで輝久の心を満たしてくれる最愛の妻だ。

これ以上、何を望めというのだ。

老人の傲慢《ごうまん》さに忌々しさを覚えながらも、礼儀として名刺を受け取り、輝久は自分の屋敷に戻った。

すぐに弓子が出迎えてくれた。線が細く、いくつになっても少女のような愛らしさを失わない妻を見ると、輝久は心が洗われるような心地になった。

「お帰りなさい、あなた。どうでした？　石渡の御前は何をおっしゃったのです？」

「くだらないことだよ」

そう吐き捨て、輝久は部屋着に着替えた。居間に行くと、すでに丸卓には酒肴《しゅこう》が用意してあり、弓子が待っていた。

輝久は席に座ると、酒をかたむけながら征山邸《てい》での出来事を話していった。これはいつものことだ。輝久は、妻にはなんでも話すことにしている。そうすることで、輝久の頭は冴《さ》え、自信が生まれ、やるべきことへの道筋が見えてくるのだ。

自分が成功できたのも、全て弓子がそばにいて、話を聞いてくれたからだと、輝久は信じて疑わなかった。

苦々しげに征山のことを話す夫に、弓子は静かに耳をかたむけていた。そして輝久の気が少し落ち着いたところを見計らい、初めて口を開いた。

「それでは、銀獣比べには参加されないのですね？」

「ああ、やるつもりはない」

ぐいっと、輝久は酒をあおった。酒の力もあって、ますます怒りが高まってきていた。

「馬鹿馬鹿しい。銀獣は確かに珍しく見事な生き物だが、主によって生まれてくる個体はそれぞれ違うものとなる。何をもって優劣を決めるというのだ？　見かけか？　持っている能力か？　くだらない。まったくもってくだらないよ、弓子。ぼくはね、ああいう金持ちの鼻持ちならない傲慢さが大嫌いなんだ」

「傲慢、ですか？」

「そうだ。あれは御前の気まぐれ、お遊びだよ。財産がほしい連中が目の色を変えて必死になる様を、おもしろがっているに違いない。悪趣味きわまりない。だから、ぼくはやらない。絶対に参加しないつもりだ」

憤る夫を、弓子はじっと見つめた。その静かなまなざしに、輝久は少し冷静になった。

「だからその……御前の財産がぼくのものになることはない。だが、弓子、もし君が望むなら……」

「やめてくださいな」

弓子は柔らかく、だがぴしりと遮《さえぎ》った。

「あなたのご自由になさってください。それが一番いいことなのですから。自分でお選びになったことなら、たとえ良くない結果が出ても、決して後悔はなさらないはず。これまでずっと、そうだったでしょう?」

「ああ、そうだね。馬鹿なことを言いかけた。すまない」

愛情をこめて、輝久は妻を見返した。

優しく、いつも夫を支え、それでいて芯の強い女性。弓子を伴侶にできたことが、自分にとっての最高の幸せだと、輝久はしみじみと思った。

言いたいことを吐き出し、すっきりとした気分となった輝久は、この件はきれいさっぱり忘れることにした。

だが……。

それから十日ほど経ったある夜、弓子が思いつめた様子で、「お話があります」と言ってきたのだ。

「なんだね、神妙な顔をして? 珍しくおねだりかい?」

「……はい」

「………」

からかったつもりが、うなずき返され、輝久も真顔となった。

「どうした？　何かほしいのかい？」

「……あなた。石渡の御前のことなのですが、ほら、あの、銀獣を育てようというお話の」

「銀獣？」

輝久は石渡老人に言われたことを思い出した。

「ああ、そんなこともあったね。うん。それがどうかしたかい？」

「御前は、あなたに銀獣の卵をくださると？」

「うん。名刺をくれたな。それを持って銀獣屋に行けば、卵が手に入ると」

「……その名刺、まだ持っていらっしゃる？」

輝久は妻を見つめた。

「いったい、何を言いたいのだね？　回りくどいことはよしなさい。君らしくない」

「申し訳ありません。では、正直に言います。銀獣の卵、私がいただいてはだめですか？」

輝久は息が止まるほど驚いた。

弓子は、輝久の誇り高さを誰よりもよく知っている。それを頼むことがどれほど輝久の誇りを傷つけるかも、わかっているはずだ。

信じられない。妻らしくないにもほどがある。

まじまじと見返す輝久に対し、弓子は青ざめた顔をしていた。恥じ入り、今にも泣き出さんばかりに目が潤《うる》んでいる。

輝久はようやく声をしぼりだした。

「卵が、ほしいのかい？」

「はい」

弓子は苦しげに言葉を続けた。

「あなたは銀獣比べには参加されない。それはもう、よくわかっています。ただ、あなたが受け取るはずだった卵を、私がもらいうけたいのです。ああ、勘違いなさらないで。御前の財産がほしいからではありません。私は純粋に、銀獣がほしいのです」

「……理由を聞かせてくれないか？」

夫のしわがれた声音に、初めて弓子はうつむいた。

「私は……子供は産めません。どんなに望んでも……でも、いつも思うのです。あなたとの間に子供がいたら、どんなだっただろうと。目はあなたに似ているだろうか。口元は私に似ているだろうか。生まれない子供を思い浮かべない日はありません」

「弓子……」

「だから！　だから思ったのです。子供のかわりに、銀獣を育てたいと。私なりに調べてみたのです。銀獣は主が望む姿になってくれるそうです。私が育てれば、きっと私達の子供を思わせる銀獣が生まれるはず」

「………」

「こんなことをお願いするのは、本当に心苦しいのですが……だめでしょうか？」

うなだれている弓子を、輝久は両腕で抱きしめた。

自分達の間には子供ができない。

そのことはお互いに納得していると、今の今まで思っていた。だが、弓子はあきらめきれずにいたのだ。手の届かないものへの渇望に、心がすり減るような思いを味わっていたに違いない。妻がこんなにも苦しんでいたことに、気づけなかったとは。

自分への怒りとふがいなさを押し殺しながら、輝久は妻の髪を撫でた。

「いいよ。そういうことなら、卵をもらうとしよう」

「ほ、本当に？」

「ああ、もちろんだ」

「あ、ありがとう。ありがとうございます」

すすり泣き始めた弓子を、輝久は長いこと抱きしめていた。そして妻が落ち着くのを見計らい、静かに告げた。

「ただ、一つだけこちらもわがままを言わせておくれ」

「なんでしょう？」

「卵をもらいに行くのは、御前が決めた期日ぎりぎりにしたいのだよ」

「………」

「銀獣の卵は、孵《ふ》化《か》するのにひと月ほどかかると聞く。だから、期日ぎりぎりに卵を受け取れば、勝負の日、ぼくが披露できる銀獣はいないということだ。御前がぶらさげた餌に興味はない。その面目だけは保ちたいのだ。……待ってくれるかい？」

「もちろん。もちろんです。私のほうこそ、ひどいわがままを……」

「そんなことはない。ぼくも少し楽しみになってきたよ。どんな銀獣になるんだろうと思うとね。……銀獣の姿、一緒に考えてもいいかい?」

弓子は微笑《ほほえ》んだ。それが答えだった。


それからふた月、輝久と弓子は毎日のように銀獣のことを話し合った。

どんな姿にするかはもう決まっていた。人間とそっくりの、子供の姿。だが、男の子にするか女の子にするかで、二人の意見は分かれた。

輝久は、女の子がいいと言った。弓子の面影を持つ、かわいい五歳くらいの少女。そんな銀獣がそばにいてくれたら、どんなに心が和むことか。

一方、弓子は男の子がいいとゆずらなかった。輝久そっくりの、わんぱくな男の子。その子と一緒に遊びたいと、うっとりと目を細める。

そんな妻を、輝久はからかった。

「ぼくみたいな子供じゃ、あまりかわいくもないだろう。せっかくの銀獣にそんな姿を与えてしまうなんて、申し訳ないとは思わないかい?」

「思いません」

弓子はきっぱり言った。

「あなたは私の理想の君。ですから、あなたそっくりの銀獣が、私の理想なのです」

「……ぼくが言うのもなんだが、君は悪趣味だね」

あきれてみせる輝久に、ころころと笑う弓子。我が子の誕生を待つ夫婦のように、二人の間には温かく満ち足りたものがあふれていた。

だが、それは突如《とつじょ》として壊れた。

弓子が急死したのである。


その夜、輝久の帰宅は遅かった。商談のため、客を料亭で接待したのだ。酒と料理はうまかったが、正直、あまり話ははずまず、消化不良な結果となった。

だから、屋敷に帰ってきた時は、ほっとした。今日あったことを弓子に話せば、このもやもやとした気分も落ち着くだろう。早く妻の顔が見たい。

だが、戻った輝久を出迎えたのは、弓子の笑顔ではなかった。

悲鳴だった。

輝久は立ちすくんだ。

あちこちで使用人の女達が泣き叫んでいた。階段にへたりこんでいる者もいれば、床に吐いている者もいる。喉をかきむしるようにして、必死で息をしようとしている者もいた。女達がそれぞれ生み出す音は一つとなり、不快で恐ろしい音楽となって屋敷内に流れていく。

ここはどこだと、輝久は思った。

輝久にとって、我が家はいつも温かく、楽しく、笑いに満ちている場所だ。こんな地獄絵図のような家は知らない。どこなのだ、ここは？

立ちすくむ輝久に、女の一人が気づいた。青ざめ歪《ゆが》んでいた顔がさらに青くなった。女はよろよろと立ち上がり、輝久に手を差し伸べてきた。知らない女だと思ったが、よく見ればお菊《きく》という使用人だった。潑剌《はつらつ》と笑う元気な十八歳の娘だったのに、二十歳以上も歳を取ったかのように、顔が歪んでしまっている。

お菊はぱくぱくと口を動かし、なんとか声をしぼりだした。

「お、お、奥様、が……」

その言葉に、輝久は我に返った。

弓子の身に何かがあったのだ。

気づいた時には階段を駆けあがり、寝室の扉を開け放っていた。

そこにも数人の使用人がいた。泣きながら、それでも必死で、倒れている女を蘇生《そせい》させようとしていた。

輝久は膝が崩れそうになった。

弓子だった。倒れているのは弓子だったのだ。もとから白い顔はいっそう白く、まるで血が通っていないように見える。息も止まっているようだ。

いや、そんなはずはない。あれは人形だ。弓子にそっくりの人形に違いない。

「は、はは。ははは……」

笑い声をこぼしながら、輝久は人形に近づき、その体をかき抱いた。温かいが、ぐんにゃりとして重い。

人形だ。人形だ。だが、なぜだろう？　目から涙があふれてくる。いや、違う。泣くな。絶対に認めない。これは弓子ではないのだから。

なのに。なのにだ。

輝久は人形だと思いこもうとするものに呼びかけてしまった。

「ゆ、弓子……？」

とたん、現実がずっしりと輝久にのしかかってきた。

輝久は自分が抱いている者の顔を見た。白い白い顔。半開きになった口は、今にも誰かの名を呼ぼうとしているかのようだ。

誰の名を？

もちろん決まっている。輝久だ。弓子は死の間際、輝久を呼ぼうとしたに違いない。

そうだ。これは妻だ。妻の亡骸《なきがら》が、自分の腕の中にある。

重い。どんどん温もりが失われていくのがわかる。

なんとか食い止めようと、弓子の骨が折れんばかりに抱きしめた。だが、だめだった。砂がこぼれていくように、生きていた頃の名残りが奪われていく。

「ゆ、弓子ぉぉぉ！　おおおおおっ！」

獣《けもの》じみた叫びをあげ、輝久は我を失った。

気づいた時には、寝台に寝かされていた。自分を心配そうに痛ましそうに見下ろしているのは、なじみの医者と使用人達だった。彼らの中に弓子の姿はなく、輝久は「妻はどこです?」と聞こうとした。

ここで波のように記憶が押し寄せてきた。

倒れている弓子。

血の気のない顔。

温もりが引いていく体。

「う、うわああああっ!」

「いかん! 押さえろ!」

皆が蝗《いなご》のように飛びついてきた。それを払いのけ、輝久は暴れ狂った。まさしく狂ったのだ。

やがて首のあたりに針を刺され、冷たい液体が体の中に打ちこまれた。ふたたび目の前が暗くなり、次に目が覚めた時は、寝台に拘束されていた。

「ご主人様……」

そっと声をかけてきたのは使用人頭の浜子《はまこ》だった。その目に浮かぶ悲しみと憐《あわ》れみを見て、輝久は自分が何を失ったかをはっきりと思い出した。

強烈な痛みが全身を走り、それからぽっかりと胸に穴が開いた。

輝久はのっぺりとした声で言った。

「弓子は……死んだのだね?」

「は、はい……」

浜子は嗚咽《おえつ》しながら、すでに四日が経っていることを告げた。警察が来て、弓子の遺体を運び去ったこと、輝久が回復したら署まで来てほしいと言っていたことも話した。

だが、輝久は警察のことなど、どうでもよかった。知りたいのはもっと別のことだ。

「どうして……」

「は、はい？」

「どうしてだ？　なぜ……」

輝久が言わんとしていることに気づき、浜子は胸を押さえた。必死で息を整え、落ち着いて事実を伝えられるように神経を集中させる。

「奥様は……一人でお部屋においででした。旦那様が戻るまで、本を読むとおっしゃって。そうしたら、お部屋から悲鳴が聞こえてきたのです」

「……」

「私達は慌ててお部屋に行きました。お部屋の中はめちゃくちゃで、お、奥様が倒れておられました……」

「……」

「い、嫌な臭いもいたしました」

「臭い？」

腐臭《ふしゅう》のような、吸いこむだけで胸が腐りそうな臭いだったと、浜子は話した。だが、その時はとにかく弓子のことが心配で、息を吹き返させることしか考えなかったという。

「でも……何かを見たという者がいるのです」

「見た？」

「はい。割れた窓の向こうに、黒いものがするすると消えていったと。よくは見えなかったが、とても恐ろしいものだと感じたそうです。……お、奥様はたぶん、それを見たのです」

弓子の体にはいっさい傷はなかった。だが、そのか弱い心臓は止まってしまった。おそらく、未知のものへの恐怖で。

それがわかったからと言って、なんになろうと、輝久はぼんやりと思った。妻の命を奪ったものへの復讐の念さえ浮かんではこなかった。ただひたすらむなしく、何も考えたくなかった。

輝久は目を閉じた。このまま目覚めなければいい。まぶたの奥の闇に落ちていけたらいい。

深い絶望は、頑健だった輝久をみるみる蝕《むしば》んでいった。無闇に暴れることこそなかったが、食事は喉を通らず、ほとんど眠れなかった。何も感じず、心の虚無だけが広がるばかりだ。

亡き妻の部屋に入り浸り、妻の遺品にぼんやりと触れる輝久から、医者や使用人達はそれとなく目を離さないようにしていた。突発的に自殺するのではないかと恐れたからだ。

事実、そのような状態が続いていたら、輝久は死んでいたかもしれない。

だが、そのうち、声が聞こえるようになった。

「銀獣の卵がほしいのです」

「どんな姿にしましょうか？」

「この部屋を、銀獣の部屋にしましょう。うんとすてきに整えなくてはね」

「あなた。あなた」

弓子の笑い声、ささやきが、そこらじゅうからした。振り返れば、すぐ後ろにいるのではないかと思えることとさえあった。

なのに、その姿は見えない。手を伸ばしても、何もつかめない。

声だけの幻に、輝久は苦しめられた。

形あるものがほしかった。妻の声は聞こえる。十分すぎるほどに。だから、目に映るものが必要だ。触れられるもの。存在をしっかりと確かめられる、妻の形代。それがなければ、いずれ自分の魂がおぞましく変形すると、輝久はわかっていた。

弓子だ。自分がまともに生きていくには、弓子が絶対に必要なのだ。

狂うほどに妻の姿を求めた輝久は、唐突に銀獣の卵のことを思い出した。

連鎖的にひらめいた。この凄絶《せいぜつ》な喪失《そうしつ》感を埋められるのは、銀獣だけだと。

時刻は夜だったが、かまわず屋敷を飛び出した。そして、深夜、銀獣屋「銀の森」へとたどりついたのだ。

常識はずれな時間の訪問にもかかわらず、銀獣屋の主人は嫌な顔一つ見せず、無数の卵が置かれた部屋へと案内してくれた。

二十分ほどかけて、輝久は一つの卵を選び出した。外側は淡い桜色だが、奥には深紅の炎が燃えている。春のようにうららかでありながら、情熱的で芯の強さを併せ持つところが、弓子を思わせた。

卵を持ち帰った夜から、輝久は全ての想いを卵へとかたむけた。

情熱、執念《しゅうねん》、愛情。

時には部屋の中に漂う弓子の声とも、言葉を交わした。

「やっぱり君にそっくりな子がいいな。……はは、弓子。ぼくに似ているのでは意味がないよ」

楽しげに独り言をつぶやく主を、屋敷の者達は気味悪がり、同時に憐れんだ。とうとう正気を失ったかと、そう思ったのだ。

だが、輝久はこれまでになく頭が冴えていた。旺盛《おうせい》な食欲も見せるようになった。健康で頭がすっきりしていなくては、銀獣の卵を育てられない。よりよい血、よりよい想像が、銀獣の体を作るのだから。

ほどなくして、卵の中の核が人の形を取り始めた。身を丸めた姿は、まさに人間の胎児《たいじ》そのものだった。翼《つばさ》も、尾も、鱗《うろこ》もない。人となんら変わったところのない、銀獣とは思えない姿。だが、それが輝久の望んだものだ。

日々大きく、はっきりしていく銀獣の幼生《ようせい》を見ると、不思議なほど気持ちが安らいだ。なぜなら、その顔には早くも弓子の面影があったからだ。

「ごらんよ、弓子。もうすぐだよ。もうすぐ生まれるんだ。楽しみだね。名前はもう決めたかい？　ああ、この子は女の子になるよ。だから、美しい名前を考えてやっておくれ。ね？」

閉ざされた部屋の中で、輝久はわくわくしながらその時を待った。

そしてついに、孵化が始まった。卵の殻《から》が破られ、つうっと、透明の液体があふれだす。

ぬるんと、もがくようにして出てきた銀獣を、輝久は手で受け止めた。生まれたてのひよこほどしかない、小さな赤子。だが、輝久が布で優しくふいているうちにも、どんどん大きくなってきた。体が大きくなるだけでなく、成長もし始めた。赤子から幼児へと育っていく。

あっという間に五歳児くらいになった。

艶《つや》やかな黒髪で、肌は弓子と同じように白い。顔立ちはまさしく弓子に生き写しだ。

輝久は大きな喜びに満たされると同時に、惜しいと思った。

このままいけば、銀獣はあっという間に美しい乙女となることだろう。それはそれで喜ばしいが、できればもう少し子供としての姿を愛《め》でたかった。弓子はあれほど子供をほしがっていたのだ。銀獣にはもうしばらく幼いままでいてほしい。

そう願ったとたん、銀獣の成長がぴたりと止まった。

驚く輝久の前で、幼女の姿をした銀獣が初めて目を開いた。大きな黒い瞳が輝久を見つめ、かわいらしい唇が少し開く。

輝久が契約の血を与えたところ、銀獣が輝久の首に両腕を回してきた。銀獣からは甘い匂いがした。子供の匂いだ。

心の底から愛《いと》おしさがこみあげてきて、輝久はしっかりとその子を抱きしめた。その時、弓子の幻の声が、銀獣の名をささやいてきた。

輝久はその名を与えた。

「真弓《まゆみ》……おまえは真弓だ。弓子とぼくの、大事な娘だよ」

真弓は少し笑ったようだった。まだぎこちないが、その笑みは十分に輝久を満たしてくれた。

ああ、この笑顔だ。この笑顔の中にこそ、弓子が生きている。なんてすばらしいのだろう。真弓。かわいい真弓。今に向日葵《ひまわり》のように明るい笑顔を見せるようになるだろう。自分を慕《した》って、あとを追いかけてくるようになるだろう。「お父様」と呼ぶようにさえなるかもしれない。そうなるよう、育ててみせる。

「約束する。真弓。おまえを愛して、守ると。ずっと一緒に暮らそう。この屋敷で、ぼくと、おまえの母様と一緒に。三人で生きていこう」

ぎゅっと真弓を抱きしめる輝久の耳に、弓子の満足そうな吐息《といき》が聞こえた。


数ヶ月後、国丸輝久が出歩く姿が見られるようになった。妻を亡くして以来、屋敷に閉じこもっていた男の復活。だが、人々が驚いたのはそこではなかった。輝久の横には、幼い女の子がいたのだ。

その子が輝久の実子であるのは疑いようがなかった。亡くなった奥方に生き写しだったからだ。国丸夫妻に子供はいないと思われていた分、その子の存在は驚かれた。

好奇心を隠せずに近寄ってくる人には、国丸輝久はこれは娘の真弓だと紹介した。

「妻に似て病弱な子で、ずっと静養させていたのです。ですが、最近試した新薬が効果がありましてね。おかげで、こうして元気になったというわけです」

幸せそうに微笑む輝久に、真弓と呼ばれた女の子はにっこりと笑う。

「お父様、大好き」

「うん。お父様も真弓が大好きだよ」

いかにも仲睦まじい親子の様子に、誰もが目を細めた。

小鳥のようにかわいらしく天真爛漫《てんしんらんまん》な少女。ああ、あんな子供の親になれるなんて、国丸氏がうらやましい。

そうため息をもらす者も多かったという……。

千《ち》 秋《あき》

二十歳になる大古川《おおふるかわ》千秋は、伯爵家の息子であった。貴族という身分でありながら、下々の者とも気軽に接し、驕《おご》ることを知らないさわやかな青年だ。

だが、その一方で、探究心があり、自分の興味あるものにとことん労力と時間を費《つい》やす学者肌でもあった。

実際、千秋は色々なことに興味を持った。

演劇、昆虫《こんちゅう》採集、古楽、球技、水泳、焼き物の収集。

だが、長続きすることはなかった。あらゆることに気まぐれに手を出し、周囲があきれるほどのめりこんだあと、ふいっと見向きもしなくなる。

「ぼくが飽きっぽいわけではないよ。ぼくがずっと続けられるほど興味深いことがないだけなのだよ」

そううそぶく青年は、心の底から追究できるものを欲していた。そこへ、石渡征山の財産の話が持ちこまれたのだ。

銀獣で勝負をせよと言われ、千秋は興奮した。

前々から銀獣には興味があった。だが、さすがに手を出せない領域で、だからこそ憧れていた。

それが今、自分の手に入るという。おもしろい。なんとおもしろいのだろう。

胸を躍らせた千秋だが、すぐに卵を受け取りには行かなかった。卵はいつでも手に入るのだ。まずは銀獣について知っておきたい。

千秋は銀獣のことが記してある書物を片っ端から読み、徹底的に知識を深めた。手に入りにくい書物は、持ち主を捜し、頼みこんで読ませてもらった。実際に銀獣を持っている人物に面会を求めもした。

知れば知るほどおもしろかった。その様々な姿、主の魂によりそおうとする忠実さ、深い知性、生物と鉱物の両方の素質を持つ特異さ。

なんと奥深いのだろう。これはぜひとも手に入れたい。

征山の呼び出しを受けてから四ヶ月後、いよいよとばかりに千秋は銀獣屋「銀の森」へと乗りこんだ。銀獣屋の主人は丁重に出迎えてくれ、すぐに千秋を卵のある部屋へと案内しようとした。

だが、千秋はそれを止めた。

「いや、しばらく。ご主人、卵の元に案内するのは、もう少しあとにしてもらってもかまわないかな?」

「と申しますと?」

「まずはぼくの疑問に答えてほしいのだ。というより、ぼくの話を聞いてもらいたい」

しっとりと暗い部屋の中で、千秋と主人は向き合った。

「ぼくは凝り性でね、趣味を始める時や何かを手に入れる時は、まずそれをよく知ろうとする。そのほうがより味わい深く楽しめるからね。当然、今回もそうだ。銀獣について、あらかた調べたよ」

だが、そのせいで一つの疑問が浮かびあがってきた。

銀獣の卵が、どこからもたらされるのかということだ。

「どの文献に目を通してみても、銀獣の卵がどこからやってくるのか、どうやって入手されているのか、どこにも書いてなかった。一行たりともだ。銀獣同士が交配するという例もない。だが、卵は確かに存在する。それがぼくは不思議でならないのだよ」

さて、ここからが本題だと、千秋はにこやかに一歩進み出た。

「ご主人。あなたはもちろん、銀獣の卵の入手方法を知っているね？　そうでなければ、この店をやっていけるわけがない。それで、どうだろう？　ぼくにそのやり方を教えてくれないか？」

「………」

「ああ、そんなに警戒《けいかい》しないで。ご主人の商売敵になろうというわけじゃないのだよ。ただね、ぼくは自分の卵を自分で手に入れてみたいのだ」

いまや青年の目は熱くたぎっていた。

千秋は熱心に主人をかきくどいた。

「一度だけ。一つだけでいいんだ。自分で卵を手に入れたい。自分で得た卵であれば、愛着はいっそうわくはずだ。……ぼくは期待しているのだよ。生まれてくる銀獣が、今後ぼくがどうあるべきかを、教えてくれるのではないかと」

「教える?」

「そう。なまじ恵まれているせいか、何をやっても、ぼくは情熱が続かない。それが悩みの種なのだ。ぼくがずっと夢中になれるものがほしい。……銀獣なら、必ずやぼくを執着させられるはずだ」

飢えたように言う青年を、銀獣屋の主人はじっと見ていた。やがて、小さく吐息《といき》をついた。

「長くこの商売をやっておりますが、そのようなことを望まれたお客様はあなたが初めてでございます。……ようございます。それほどおっしゃるのであれば、卵を採集する場所にお連れいたしましょう。ただし一度きりでございますよ?」

「わかっている」

「秘密も守っていただきましょう」

「もちろんだとも」

こちらへと、主人は小さな黒い扉へと千秋を誘《いざな》った。

「この扉の先で見聞きしたことは、決して外には漏《も》らさぬと誓ってください。心の中にのみ刻み、持ち出さぬよう、お願いいたします」

「わかった」

主は扉を開き、上へと続く階段をのぼっていった。千秋は勇んでそのあとに続いた。やがて、小さな部屋へとたどりついた。

殺風景な部屋だった。家具は小さな寝台と机と椅子があるだけだ。

そして、奥の壁には大きな鏡があった。ほとんど天井に届きそうなほどの高さがあり、横幅も千秋の二倍はある。姿見としては異様な大きさだ。

その鏡の前に、和装の少女が立っていた。

死装束《しにしょうぞく》のような白い着物に、浅黄色《あさぎ》の袴《はかま》をはいた少女は、十歳かそこらに見えた。

顔立ちはとても平凡だった。醜《みにく》くもなければ、美しくもない。細い目、少し丸い鼻、ぽてっとした唇。髪の毛は艶《つや》がなく、そそけている。

下町あたりにいくらでもいそうな少女だ。たとえすれ違ったとしても、その顔を覚えられるかどうか。

だが、見た瞬間、千秋はぞくりとした。

ごくごく平凡な見た目にもかかわらず、少女にはただならぬ雰囲気があった。この世に姿を見せながらも、別の世に身を置いているかのような妖しさ、危うさがかもしだされているのだ。

実際、そのうつろな目は何も見てはいないようだった。その希有な雰囲気ゆえに、少女は銀獣のようにさえ見えた。

おまけに、少女は片目だった。開いているのは右目だけで、左目は黒い眼帯で隠してしまっている。その風体《ふうてい》が、ますます少女を奇妙に見せていた。

「これは私の姉の絲子《いとこ》でございます」

銀獣屋の主人の言葉に、千秋は耳を疑った。

思わず、主人と少女を見比べた。どう見ても、主人のほうが年上に見えた。少なくとも、主人は三十半ばにはなっているだろう。一方の少女は十歳そこそこだ。兄と妹ならいざしらず、姉と弟など、ありえない。

「か、からかわないでくれたまえよ」

「いいえ。本当でございますよ。こんな見かけではありますが、姉はすでに四十二歳になります」

「四十二……」

「姉は、歳を取ることをやめてしまったのです。三十一年前に、最初の銀獣の卵を取ってきた日から」

銀獣屋の主人は静かに姉のことを語り出した。

「姉は生まれつき左目が見えておりませんでした。そのせいもあってか、外に出たがらず、鏡を見つめて一日を過ごす、そんな風変わりな子供でございました」

幼い弟は、ある日、たまりかねて姉に聞いた。

「姉さん、そんな鏡ばっかり見て、楽しいの？」

姉は鏡から目を離さず、うなずいた。

「こうして見つめているとね、色々なものが見えてくるの」

「色々なものって？　姉さんとぼくが映ってるだけじゃないか」

「右目で鏡を、左目で暗闇の奥を見るの。同時に。そうするとね、鏡と暗闇が重なってきて、どんどん透明になってきて、別のものが見えてくるの。すごくきれいな……特別な場所。だんだんとはっきり見えてきてる。近づいてきてるの。あたし、きっとあそこに行けると思う。きっと行ってみせる」

そう熱っぽくささやく姉の目は、狂気さえおびていて、弟を怯えさせた。本当にどこかに行ってしまい、そのまま二度と戻ってこないように思えたのだ。

行ったらだめだと、弟は言った。鏡を見るのをやめてくれと、何度も頼んだ。

親も心配し、姉から鏡を取り上げもした。だが、そうすると、姉はひどく落ちこみ、飲み食いもしなくなってしまうのだ。

みるみる衰弱する娘に、親は鏡を返してやるしかなかった。

ある日のことだ。鏡をのぞきこむ姉の様子がおかしいことに、弟は気づいた。

姉の体がうっすらと銀色に光っていた。そして、鏡もだ。強烈な銀の光を放っており、映っているべき姉の姿も全て、その光の中に飲みこまれてしまっている。

言葉を失っている弟の前で、姉がふらりと動いた。一歩、前に踏み出したのだ。鏡の光が強くなる。

「だ、だめ！」

弟が飛びつく前に、姉は手を伸ばして鏡に触れた。その瞬間、まるで水の中に落ちるように、鏡の中に飲まれていったのだ。

姉は消えた。

鏡は、しばらく小さなさざ波を立てたあと、また普通の鏡へと戻った。

大泣きし始めた弟の元に、両親が駆け寄ってきた。

「鏡が！　姉さんを食べた！」

そうわめく弟を、親はなかなか信じなかった。だが、どこを探しても見つからないので、だんだんと青ざめてきた。

一か八か、この子の言うことを信じて、鏡を割ってみようか。

そんな話が出始めた時だ。

ふたたび鏡が光り出し、ふいっと、姉が出てきたのだ。

鏡から戻ってきた姉は、どこも損なわれてはおらず、むしろこの上もなく幸せそうな顔をしていた。

そして、その手には一つの卵を手にしていた。

深緑の森のような色に輝く、銀獣の卵を。


話を聞き、千秋は思わず身を乗り出した。

知りたい。知りたい知りたい！

体中に渇望が満ち、今にもあふれだしそうだ。

「では、銀獣は……鏡の中の世界のものなのか？」

「鏡の中というよりは、異界というべきでございましょう。鏡は、ただの出入り口にすぎないかと」

「……そうか。なるほど。そうだったのか。合点がいったよ。やはり、銀獣はこの世界のものではなかったわけだ。……それで、それからどうなったのだい？」

先をうながす千秋に、銀獣屋の主人はなんとも言えない笑みを浮かべてみせた。

「姉は変わってしまいました。いっそう熱心に鏡を見るようになったのです。それこそ、寝食さえ忘れるような情熱でした。またあそこに行きたいのだと、そればかりを言うのです」

その間も、姉は持ち帰った卵を握りしめて離さなかった。

これは何かに取り憑かれている。きっと、この卵が原因なのだ。

そう考えた親は、卵を姉から取り上げようとした。

「でも、姉は激しく拒みました。父の指を嚙みちぎろうとさえしたのですよ」

卵ならもっと取ってくるから。そのかわり、これだけは自分の物にさせて。

半狂乱になって叫ぶ姉は、ついには刃物を持ち出した。こうなってはもう、誰も近づけない。

あきらめ、見守るしかなかった。

「ひと月後、卵から銀獣が生まれてきました。姉の望んだ姿を持つそれは、すぐに姉の一部となり、そして……姉はもはや鏡を使うことなく、異界に自由に出入りするようになりました。たくさんの銀獣の卵を持って帰るようになったのです」

これが姉の物語ですと、主人は締めくくった。

千秋は驚嘆と憧れのまなざしを、少女に向けた。

絲子。自在に異界と行き来できるという、少女の姿を保った卵狩人。なんと心躍る存在なのだろう。もっと知りたい。

未知のものへの欲望が高まってくる。

一方、熱っぽく自分を見つめる青年に、絲子はなんの関心も持たぬ様子だった。そのうつろな目は、千秋の知らない世界を見ているかのようだ。

話しかけてみてもいいかと、千秋は主人に聞こうとした。だが、主人はいなくなっていた。いつの間にか千秋のそばから離れたらしい。

少し焦《あせ》った。このあと、何をどうしたらよいのか、さっぱりわからなかったからだ。

と、主人が部屋に戻ってきた。

「ああ、これは失礼を。ちょっと薬を取りに行っていたもので」

「薬？　姉上へのかい？」

「いいえ、お客様のためのものでございます」

主人が差し出してきた手には、黒い小瓶が握られていた。ほっそりとした上品な形で、一見したところ、香水瓶のようにも見える。

「これは？」

「これを片方の目に一滴、点《さ》していただきます。そうすると、一時的にですが、片目が見えなくなります」

「片目を、つぶすということか？」

「はい。異界に入るのに、どうしても必要なことなのです」

「……」

「これは劇薬の類《たぐい》に入りますが、一回だけの使用であれば、後遺症も残りません。数日、片目が見えぬ状態は続くでしょうが。……どうしますか？　おやめになりますか？」

主人の声音に、少し挑戦的なものが混じった。

異界に入るために、目をつぶす。その覚悟はありますか？

ひるんだのは一瞬で、千秋はすぐに不敵に笑った。おもしろい。ますますもっておもしろいではないか。

「やめるなんて、とんでもない。すぐに薬を点してくれ」

「……本当によろしいのでございますね？」

「ああ、かまわない。この世ならぬものを見ようとしているのだ。そのくらいの覚悟がなくては、話になるまい。さあ、やってくれ」

「では、失礼いたします」

銀獣屋の手が千秋の顔に触れてきた。思いもしないほど柔らかな手だった。ひんやりとしているところが、また心地良い。

思わずうっとりしていると、右目に重たいしずくが落ちてきた。最初は冷たく感じたが、みるみる燃えるように熱くなっていき、しまいには眼球を溶かすような激痛となった。

猛烈な痛みに、千秋はうめいた。だが、目をかきむしろうとしても、手はしっかりと銀獣屋の主人に押さえられてしまっていた。

「お静かに。大丈夫でございますよ。痛みはもう少しすれば消えますから。どうぞご辛抱を」

「う、うううっ！」

何を勝手なことをと、千秋は腹が立った。だが、目が痛くて熱くて、罵声《ばせい》もあげられないのだ。登山に熱中していた頃に、崖から落ちて、肋骨を二本折ったことがある。その時でさえ、こんな苦しみは味わわなかったというのに。

だが、永遠とも思えるような苦しみは、実際にはごく短い間だったらしい。次第に熱が引いていくのを感じた。震えや汗も止まってくる。

もう大丈夫と見極めたのか、主人が千秋の手を放してくれた。千秋は恐る恐るまぶたを開いた。空気に触れても、目はもはや痛まなかった。

そのかわり、妙な違和感があった。

もう一方の目に手を当てて、理由がわかった。薬を点したほうの目は、完全に視力を失っていたのだ。ぼんやりとした灰色の渦がうずまくばかり。何一つ、はっきりと形を映し出さない。

「は、ははっ……本当に盲《めし》いたか」

笑い飛ばそうとしたが、乾いた声がもれただけだった。一時的なものだというが、やはり見えないというのは恐ろしい。愚かなことをしたかもしれないと、千秋は一瞬だけ後悔した。

と、銀獣屋の主人の声が聞こえてきた。だが、主人が呼びかけているのは千秋にではなかった。

彼は椅子に座る少女と向き合っていた。

「姉さん。姉さん、聞こえますか？」

「ん……」

「今ね、お客様が来ているんですよ。見えますか？　この人です。姉さんと一緒に卵を取りに行きたいそうです。連れていってあげてください。できますね？」

「……でき、る」

「いい子です。ああ、本当にいい子です」

幼子を褒めるように、主人は優しく少女の髪を撫でた。それから、千秋を手招いた。

「さあ、姉の手を取ってください」

千秋は少女に近づき、手を取ろうとした。だが、つかみそこねた。体が揺れて、うまく動かすことができないのだ。

片目が見えなくなっただけで、こうも感覚が危うくなるとは。人体とは不思議なものだ。次は人体について調べるのもおもしろいかもしれない。

そんなことを考えながら、千秋はなんとか少女の手を取った。少女の手はきゃしゃで、ひんやりとしていた。以前触れたことがある、異国の大蛇のような肌触りだ。なめらかで、冷たくて、ずっと触っていたくなる。

千秋は陶然《とうぜん》としかけたが、次には驚愕《きょうがく》した。

銀獣屋の主人が、少女の眼帯をはずしたのだ。現れた左の眼窩《がんか》には、目のかわりに、大きな丸い蜘蛛《くも》がはまっていた。

「……なっ！」

千秋は声を失った。

見たこともない大蜘蛛は、まるで巣の中央に座すかのように、少女の眼窩におさまっている。八本の銀色の脚は、体のわりに短く細い。大きな宝石を指輪の台座に留める爪のようだ。実際、蜘蛛の体は、宝石のようだった。緑柱石のような深い色を持ち、見事な透明度を誇っている。思わず手でつかみとってみたくなるような美しさだ。

硬直している千秋に、銀獣屋の主人がささやいた。

「この蜘蛛は、姉の銀獣でございますよ」

「こ、これが……銀獣？」

「そう。姉が鏡の向こうから最初に持ってきた卵から孵化《ふか》したものでございます。さあ、姉の銀獣を見てください。まぶたは開いたまま、見えているほうの目を使わず、見えないほうの目で見るように集中するのです。難しいでしょうが、薬の助けもあるし、できるはず」

「わ、わかった。やってみる」

千秋は、少女と向き合い、その左目におさまる蜘蛛を食い入るように見つめた。言われたとおり、意識的に見えないほうの目で見るようにする。

これがなかなか難しかった。なにしろ、右目は灰色に濁《にご》り、何も映し出さないのだから。ぼやけた視界に集中すると、体がぐらぐらとして、気持ちが悪くなってきた。

こんなことをして何になるのだろう。

そう言いかけた時だ。ふいに、灰色だった視界に色が浮かびあがってきた。

鮮やかな緑の点だ。それは見る間に広がり、銀の脚を持つ、緑の蜘蛛の姿となる。

千秋は震えそうになった。他のものはあいかわらず見えないというのに、その蜘蛛だけははっきりと見えるのだ。

なんだろう。何がどうなっているのだろう。

だが、目が蜘蛛からそらせない。見えない糸で縛られ、つなげられてしまったかのようだ。

と、透き通っていた蜘蛛の腹の奥に、人の顔が現れた。それはすうっと、まるで幽霊のように浮きあがってきて、ついには煙のように蜘蛛の腹から抜け出てきた。

男でも女でもない中性的な美しい顔立ちのそれは、みるみると千秋に近づき、そっと千秋の唇に己の唇を寄せた。

冷たい口づけを受けたとたん、千秋の全身に衝撃が走った。体を流れる血が一瞬にして冷たい水銀にでも変わったかのような、異様な衝撃だ。

「うわあああっ!」

叫び声をあげたとたん、千秋は闇に落ちた。

それから我に返るまで、どれほどの時が経ったかはわからない。

気づけば、見たこともない森の中に立っていた。

銀灰色の森だった。木々も、地面も、そこらじゅうに生えたキノコですら、銀灰色の細かな結晶をかぶったかのような、けぶるような光沢を放っている。

何もかもが淡い。だが、異様なほど美しい。

空を見上げると、暗かった。星も月も存在しない、漆黒《しっこく》の天。見ていると、なにやら魂を吸いあげられそうな気がして、千秋は慌てて地上に目を戻した。

「……ここが、銀獣の世界なのか？」

「ええ、そうですよ」

澄んだ声音に、千秋はびくりとして振り向いた。

「君は……」

「はい。絲子でございます」

片目に銀獣をはめこんだ少女は、嫣然《えんぜん》と微笑《ほほえ》んだ。

「先ほどは失礼をいたしました。あちらでは、私はもう木偶《でく》人形も同じで、思い通りに体を動かしたり、声を出したりするのも億劫《おっくう》なものですので。でも、こちらでなら、こうしてちゃんとおしゃべりができます」

ふふふと、口に手を当て、楽しそうに笑う絲子。見た目にそぐわぬしぐさであり、落ち着いた言葉づかいだ。

いや、そぐわぬのはこの見た目のほうなのだ。銀獣屋の主人の言葉によれば、この少女は四十路の女性なのだから。

主人は本当のことを語っていたのだと、千秋は痛感した。

それにしても、異界にいる絲子は、すばらしく生き生きとして見えた。やぼったかった顔が、なにやら輝くように美しくさえ見える。まるで、こちらの世界こそが彼女のいるべき場所と言わんばかりだ。

なにより目が違う。異界を見る絲子の目には、はっきりとした知性、そして愛《いと》しさがあふれているのだ。

千秋にはわかる気がした。ここは、自分の見知った世界ではない。空気すらも異質だ。だが、妙に胸が高揚《こうよう》させられる。異質な美が、じわじわと体を、魂をからめとろうとするのを感じる。

わずかににじむ恐れと、それをはるかに上回る愛しさ。これが狂おしいほどの執着に変わるのに、さほど時間はかかるまいと、千秋は感じていた。

千秋の直感を肯定するかのように、絲子がうながしてきた。

「さ、こちらへ。あまり時間をかけてはなりません。私にはこの翠絲《すいし》がいるので大丈夫ですが、あなたはいけません。もしものことがあっては、私が弟に叱られてしまいますもの」

こちらへと、絲子は森の奥へと進み出した。ふんわりとした軽やかな身のこなしだ。木々の間をすりぬけていく様は、妖火の精のようだ。

彼女の動きに伴って、目にはまっている銀獣の緑の光が、帯となって大気中に残っていく。いつしか千秋は夢中になって、怪しくきらめく燐光を追っていた。

そのうち、足場が悪くなってきた。柘榴《ざくろ》石のような黒ずんだ紅色の鉱石が、ばらばらと地面に散らばりだしたのだ。奥に進めば進むほど、その数は増えていく。

手にとって調べてみたいと思ったが、絲子はどんどん先へ行くので、千秋も足を止めるわけにはいかなかった。さすがに、ここで迷子になるのはごめんだ。まだ、銀獣の卵も手にしていないのだから。

やがて、少し開けた場所に出た。静謐《せいひつ》に満ちていた森とは一変し、その場には音があふれていた。

ちりりりり。りりりり。

虫の声でも鈴の音でもない、清らかではかなげな音色が、さざ波のように聞こえてくる。大気中に小さな波紋が無数に広がっているようで、千秋はなにやら目眩《めまい》がした。

その音の根源は、中央に立つ一本の白い大樹だった。形は太くいびつで、異様な力、生命力を放っている。木肌は蛇の鱗《うろこ》のようで、しかもぬらぬらとした粘液でおおわれている。その粘液の匂いなのか、周囲には甘い蜜《みつ》のような香りが漂っていた。

ざわわわと、千秋は戦慄した。

大樹から生々しいばかりの気配を感じたのだ。それは、〝女〟の気配だった。

実際、大樹の白い枝々には、色とりどりの卵が実っていた。ねじくれたツタで、枝からぶらさがっている卵達。まるで、へその緒で母親につながっている胎児《たいじ》のようだ。

いや、実際そうだ。この木は〝女〟で、〝雌〟で、〝母〟なのだ。

息をのんでいる千秋に、絲子はささやいた。

「銀獣の母です。銀獣の卵は全て、この木が生み出しているのです」

「……」

「そして、私達卵狩人は、ここから卵を運ぶのです」

見ていてくださいと、絲子は大樹に近づいた。そして、大樹をおおう粘液を手ですくいとり、油のように光るそれをぐびっと飲んだのだ。

飲みほしたあとの絲子の顔は、美酒でも飲んだかのように火照《ほて》り、美しくさえあった。

「これで、卵に触れることができます。同族として、〝母〟が認めてくれるのです。それも、粘液の香りが体から消えるまでの間ですが」

「……もし、粘液を飲まずに卵をもぎとろうとしたら？」

「たちまち、体が石と化してしまいます。そうなると、もう〝母〟の栄養分になることもできません」

「栄養分？」

絲子は笑いながら、地面を指し示した。

千秋ははっと気づいた。木のまわりは、赤黒い鉱石でおおわれていた。もはや地面が見えないほどだ。

「これは……もしかして、人だったのですか？」

「はい。私と同じように、この世界から卵を持ち出していた人達の、なれの果て。〝母〟の蜜を飲んでいると、こうなります。そして、〝母〟が新たな卵を作るための養分となる。ごらんください。ほら。根が石をしっかりと抱えているのがわかるでしょう？」

絲子は楽しげに付け足した。

「いずれは私も、こうなるはずですの」

「……怖くはないのですか?」

「ちっとも。むしろ待ちきれない思いです。やっとここに居つくことができるのですから」

この世界に来て初めて、絲子の顔が少しだけ曇った。

「ずっとあちらの世界に違和感を覚えていました。ここは私の居場所ではないという、漠然とした心細さ、気持ちの悪さに、いつもまとわりつかれて。……初めてここに来た時は、本当にほっとしました。美しくて、慕《した》わしい世界。……あなたも同じなのではありませんか?」

ああっと、千秋は突然理解した。どうして、自分が様々なことに探究心を抱いていたのかを。ずっと不安だったのだ。この世に自分の居場所がないという気がしてならなかった。それがいやで、すがれるものを探した。夢中になれるものを通して、この世というものに根付こうとしたのだ。

だが、どれも物足らなかった。何かに没頭している間は楽しめるが、必ず絶望にも似た飽きがやってくる。そうすると、またぞろぞろと不安が這い出てきて……。

だが、この異界に来てから、胸に巣くっていた不安がきれいに消えている。途方もない解放感とときめきに包まれ、やっと呼吸ができるようだ。

そして、もう一つわかった。

絲子。少女の姿をしたこの女は、自分の同類なのだ。

まったく新しい目で、千秋は絲子を見た。

「これからぼくは……どうしたらいいんでしょう?」

「まずは卵を一つ持って、元の世界にお帰りください。それからあとのことは……あなたの卵が孵化すれば、おのずとわかりましょう。さあ。どうぞ」

うながされ、千秋は〝母〟に近づいた。手で触れてみると、ごつい見た目と違い、木はしっとりと柔らかく、冷たい中にも温もりがあった。

手のひらを丸めると、みるみるそこに粘液がたまった。千秋はそれを口にした。とろりとした蜜は、なめらかで、つるつると喉を滑り落ちていった。

千秋の目に涙がわきあがってきた。

これほどうまいものを飲んだことはなかった。同時に、かちりと、狂っていた歯車がかみあわさった気がした。

これだ。これこそが自分がほしかったものだ。ずいぶん遠回りをしてしまったが、それでも、やっとこうして手に入れた。

深い感動と満足感に胸を満たしながら、千秋は一番近くにあった枝から橙《だいだい》色の卵をもぎとったのだ。

それからどうやって元の世界に戻ったのか、千秋は覚えていない。

気づけば、銀獣屋のあの鏡のある部屋にいた。

まわりを見れば、絲子もいた。異界では輝くようだったその姿は、すっかりしなび、生気のないものと化して、椅子の上に座っている。

そんな絲子の手から、銀獣屋の主人は数個の卵をもぎはなしにかかっていた。

千秋ははっとして自分の手を見た。

あった。

橙色の卵が手の中におさまっている。自分の手で、〝母〟からもいできた卵。

「ぼくの……卵」

千秋のつぶやきに、主人が振り返ってきた。

「ああ、お気づきでございますか、お客様」

「ご主人……」

「いかがでございました？　銀獣の世界は？」

「……すばらしかった」

色々と伝えたいことがあるのに、言葉がうまく紡げない。

押し黙る青年に、わかっていますと、主人は微笑んだ。

「ともかく、無事にお戻りになられて、なによりでございますよ。……お立ちになれますか？」

尋ねられ、千秋は自分が驚くほど消耗していることに気づいた。全身が鉛《なまり》のように重く、疲れきっている。

それでも、なんとか立ち上がった。ふらふらとする体を、主人が支えてくれた。

「表に馬車を呼んでおきました」

「す、すまない」

「とんでもございません。疲労やだるさは数日で消えましょう。同じ頃に、右目ももとどおり見えるようになるはずでございます。……卵の入手方法は、くれぐれもご内密に願います」

「わかっている。世話になったね。……絲子さんも」

礼を言おうと、絲子を見たが、こちらは人形のように椅子に座っているばかり。

やはり、この人は異界にいたほうがいい。

あの生き生きとした姿を見てしまったあとでは、いっそうそう感じた。

「さよなら……」

絲子の小さな手を一度だけ握り、千秋は主人に支えられて外に出た。

待機していた馬車に乗ったとたん、どっと眠気が押し寄せてきた。屋敷に着くまで当分かかるだろうし、このまま少し眠ってしまおう。だが屋敷に戻ったら、一番にこの卵に血を与えなくては。

この卵は鍵だ。銀獣の世界への鍵なのだ。

自分の卵をしっかりと握りしめたまま、千秋は目を閉じた。

だが、眠りはすぐに妨げられた。

どーんと、地面を突き上げるような衝撃に、千秋ははっと目を覚ました。馬車は激しく揺れていた。外からは馬達の悲鳴が聞こえる。

れた。

「な、なんだ？　どうしたんだ！」

だが、返事をする者はいない。

埒《らち》が明かないと、戸を開けようとした時だ。ふたたび激しい衝撃が来て、馬車がひっくり返された。

千秋は強く投げ出され、頭と背中をしたたかに打ってしまった。痛みに息がつまった。起きあがろうにも、身動きが取れない。

その上、何かで顔を傷つけてしまったらしい。左側の顔全体が燃えるように熱い。ぬるりと、血がしたたっていくのを感じる。

せめて、状況を見極めようとしたが、できなかった。傷を負ったためか、左目が完全にふさがっているとわかったのだ。無傷のほうの右目は、点された薬のせいで役に立たない。

わけのわからない恐怖で、胸がばくばくと脈打った。

その時、ばりばりと、すごい音がした。何かが馬車の戸を引き剝がしたのだ。冷たい夜の空気が、さっと千秋に吹きつけてきた。同時に、鼻がもげるような悪臭が襲いかかってきた。

灰色にぼやける右目で、千秋は必死で前を見た。何か大きな、醜悪なものが、倒れた馬車に、自分の上にのしかかっているとわかった。それから放たれる悪臭はすさまじく、肺と喉が壊死《えし》してしまいそうだ。

それはふんふんと千秋のまわりを嗅いでいた。

と、何かぬるりとした気色悪いものが、千秋の手に押しあてられた。それは強引に青年の握りこぶしをこじあけ、中にあった銀獣の卵をむしりとりにかかる。

千秋はこれまで味わったこともない憤怒に駆られた。

奪われる！　ぼくの卵！　ぼくが手に入れた卵！

「や、やめろぉぉぉぉっ！」

渾身《こんしん》の力をふりしぼり、襲撃者に殴りかかろうとした。だが、こぶしが届く前に、襲撃者は卵を盗み取り、すいっと千秋から離れた。その気配がみるみる遠ざかる。

去っていく。卵を持ったまま、逃げていく。追わなければ。取り戻さなくては。

ここで、千秋は気を失ってしまった。

気づいた時には、自宅の寝室に寝かされていた。医者の話だと、満身創痍《まんしんそうい》のありさまで、ことに左目の回復は絶望的だという。

両目がふさがったまま、絶望と痛みに浸《ひた》りながら、千秋は数日を寝床の中で過ごした。たとえ傷はふさがっても、もはや二度と元の自分には戻れまい。卵を手に入れ、希望に満たされていた自分には戻れない。

あらゆる気力が千秋から失せてしまっていた。

右目に視力が戻ってきても、喜びはわかなかった。

だが、まるで千秋の回復を見越したかのように、思わぬ客がやってきた。銀獣屋の主人だ。部屋に入ってきた小柄な男は、その手に小さな箱を持っていた。

横たわる千秋を見て、主人の柔和な顔が憐《あわ》れみで歪《ゆが》んだ。

「……ひどい目にあわれましたね」

「痛みはそうひどくはないんだ。だが……ぼくはもうだめだよ、ご主人。あ、あれを奪われてしまったんだからね」

銀獣の卵は、すでに闇から闇へと売り渡され、新しい主人の手に握られていることだろう。たとえ、見つけ出したとしても、それはもう千秋の卵ではない。生まれる銀獣は、千秋の望むものにはならない。本当に失ってしまったということだ。

ぽたぽたと、子供のように涙をこぼす千秋に、主人は持っていた箱を差し出した。

「これをどうぞ。お受け取りください」

「な、なんだい、それは？」

「姉が、お客様にと。異界でのひと時をわかちあった方への、贈り物だとのことでございます」

「絲子さんが？」

箱を開けて、千秋は驚いた。中には、銀獣の卵が入っていた。深い琥珀《こはく》色の卵だ。

絶句している千秋に、主人は優しく言った。

「失ったもののかわりにはならないかもしれません。ですが、今の喪失感《そうしつ》を和らげる助けにはなるでしょう」

「……もらって、いいのだろうか？」

「はい。ぜひとも。……何事も、お客様の望むがままでございます」

不思議なことをつぶやいて、銀獣屋の主人は去って行った。

一人になった千秋は、そっと卵を手に取った。これもやはり美しい。失った橙色の卵とは、また違う趣《おもむき》だ。これを、絲子はわざわざ取ってきてくれたのだろう。ということは、絲子はまた異界に行ったのだ。

そう思うと、感謝よりも嫉妬《しっと》のほうが勝った。

そして、ようやく自分の本当の望みに気づいた。

卵が惜しかったわけでもほしかったわけでもない。自分の望みは、またあの世界に行くことだ。そして、〝母〟の粘液を飲み、卵をこちらの世界に運ぶ。あの興奮、高揚感。あれに勝るものなど、ありはしない。

もう自分はだめなのだと、千秋は悟った。

あの森に入ったことで、囚われてしまった。〝母〟の蜜を味わった者に、逃げ道などありはしない。

取るべき道は一つしかない。

顔をおおう包帯を引き剝がし、千秋は傷口も生々しい左目に卵を運んだ。

ひと月後、千秋の左の眼窩の中で、銀獣が孵化した。

琥珀色の、蜘蛛によく似た銀獣は、そのまま千秋の新たな目となった。

鏡をのぞきこみながら、千秋は微笑みかけた。

これは目であり、門だ。主人たる自分を、いつでも異界へと連れていってくれる門。

おのずと、名前も浮かんできた。

「琥門《こもん》……」

千秋がそっと呼ばわると、琥門はかすかに銀の脚をうごめかせた。その琥珀色の腹には、早くも白く透き通った顔が浮かびあがってきていた。

照子

荒森照子のことを、世間はどう見ているだろうか？

父は著名な学者、母は石渡征山の最初の妻の異母妹であり、そこそこ名の知られた貴族の出。まず、社交界の花になるのに申し分ない家柄といえよう。

その上、照子は様々なたしなみに通じた才女であり、なにより美人であった。一度、男爵の元に嫁いだが、すぐに夫が不慮の事故で亡くなったという薄幸さも、彼女の魅力の一つとなっている。

多くの粋人《すいじん》から女神のように崇められる若き未亡人。

美しく、慈善活動に熱心で、教養のある淑女。

まさに非の打ち所のない女性だと、世間は照子のことを称していた。

だが、照子は知っていた。自分が誰よりも醜《みにく》いということを。

幼い頃から、照子は強欲だった。貪欲だった。どんなものであれ、他人のものが妬《ねた》ましくなる。

全てがほしいのだ。

だが、それが異常だということも、その狡猾《こうかつ》さゆえにわかっていた。

自分の本性が知れたら、きっと、父や母は許してくれまい。だからこそ、無垢《むく》な仮面をかぶり、人から好かれるように努めた。

愛らしく微笑《ほほえ》み、しとやかに振る舞えば、まわりはころりとだまされる。たやすいものだと、照子はほくそえみながら、あれやこれやと、ほしいものをかすめとっていった。

成長するにつれて、照子はますます麗《うるわ》しく、人をあざむく術、盗みの技に長けていった。東屋の床下に隠してある盗品は、もはやちょっとしたコレクションだ。そして、頻繁《ひんぱん》に物がなくなっても、照子が疑われることはない。なんと楽しいことだろう。

自分のあざとさに、照子は酔っていた。

だが、その一方で、苛立ちも感じていた。本当にほしいものを手に入れる手段が見つからなかったからだ。

照子は狂おしいほど銀獣を欲していた。銀獣という存在を知った時から、ほしくてほしくてたまらなかった。その希少さ。個性。性質。どれをとってもすばらしい。

だが、銀獣だけはどうにもならなかった。卵を手に入れる手段も財力も、照子にはなかった。他の物と違って、誰かから盗むこともできない。銀獣は、ただ一人の主にしか仕えないのだから。

自分だけの銀獣を手に入れたい。

照子は取り憑かれたように銀獣のことを調べた。十八歳の時に、二十歳も年上の男爵の元に嫁いだのも、その男が銀獣に関する貴重な書物を多数所有していたからだ。

蔵書を手に入れれば、もはや男に価値はない。照子は献身的に年上の夫に尽くし、同時に少しずつ毒を盛って、一年後には未亡人になった。

初めての人殺しではあったが、何も感じることはなかった。これが最後になるとも思わなかったからだ。

実際、二十二歳の時には、両親を葬り去った。

もう一度誰かに嫁ぐか、あるいは自分達の元に戻ってくるかしたほうがよい。

娘の身を案じる二人の存在が、照子にはうっとうしかった。苦しませずに逝《い》かせたのは、せめてもの情けだ。

世間では火の不始末によるものとされ、悲嘆にくれる照子の姿は人々の涙をさそいこそすれ、下手人と疑われることはなかった。

ほとぼりが冷めると、照子はふたたび銀獣に集中し始めた。とにかく、銀獣だ。銀獣がほしい。

そして二十八歳になった今、その渇望はついに叶えられることになった。

石渡征山に呼び出され、銀獣比べを言い渡された時、照子は狂喜した。なんという幸運がめぐってきたのだろう。あれほどほしがっていたものが、ぽんと、投げ与えられるように手に入るとは。

同時に、もう一つ欲が生まれた。

征山の財もほしい。あの莫大《ばくだい》な富を、己のものにしたい。

そのためには、他の四人の候補者が邪魔だった。

倉林冬嗣。

海藤文子。

国丸輝久。

大古川千秋。

照子は四人の弱点を見定め、陥落の企みを組み立てた。

冬嗣を脱落させるのは、赤子の手をひねるより簡単だった。あのどうしようもなく見栄っ張りな男は、誰よりも早く銀獣を手に入れ、愚かにもそれを見せびらかした。だから照子は、一言、毒のような言葉をしたたらせればよかった。

「これで月のような銀獣がいたら、対になって、それこそ本当に見事でしょうね」と。

二匹の銀獣を所有できないことを、もちろん照子は知っていた。そんなことは、銀獣のことを少し調べれば、わかることだ。だが、冬嗣は知らない。銀獣をただの愛玩物《あいがん》としか見ていない男が、銀獣について学ぶはずがない。

そう見抜いた上で、照子は男の自尊心をくすぐったのだ。

冬嗣はその言葉に毒され、まんまと罠に落ちた。冬嗣の銀獣達が共食いし、どちらも死んだという知らせは、美酒のように照子を酔わせてくれた。

こうして、一人目の敵は難なく排除《はいじょ》できた。

二人目の文子には、特に手を下さなかった。あの不安定な少女は、何もしなくとも銀獣の魅力にふりまわされ、いずれは自滅するだろう。親の言いなりになるしか能のない、惨めで苛立たしい小娘に、銀獣の主がつとまるはずがない。

だが念のため、彼女の両親を焚きつけてはおいた。夜会に現れた夫妻に偶然を装って声をかけ、「娘さんの銀獣が孵化《ふか》したら、檻《おり》か鳥籠《とりかご》に入れたほうがよいでしょう。逃げ出すこともあるそうですから」と、さも親切そうに言ったのだ。

親の言いなりになっている文子が、心の奥底では自由を欲し、〝檻〟を嫌悪しているのを見越した上での言葉だった。

案の定、海藤家では大変な騒ぎが持ち上がったらしい。文子が取り乱した姿を思い浮かべ、照子は何日も楽しませてもらった。

だが、三人目の輝久は、なかなか厄介だった。仕事も家庭も充実している、誇り高い男だ。征山の財産にも興味はないようで、切り崩す隙が見当たらなかった。

財産争いに割りこまないのであれば、そのまま放っておいてもよい気がしたが、油断できぬと照子は思った。

なんと言っても、征山の財は莫大だ。その価値は人の心を惑わす。堅実な輝久とて、いつ気が変わり、欲するようになるかわかったものではない。

やはり叩き潰すしかない。

その手段を思いついたところで、照子は自分の銀獣を手に入れる時が来たのだと悟った。

照子は「銀の森」へ足を向け、黒真珠《くろしんじゅ》のような卵を選びとった。

願ったのは、自分の欲望を叶えてくれる怪物だった。

美しい容姿などいらない。ほしいのは、狡猾で、しなやかで、音もなく闇の中に溶けこみ、禍《わざわい》をふりまく獣《けもの》だ。照子の敵を排除し、命令には絶対服従の忠実な奴隷。

血を与えながら、照子は黒い卵に明確な願いを伝え続けた。

そうして、照子の悪意と執念《しゅうねん》を存分に吸い、卵は孵化した。

殻《から》が押し破られたとたん、どっと、腐臭《ふしゅう》があふれた。人を近づけさせないよう、地下室にて卵を育てていたのが幸いした。そうでもなかったら、屋敷はおろか、外の人間達まで騒いで、ここに駆けつけてきてしまっただろう。

もっとも、照子はひるみもしなかった。腐敗した魚に毒花の蜜《みつ》をまじえたような悪臭を吸いこみながら、そのまま孵化を見守った。

最初に見えたのは、かぎ爪の生えた手だった。三本指で、一本一本が異様に長い。肌は一見なめらかだが、目をこらすと、細かな鱗《うろこ》でおおわれているのがわかった。漆黒《しっこく》の鱗だ。

手はいったん卵の中に引っ込み、今度は頭からぬるんと出てきた。

粘液でおおわれた黒い獣は、異国の古い書に出てくる邪竜《じゃりゅう》のような姿をしていた。とげとげしい骨格の上に、黒い膜をはったかのようなトカゲの体。鞭《むち》のように長くとぐろを巻く尾。

翼は、まるで蝶の羽のような形をしていた。ただし、羽化にしくじり、腐りかけたいびつな蝶の羽だ。悪魔の目玉のような黒紫色の文様が浮かんできて、禍々《まがまが》しい。

なによりおぞましいことに、それは人面だった。細い首の上に乗っているのは、白い女の顔なのだ。細面で、優美な目鼻立ち。だが、狡猾で邪悪な笑みを浮かべている。

照子だった。照子の、本来の性根がそのまま銀獣の顔としておさまっているのだ。

自分の闇の部分が具現化したかのような銀獣に、照子は戦慄を覚えた。瞬時に名前も決まった。万禍《ばんか》。万の禍を呼び起こすもの。

ひとまず血を与えたあと、照子は銀獣を箱に入れ、屋敷から持ち出した。そうして、所有している別荘の一つに隠し、密かに通っては、絆を育んだ。他者をひるませるような腐臭もおどろおどろしい容姿も、照子には愛《いと》おしかった。これはまさしく自分の半身なのだ。

日に日に、万禍は大きく邪悪に育っていった。

照子の性質をそっくり受け継いだらしく、この銀獣は生き物をなぶることを好んだ。与えられた鶏や犬を楽しそうに引き裂き、その臓物《ぞうもつ》で遊ぶ。

銀獣の性《さが》ゆえに、人を直接傷つけることはできないが、照子が命じれば、嬉々とした様子で物陰に隠れ、闇に乗じて人を脅かした。おかげで、別荘周辺では化け物が出るという噂が一気に広まった。

頃合いだと、照子は思った。聞けば、財産争いに乗り気でなかった国丸輝久も、最近銀獣の卵を手に入れる気になったらしい。どういう心境の変化か知らないが、今のうちに彼の心を打ち砕いておかなければ。

「万禍」

照子が呼ぶと、万禍は顔をあげた。それまで弄《もてあそ》んでいた半死の猫を放り出し、ゆるやかに照子に近づいてくる。照子と生き写しの白い顔には、残忍な愉悦《ゆえつ》が浮かんでいる。

思うままに振る舞える万禍が、照子は少々うらやましかった。外にいる時の照子は、上品で思いやりに満ちた淑女の仮面をかぶっていなければならないからだ。

万禍の頰から返り血をぬぐってやりながら、照子はささやいた。

「行きましょう。今夜は新月だし、飛ぶには持ってこいだわ」

にっと、万禍が笑った。

化け物の噂が広まったせいで、このあたりはすっかり人気がなくなった。おかげで、隠れ家である別荘からの出入りが、よりたやすくなった。

その夜も、万禍はするりと外に出た。体の大きさに見合わず、小さな出入り口や隙間も難なくすりぬけられるのは、全身をおおう油のような粘液のおかげだろう。

万禍の腕に抱えられ、照子は闇夜を飛んだ。自分が魔女になったかのような解放感があった。

そうして輝久の屋敷の屋根に降り立った照子は、まず様子を窺《うかが》った。どうやら輝久は留守のようだ。屋敷から聞こえてくるのは、楽しげな女達の声ばかり。

好都合だと、照子は笑った。

狙いは、輝久の妻だ。弓子。輝久が妻を掌中の珠のごとく大切にしているのは有名な話だ。だが、体の弱い女だとも聞いている。その心臓は、例えば大きな恐怖などには耐えられまい。

銀獣は人を傷つけられない。だが、銀獣の姿を見て、恐怖を覚えるのは人の勝手だ。

照子は万禍を女主人の部屋へと送りこんだ。万禍は邪《よこしま》な蛇のように部屋の中に入っていった。

ほどなく、絹を裂くような悲鳴が聞こえた。屋根の上にいた照子は、その悲鳴にぞくぞくとした快感を覚えた。

と、万禍が出てきた。してやったりという笑みを浮かべて。自分が同じ表情を浮かべていることを、照子は疑わなかった。

双子のように顔を突き合わせ、主と銀獣は笑いあった。

「よくやってくれたわ、万禍。おまえは本当に良い子だこと」

照子は万禍に口づけをした。万禍の唇からは甘い死の味がした。

こうして、照子は最大の障害であった輝久を排した。妻を失った輝久は、おそらく正気を失うだろう。たとえ、正気を保ち、銀獣の孵化に取りかかったとしても心配はないと、照子は踏んでいた。

あの男は、その愛情ゆえに妻の面影を求めるはず。生み出す銀獣は妻そっくりの姿、人間そのものの平凡な姿になるはずだ。そんなものが石渡征山のお眼鏡に適うはずがない。

ということで、残る敵は大古川千秋ただ一人。

この若者は凝り性だから、銀獣のことについても徹底的に調べるだろう。冬嗣や文子のように、簡単には策にはまるまい。根が豪胆な上に若く健康だから、万禍を見ても心臓発作などは起こさないだろうし。

どうする？　いったいどうしたらいい？

考えあぐねていた時だ。他ならぬ千秋が、照子の屋敷を訪ねてきた。

内心の動揺を押し隠し、照子はにこやかに千秋を迎えた。彼の目的は、照子の蔵書だった。

「銀獣のことをもっと知りたいのです。図々しいとは思いますが、ぜひ、照子さんが持っておられるという赤松源一郎《あかまつげんいちろう》著の『銀獣全書』をお貸しいただきたい。あと、できれば吉永《よしなが》教授の『はるかなる銀獣』と『鉱物は生きている』も」

いずれも照子の亡き夫が手を尽くして集めた貴重な書籍だ。ここに所蔵されていることをよく突きとめたものだと感心しつつ、照子は千秋の探究心に目をつけた。

まるで知識に飢えているかのような若者。この飢えを、うまく利用できないだろうか？

照子は、自身が疑問を覚えた謎を、青年に与えてみることにした。

「よろしいですとも。今、出してまいりましょう」

「ありがたい。恩に着ます」

「いいえ、わたくしの夫が一時のたわむれに集めた書が、こんな形でお役に立つのなら、嬉しいことですわ。……ところで、大古川様、銀獣って、どこから生まれてくるのでしょうね？」

「え？　それは、卵からでは？」

「いいえ、わたくしが言っているのは、その卵がどこから来るのかということ。銀獣同士の交配はないようですし、卵はいったいどうやってこの世にもたらされるのか。わたくし、ちょっと気になってしまって」

「それは……ふむ。確かに気になりますね。どこから来るのでしょう？」

千秋は目を閉じ、考え始めた。

餌に食いついたと、照子はほくそえんだ。もはやこの青年は謎に夢中になっている。探究心の旺盛《おうせい》な青年だ。必ずや、卵の出所を突きとめ、自分の手で入手したいと望むはずだ。それにしくじり、なんらかの痛手を負えば重畳《ちょうじょう》。もし、本当に卵を手に入れたら、その時は……。

千秋が書物を抱えて屋敷を去ったあと、照子は急ぎ万禍の元に向かった。千秋の背広からくすねたハンカチを万禍に嗅がせ、匂いを覚えさせたあと、照子は命じた。

「よくお聞き、万禍。これからおまえは、あの男にぴったりとはりついて、様子を窺っておくれ。そして、もし彼が卵を手に入れたら、それを奪って、わたくしの元へ持ってきてほしいの。さあ、行って。卵を手に入れるまでは、戻ってきてはいけないからね」

万禍はすばやく飛び立った。

そのままひと月以上戻らなかった。

おそらく、千秋は銀獣について調べるのに夢中で、銀獣屋には行っていないのだろう。凝り性な彼らしいが、いい加減、卵を手に入れてほしいものだ。そうでないと、いつまで経っても万禍が戻ってこられないではないか。

さすがの照子も焦《じ》れ始めた頃だ。

ようやく万禍が戻ってきた。その口に、橙《だいだい》色の卵をくわえて。

「よくやったわ、万禍」

手を叩いて喜びながら、照子は卵を受け取った。初めて万禍の卵を見た時のような吸引力は感じないが、やはりこれも美しい。

喜びに浮かれつつ、照子は万禍を見た。とたん、これまでに感じたことのない痛みを感じた。

万禍。愛しい闇の子。わたくしの半身。できることなら、このまま生かして、ずっと手元に置いておきたい。

だが、銀獣を二匹は所有できない。征山の財産を手に入れるには、あくまで正当な手段で勝たなくては。

征山は、「もっとも優《すぐ》れた銀獣を連れてきた者」を勝者にすると言った。何をもって優れたものとするのかはわからないが、少なくとも醜悪な万禍は決して選ばれることはあるまい。

新たな銀獣が、照子には必要だった。そして、もはや万禍は用済みなのだ。

残念に思いつつ、照子は冷酷に命じた。

「もうおまえはいらないの。……死になさい」

その命令は、恐ろしいほどに効果があった。

万禍は一瞬凍りついたように目を瞠《みは》り、それから喉を押さえてのたうちまわりだした。その大きな黒い体が、氷が解けるように腐り出す。

ぐぶぐぶと、音を立てながら腐り落ちていく銀獣を、照子は最後まで見届けた。まるで自分の死を見ているかのような、奇妙な錯覚を覚えながら。

そのあと、あらかじめ用意しておいた油を別荘中にまき、火をつけた。

またたく間に火に包まれる別荘に、照子は背を向けた。まだ少し青ざめてはいたが、その口元には笑みが浮かんでいた。

これでいい。これで、万禍が存在していた痕跡はあとかたもなく消え去った。闇の中の化け物は消え、聖女のごとき照子が残ったわけだ。いつものように、誰も照子を疑うまい。あとはただ、万禍が盗んできた卵を健やかに育てればいいだけだ。

今回は自分で育てるつもりはなかった。心の醜い自分が育てれば、その銀獣は必ずや醜いものになるだろう。下手をすれば、ふたたび万禍そっくりの銀獣が生まれてしまうかもしれない。だから、他者に預けて孵化を頼むことにした。

預ける相手も、もう決めていた。十六歳の下女のお玉《たま》だ。頭は弱いが、純粋な心の持ち主で、仕事を与えれば根気よくやりとげる。美しいものが大好きで、ことに照子のことを女神のように慕《した》っており、その言葉にはなんでも従う。まさにうってつけの相手だった。

屋敷に戻ると、照子はすぐにお玉を部屋に呼び、銀獣の卵を託した。

「これを持っていてほしいのよ、お玉」

「あい。お玉、持ってる」

「そう。大切に大切に預かっていてね。それからお願いがあるの。この卵には毎日、おまえの血を与えてやってほしいの。ほんのちょっぴり、一滴でいいから」

「……血、痛い。怖い」

「大丈夫。もし血を与えてくれたら、わたくしもおまえに、毎日飴《あめ》をあげましょう」

「ほんと？」

お玉の目が子供のようにきらきらしだした。

「赤い飴、くれる？」

「赤い飴も、黄色い飴も、青い飴もあげましょう。だから、やってくれるわね？」

「あい。やる」

「それから、卵のことはよく撫でてやって。きれいなかわいい子が生まれますようにと、歌を歌ってやってほしいの」

「子供、出てくる？　卵から？」

「ええ。お玉が望めばね。ほら、前に絵本をあげたでしょう？　あの中に出てきた、雪の精のような子が、きっと生まれてくるわ」

お玉は素朴な顔に満面の笑みを浮かべた。

「やる。奥様、お玉、がんばる」

「ええ、がんばってね。卵は、毎日わたくしに見せに来て。でも、他の人に見せてはだめよ。しゃべってもいけない。守れる？　守れるわね？」

「あい」

お玉に卵を預けることに、照子はなんの不安も覚えなかった。愚鈍《ぐどん》で忠実な娘は、照子の言葉どおり、卵を大切に育てるだろう。美しいものをこよなく愛し憧れるお玉なら、きっとすばらしい銀獣を生み出してくれるに違いない。

誰が卵を育てようと、関係ない。銀獣は、孵化したあと、最初に飲んだ血の持ち主を主と定めるのだから。照子はただ孵化を待てばいいのだ。

言われたとおり、お玉は毎日卵を照子に見せに来た。見るたびに、卵の中の核が大きくなっているのがわかった。核は日に日に形を変え、やがては胎児《たいじ》のような幼生《ようせい》の姿へと変わる。

白い幼生だった。照子が言った「雪の精のような子」という言葉が、お玉の心に刷りこまれたのかもしれない。ほんの豆粒ほどの大きさでしかなかったが、それでも見た瞬間にわかった。これは美しいものだと。

徐々に大きくなってくる幼生に、照子は胸を躍らせた。

やがて、時が来た。「卵にひびが入った」と、早朝お玉が寝室に駆けこんできたのだ。

照子はすぐに飛びおき、お玉から卵をもぎとった。確かにひびが入っている。孵化は間近だ。卵のそばにいたがるお玉を無理やり部屋から追い出したあと、照子はじっと孵化を見守った。

粉砂糖のようなほのかな甘い香りを漂わせながら、銀獣は卵から抜け出てきた。

手のひらに乗るほどの、小さな少女だった。だが、下半身は白くきらめく結晶にふんわりとおおわれており、さながら羊の毛皮をまとっているかのようだ。そのため、腰から下にかけてぽってりとしているが、その分、ほっそりとした上半身がいっそう優美に見える。

白銀の肌に白銀の髪。その白さの中で、紅玉《ルビー》のような緋色の目と、羊を思わせる巻き角が際立っている。

照子はおおいに満足した。

良い。極めて無垢で、神性すら漂わせている銀獣だ。自分の好みではないが、これならば、征山にも認められよう。

照子は指先を少し切り、白い銀獣に差し出した。赤子が乳をほしがるように、銀獣は照子の指にすがってきた。

だが、照子の血をすったとたん、銀獣は愛らしい顔を歪《ゆが》め、甲高《かんだか》く絶叫したのだ。新雪のような白い顔が、手足が、みるみると青墨色に腐敗していく。

「だめ！　だめよ！」

倒れそうになる銀獣を、照子は両手でつかんだ。だが、腐敗は止まらない。

ほんのわずかな間に、照子の手に残るのは、べとべととした青黒い肉塊にすぎなくなった。

照子はわなわな震えながら、指についた腐肉を払い落としにかかった。全身の血が冷たくなったように感じていた。

「こんなのは……違う。間違っている。わたくしはどこで、間違いを……どうして……」

我を失い、つぶやいていた時、ふいに頭にすさまじい衝撃を受けた。

目が飛び出るかと思った。

思わずうずくまると、ぼたぼたと、肉片のまじった重たい血が床にしたたるのが見えた。次いで、焼けるような激痛に襲われた。頭の後ろを、大きな獣にかじりとられたかのような痛みだ。

力をふりしぼり、照子は後ろを振り返った。

お玉がいた。涙と鼻水でぐしゃぐしゃになった顔を、こちらに向けている。その手には、太い棒が握られていた。

「あの子、殺すなんて！　化け物！　奥様、化け物だ！」

つばと鼻水を飛ばしながら、お玉はわめいた。

ああ、襲撃者はお玉だったのか。

照子は朦朧《もうろう》としつつ悟った。

愚直さだけが取り柄の、鈍い小娘だと思っていたのに。卵を預かっている間に、この娘はいつしか〝母〟になっていったのだろう。その〝母〟から、照子は卵を取り上げ、犬を追い払うように部屋から閉め出した。

だが、お玉は去らなかった。卵のことが心配でたまらず、命令に背いてまで、部屋の中を窺っていたに違いない。そして鍵穴から中をのぞき、一部始終を見たのだろう。照子の血をすすった銀獣が、もだえ苦しんで、腐っていくのを。

逆上したお玉が扉を壊し、自分を殴りつけた光景が、照子の頭にまざまざと浮かんできた。

同時にたぎるような怒りと悔しさを感じた。

あとわずかのところで、全てが手に入るはずだったのに。こんな愚かな娘に、命を奪われてしまうの？　悔しい。まだほしいものがたくさんあるのに。でも、なぜ？　どうしてわたくしの血を飲んだ銀獣は死んだりしたのだろう？　わからない。ああ、それにしても頭が痛い。熱くて、どろりと溶けていくよう。熱、い……。

終幕

石渡征山の寝室にて、集められた者達は照子を見つめていた。

力なく車椅子に身を投げ出している照子。この部屋に入った時から、一言も口をきいていない。半開きになった口からはよだれがたれ、目はうつろで、輝くようだった美貌も見る影もないほどしぼんでいる。

なんの感情もない声で、征山が言った。

「照子は使用人に襲われて、頭を強く殴られたそうだ。なんとか命は取り留めたが、このとおり、四肢は麻痺《まひ》し、言葉もしゃべれぬようになったらしい」

「なんと凶悪な……しかし、いったいなぜ？　どういう理由で、その使用人は照子さんを襲ったのでしょう？」

輝久の問いに、征山は目を細めた。

「それを話せる男がいる。銀獣屋、入ってまいれ」

奥の戸を開き、「銀の森」の主人が静かに入ってきた。

はっとする面々に軽く会釈をしたあと、銀獣屋の主人は淡々と話し始めた。

「この件は銀獣が関わっているかもしれぬゆえ、急ぎ調べよとの、御前からのご連絡を受けて、手前は荒森様のお屋敷へと駆けつけました。御前の命を受けていると言えば、ありがたいことに、憲兵達にもすんなり通していただけました。……荒森様は病院に運ばれたあとでしたので、手前はまず、下手人だという下女に話を聞いてみることにしました」

「会ったのかね、直接？」

「はい、国丸様。会ってみて、少々拍子抜けいたしました。と言いますのも、とてもそのような大それたことをするような娘には見えなかったのでございます」

少々鈍くはあるものの、気性の穏やかな、働き者の良い娘と評判だった下女。照子のことも、もともとはとても慕《した》っていたという。

「それなら、なおさらおかしいじゃないか。その娘は、何もしてなくて、濡れ衣を着せられたのではないのかい？　もしかしたら、下手人は他にいるのかも」

「いいえ、大古川様。下手人はまぎれもなくその下女でございます。下女自身、そう申しておりましたから。……泣きじゃくっている下女に、手前は根気よく尋ねました。どうしてこんなことをしたのかと」

返ってくる答えは、断片的なものばかりだったが、つなぎあわせると一つの言葉になった。

「白くてきれいなあの子を殺したから。奥様が化け物だとわかったから。そう繰り返し言うんでございます。これ以上は聞き出せぬと思い、手前はことが起きたという寝室に行きました。そして、思わぬものを見つけたのでございます。一つは溶けた肉塊。藍《あい》色の汁と独特の腐敗臭《ふはいしゅう》から、まず間違いなく銀獣のものとわかりました。そしてもう一つ、こちらが机の上に散らばっておりました」

そう言って、主人は懐《ふところ》から白い手ぬぐいを取り出し、広げて見せた。そこには、薄いガラスのかけらのようなものが数個あった。独特の光沢と、鮮やかな橙《だいだい》色が目を惹きつける。

大古川千秋が小さく叫んだ。

「これは……ぼくが最初に手に入れた卵だ！」

「はい。手前も間違いないかと」

「ぼ、ぼくの卵が、なぜ……馬車がひっくり返されて、奪われた物なのに。なぜ照子さんの寝室にあったんだ……」

「……」

銀獣屋は黙ってしまった。他の誰も、口を開こうとしない。口に出さずとも、答えは明白だったからだ。

気になるのはと、銀獣屋は少ししてから言った。

「気になるのは、これより前、大古川様が襲撃される以前に、荒森様がご自分の卵を手に入れているということでございます。この卵とは別の、銀の光沢を持つ黒い卵。くまなく探しましたが、どこにも見当たりませんでした」

「……彼女はその卵を孵化《ふか》させたと？」

「はい。これは、あくまで手前の憶測でございますが……荒森様は最初の卵から生まれた銀獣を、人目をはばかることに使っていたのではないかと。例えば、大古川様を襲い、卵を奪った襲撃者は、荒森様の銀獣ではないかと、手前は思うのでございます」

「馬鹿な！　銀獣は人を襲えないはずだ！」

「それは、爪や歯で傷つけられぬというだけ。馬を殺し、馬車を壊すだけなら、銀獣にも可能でございます。あなた様の馬は二頭とも、首を引き千切られていたのでございましょう？　人にはもちろんのこと、北の大熊にだって、そんな芸当はできませんよ」

「そ、そうだが……でも、照子さんが、そんな……」

信じられぬと、千秋は力なくかぶりを振った。

と、それまで黙っていた倉林冬嗣が、血走った目をして銀獣屋に詰め寄った。

「おい。照子さんが黒い卵の銀獣を操っていたとして、そいつはどこにいる？」

「……屋敷のどこにも気配はございませんでした。ですから、おそらく処分されたのでございましょう」

「しょ、処分って……照子さんがそうしたっていうのか？　せっかくの銀獣を？」

「おそらく、用済みになったのでございましょう」

「わしも同感だ」

征山が言った。

「照子はな、見た目はしとやかで優しげだが、心の中に強欲と冷酷という魔物を飼う女よ。競争相手であるおまえ達を排除《はいじょ》しようと、暗躍していたはずだ。千秋の件は言うに及ばず、輝久よ、おまえの屋敷で起きた悲劇も、引き起こしたのは照子だと、わしは見ている」

瞬間的に輝久の顔色が変わった。だが、蒼白になりつつ、彼は耐えた。腕に抱えた銀獣、真弓が「お父様……」と、不安そうに声をあげたからかもしれない。

「大丈夫だよ」と、真弓をしっかりと抱きしめる輝久から目をそらし、征山は文子と冬嗣のほうを向いた。

「輝久や千秋ばかりではない。他の二人も、照子から何かしら妨害を受けているはずだ。文子。おまえは気づかなかったか?」

だが、文子は答えなかった。聞こえていないのだ。鳥籠《とりかご》の中の銀獣を見つめ、ふたたび自分の世界に閉じこもってしまっている。

一方、冬嗣は「あっ!」と声をあげた。

「そう言えば、き、金華に対の銀獣がいたらいいと言ったのは、照子でした」

「なるほど。そうやって、おまえをそそのかしたのだな」

「そうだ。そ、そうです。あの言葉がなかったら……俺は金華に満足していたんだ。もう一匹、銀獣を手に入れようなんて、これっぽかりも思っていなかったのに……て、照子！　この雌犬！」

狂犬のように、冬嗣は照子につかみかかろうとした。千秋と輝久はそれを食い止めたものの、二人とも、照子を見る目はすでに変わっていた。

化け物。

口から今にもその言葉が飛び出してしまいそうだ。

だが、恐怖や蔑《さげす》み、憎しみの視線を浴びても、照子の様子は変わらない。この世ならぬ目をして、ぐったりと座っているばかりだ。

一方、征山と銀獣屋の主人は二人で会話を続けていた。

「御前。荒森様はなぜ新たな卵を求めたのでございましょう？　いえ、大古川様を妨害するのが目的であれば、卵を奪った時点で達成されたはず。にもかかわらず、荒森様は奪った卵を孵化させております。それもおそらく、前の銀獣を処分した上でです」

「腑に落ちんか？　わしには手に取るようにわかるぞ。おそらく、照子はこう考えたはずだ。まずは、自分の思い通りに動く怪物を手に入れて、競争相手を思う存分かき乱してやろうと。そのあとで、もっと見栄えのよい、人の目を奪うような銀獣を手に入れればよいとな」

「ああ、それで大古川様の卵を……」

「そうとも。当然、照子は知っていたはずだ。一度に二匹の銀獣を所有できぬことをな。だからこそ、照子は千秋の卵を奪った。用済みの銀獣を殺し、新たな銀獣を生まれさせようとしたのだろう。……だが、わしにもわからぬことがある。どうして、二匹目の銀獣が死んだかということだ。頭の良い照子のことだ。きっとぬかりなく孵化させただろうに」

解せぬと首をかしげる老人に、銀獣屋は言った。

「そのことであれば、手前が説明できます」

「できるのか？　何か知っているのか？」

「はい、御前。自分の銀獣の命を奪った者は、二度と銀獣を所有することができなくなるのでございます」

「……」

いつの間にか、部屋の中が静まりかえっていた。照子をののしっていた冬嗣でさえ、息を止め銀獣屋のほうを見つめている。

「これはつい最近わかったことで、手前もどういうからくりなのかは存じません。ですが、自らの銀獣に死を与えた人間は、どうもその、血が穢《けが》れるようなのでございます。その血を与えられた卵は砕けます。他者の手助けで孵化まで漕ぎつけても、契約の血を与えれば、銀獣はたちまち死に至る」

「……」

「銀獣は、人の魂を分け与えられて生まれると言われております。いわば、主の心によりそう分身。その分身を殺すのは、自分の存在を消し去るのも同じことと言えましょう」

「なるほど。銀獣殺しは最大の禁忌《きんき》というわけか。……照子は呪われたわけだな、自らの毒牙に貫かれ」

まあいいと、征山は一同を見回した。

「遅くなったが、そろそろ本題に取りかかろう。わしの全てを誰が手にするのかを決めねばな。とりあえず照子と冬嗣は失格だ。肝心の銀獣を連れていないのだからな」

冬嗣はぴょんと体を跳ねさせた。そのまま床に膝をつき、すがりつかんばかりに征山に懇願《こんがん》した。

「ご、御前、お慈悲を！　元はと言えば、照子が悪いのであって、お、俺は……」

「黙れ、冬嗣。見苦しい。ああ、心配するな。おまえの破滅の話はそれなりにおもしろかった。路頭に迷うことだけはないようにしてやる」

「あ、ありがとうございます！」

「礼はいいから、部屋から出ていけ。照子も連れていけ。ただし、手荒に扱うな。そんな女でも、わしの妻の身内の一人だからな」

「は、はい」

　顔をひきつらせながらも、冬嗣は照子の車椅子を押して、部屋から出ていった。

「さて、文子だが、自ら銀獣を損ねてしまった。残念ながら、やはり失格と言えよう。残るは輝久と千秋だが……どちらも異色の銀獣だな。が、そこがまたおもしろい。わしの富は、二人のうちのどちらかにくれてやろう」

「ごめんですな」

　吐き捨てるように言ったのは輝久だった。

「あなたからはびた一文、恵んでもらおうとは思いませんよ。はっきり言うが、ぼくはあなたが嫌いだ。話を聞いた今では、憎んでいると言っていい」

「わしを憎む？　それまたどうしてだ？」

「照子さんがしでかしたことは許し難いが、結局はあなたが諸悪の根源だということですよ。あなたがこんな馬鹿げたことを考えつかなければ、全員が不幸にならずにすんだ。……妻だって、死なずにすんだものを」

「そのかわり、娘を得たではないか」

「……話になりませんな。今後二度と、ぼくとぼくの家族に近づかないでいただきましょう」

娘をしっかりと抱いて、国丸輝久は足音荒く、堂々と部屋から出ていった。

征山は怒りもせず、千秋のほうを向いた。

「では、千秋か」

「あいにくと、御前、ぼくもいりません」

その左目に蜘蛛《くも》形の銀獣を宿した千秋は、にこやかに断った。

「おまえもか。……大古川家はそれほど金持ちになったのか？　この石渡征山の財をいらぬと言えるほどにいつからなったのだ？」

「ふふ。前のぼくであれば、もらえるものは喜んでもらったことでしょう。金があれば、それだけ趣味に没頭できますから。ですが、この世の富など、今のぼくにはなんの価値もない。ぼくはもう満たされているし、結局のところ、いずれは異界の土となる運命ですからね」

「……卵狩人になるというのだな？」

「ええ。今、そこの銀獣屋のご主人とご主人の姉君に色々と教えてもらっているのですよ。まだ体が慣れていないから、それほど頻繁《ひんぱん》には行けないのですが。でも、この琥門がいる限り、ぼくは常に異界に足を片方、踏みこんでいるのです。それがとても嬉しくて、楽しくて……」

今ほど幸せだったことはないと、微笑《ほほえ》む千秋。

好きにしろと、征山は不機嫌そうに唸った。

「異界に惑わされた愚か者め。……出ていけ。文子も連れてな」

「はい。仰せのままに。さ、行こうか、文子さん。ご主人、また近いうちに店のほうに伺わせてもらいますよ」

文子を連れて、千秋は出ていった。

征　山

「なかなかおもしろい趣向だったな、雪彦《ゆきひこ》」

二人きりになると、征山はにやりとして銀獣屋の名を呼んだ。対する銀獣屋は、深々と頭を下げた。

「おかげで、無事に新たな卵狩人を見出せました。姉もそろそろ限界に来ていたところですので、本当に助かりました」

「ふふふ。おまえの案に乗って正解だったな。下手な芝居を見るより、ずっとおもしろい。ぜひまたやろう。わしの財産を餌にすれば、いくらでも魚は釣れる。雑魚《ざこ》がほとんどであろうが、中には千秋のように、異界の魅力に取り憑かれ、狩人になると決める者もいるかもしれん」

「そうでございますね。ですが、あまり狩人の数が増えましても。……卵の希少性が失われては、御前の財産としても痛手が……」

「よいではないか。財ならもう十分に蓄えたのだ。あとは楽しみのために使ってこそだ。次はいつやる？」

いたずらをたくらむ子供のように目を輝かせる征山。根負けしたように、銀獣屋は笑った。

「わかりました。それでは、また近いうちにということで。……餌と釣り上げる魚の選別は、また御前におまかせいたします」

「おお、まかせておけ。すでに何人か考えておるのだ。決まったら、また文で知らせよう」

「はい。お待ちしております。それでは、これにて失礼を」

銀獣屋は静かに寝室から出ていった。それを見送り、征山は浅く笑った。

「あやつも大きくなったものだ」

雪彦とその姉に出会ったのは、もう三十年も前のこと。二人はまだ子供で、征山は四十半ばの男盛りだった。

「姉さんが変なの」

そう泣いていた男の子は、今では卵狩人となった姉を支え、姉が採ってくる卵の世話に明け暮れている。征山の庇護《ひご》があったおかげとはいえ、たいした成長ぶりだ。

絲子と雪彦。子のいない征山にとって、あの姉弟は唯一、絆を感じさせる相手だった。銀獣によってつながった絆だ。

征山は目を閉じ、昔を思い出した。あの姉弟達と出会うよりも前、まだほんの若造であった頃に記憶をさかのぼる。

たちまち脳裏によみがえってきたのは、ひなびた小さな村の風景だ。貧しげな小屋が十数軒あるだけで、田んぼも畑も見るからに痩せていて。

思い出せる記憶の中で、この風景が一番古い。幼い頃の征山は、いつも憎しみと飢えを抱えて、村を見ていた。その頃はまだ、石六《いしろく》という名だった。石のように捨てられていた子ということで、その名をつけられたのだ。

石六は根っからの憎まれ者だった。捨て子であることを理由に、村人は決してこの子供を受け入れなかった。

一杯の薄い雑炊《ぞうすい》を得るために、石六は物心ついた時には畑仕事をやらされていた。泥水の中を歩き、腰をかがめて雑草を抜き、少しでも休むと拳骨《げんこつ》を見舞われた。寝床は村長の納屋だった。夏は虫にしゃぶられ、冬は寒さに凍えたものだ。よく死ななかったと、今思い出してもそう思う。

だが、生来頑健だったのが幸いし、石六は生き延びた。さらに成長するにつれ、気性の荒さや狡猾《こうかつ》さ、野心も募ってきた。

このまま村の石ころのままでは終わらない。終わってなるものか。

十六の時、村長の一家を棍棒《こんぼう》で殴り倒し、金品を奪って村から逃げた。手に入れた金は逃げる途中で落としてしまったが、それでも石六の心は高揚《こうよう》していた。

二度とあの村には戻らない。

村の外に出た時は、この世に初めて生まれ出たような気がした。

季節は秋で、山は実りにあふれていた。目についたあけびや栗をむさぼり、石六はひたすら東を、帝都を目指した。

時折村にやってくる行商人から、帝都の話は聞いていた。そこは夜でも明るく、石造りの建物が並び、通りには華やかな人々が楽しげに歩くという。ひなびた村の底辺に生きる石六には、おとぎ話のようにきらびやかな世界に思えた。

そこに行けば、何かしらいいことがある気がする。冬になる前に、帝都にたどりつく。

希望と期待を胸に、ひたすら山を歩くこと六日。

石六は洞窟を見つけた。

中に入って休もうとしたところで、ぎょっとした。洞窟には、男が一人、横たわっていたのだ。

死人だと、最初は思った。男は痩せ細り、着物からのぞく肌も血の気がまったくなかったからだ。

もしかしたら、いくばくかの銭を持っているかもしれない。着ているものもそう傷んでいないから、ありがたくもらっていこう。

渡りに船とばかりに、石六は男に近づき、文字どおり身ぐるみ剥ごうとした。だが、着物に手をかけたところで、男が息を吹き返した。

男は驚く石六の手をつかみ、目を開いた。石六は悲鳴をあげた。男の片目には、青い宝石のような蜘蛛《くも》がはまっていて、かしゃかしゃと、短い脚をうごめかせていたのだ。

小便をもらしそうなほど怯える石六に、男はゆるやかに微笑《ほほえ》みかけた。

「よかった。ここで人に会えるなんて。そろそろ時が尽きかけていたから、どうしようかと不安だったんだよ」

「な、な、なんなんだよ、てめぇ……」

「怖がらないで。ああ、なんだかおかしな感じだ。こちらでこんなに頭がすっきりとしているのは、久しぶりだから。……長くはもたないだろうが、とりあえずはありがたいよ。君に事情を話せるからね」

男は手短に話した。自分が、異界と行き来している者であり、異界の卵をこちらに運んでいたこと。その代償に、異界に徐々に体がなじみ、同化が始まってしまったこと。もはや、こちらの世にいられそうにないこと。

どれも現実離れした話だったが、一番恐ろしいのは、男がじつに嬉々としてそれらの話をしたことだ。

「ぼくはね、これからあちらの養分になるんだ。向こうの土に還って、〝母〟に吸い取られるんだよ。でも、そのためには最後の儀式がいる。それを君に頼みたいんだ」

礼は十分にするよと言って、男は懐《ふところ》をくつろげた。そこには、小さな卵が十個ほど入っていた。どれも宝石から削り出されたかのような美しい卵だ。

息をのむ石六に、男はささやいた。

「これが卵だ。血を与えると、銀獣という獣《けもの》が生まれてくる。これ、全部君にあげるから、都に持っていって売るといい。ただし、安売りしないよう、気をつけて。これ一つにつき、金山が買えるくらいだからね。なんだったら、君も一つ選んで、銀獣を孵化《ふか》させるといいよ。君のかけがえのない相棒になって、守ってくれるだろうから」

ああっと、男がうめいた。普通のほうの目が白く濁《にご》り出す。

「も、もう、時が来た。頭が……呼ばれる。〝母〟が呼んでる」

まどろみかけているような不明瞭な声で、男は「頼む」と、石六に訴えた。

「ぼくが……消え、消えたら、この青い蜘蛛、だけ残る、から。蜘蛛を、殺して……。異界に、無事に、か、帰れるように。ここ、に、残ったら、いつまで、も、ぼくの体、がここにつながって、〝母〟のもの、になれない。蜘蛛は、門で、橋、で、つ、つながりなんだ」

蜘蛛を殺してくれ。

つながりを断ってくれ。

そう言い残したあと、男は急に消えた。懐の卵、それに着物だけがその場に残される。

しんなりとしぼんでいく着物を、石六はあっけにとられて見ていた。

幻か？　狐狸《こり》の類《たぐい》に化かされたのでは？

だが、はっとなった。男の目にはまっていた青い蜘蛛も、そこに残っていたのだ。その透き通った胴の部分に、白い顔が浮かんでいた。

それは他ならぬあの男の顔だ。嘆願するように石六を見て、口を動かしている。
コ、ロ、セ。
男の口の動きを読み取り、石六は恐ろしくなった。無我夢中で、そばにあった石をつかみあげ、蜘蛛に向かって叩きつけた。その一瞬、蜘蛛の体の中で男が笑ったのが見えた気がした。

ぐしゃり。

最初の一撃で、蜘蛛はあっけなくつぶれた。藍《あい》色のねとねととした汁が飛び散り、石を握っていた石六の指にもかかった。それでも安心できず、十回ほど念入りに叩いたあと、石六はようやく石を手放した。

全身にびっしょりと汗をかいていた。この世ならぬものを見てしまったという恐れが、なかなか去らない。

それでも、残された美しい卵達を見ると、その恐れも徐々に薄れていった。

とりわけ、一つの卵に心惹かれた。燃えあがる炎のように赤い卵だ。

これがほしい。これだけは売ったりしないで、自分のものにしたい。

「血をやれって、言ってたよな」

そこで指の先を少し噛んで、卵に血をしたたらせてみた。血を吸った卵は、より鮮やかに内部の炎を燃やし出した。自分のものになったのだと、石六はひどく満足した。

そしてその卵は大事に自分の懐に入れ、残りの卵は男の着物に包んでまとめ、しっかりと抱えた。

こうして石六は銀獣の卵を手に入れたのだ。山道を歩く間も、石六は赤い卵に欠かさず血を与えた。

やがて、卵からは古《いにしえ》の半獣神を思わせるような美しくも雄々しい銀獣が生まれた。王麒と名づけたその銀獣にまたがり、石六は帝都に乗りこんだのだ。

まず、帝都でも有数の成金の屋敷へと向かい、銀獣の卵一つと引き換えに、鉱山を四つ手に入れた。そのうち一つは、すでに銀の採り尽くされたくず山と思われていたのだが、石六が注意深く調査させたところ、銀よりもはるかに貴重な鉱石がふんだんに採れることがわかった。

そこで得られる富を元手に、貿易の商売も始めてみることにした。もともと才覚があったのだろう。おもしろいように商売はうまくいき、やがてはいくつもの事業へと発展していった。

その頃から石渡征山を名乗るようになった。石ころのような自分が山を渡り、やがては山を征服したという意味をこめて。

突如《とつじょ》やってきた得体の知れない若者が、みるみる財をなしていくのを、人々は驚嘆と羨望《せんぼう》の目で見つめていた。

彼はいったい誰なのだ?

噂によると、さる高貴な家柄の出らしい。

だが、帝都に来た時は、ひどい身なりだったそうではないか。

いや、それもわざとだ。貧しい者に身をやつして、世を見ていたらしい。その証拠に、彼のそばには常に銀獣がいたではないか。

そうだ。銀獣がいた。だから、やはり石渡征山はそれ相応の血筋の者に違いない。

王麒を連れている限り、征山は貴族以上の扱いを受けた。正直、愉快であった。貧しい村の捨て子として、殴られののしられてきた自分に、やんごとない身分の人々が臆面《おくめん》もなく頭を下げ、媚《こ》びてくる。なんとおかしく愚かしい。

征山は心の底から人間というものを軽蔑した。より大きな力を手に入れるために娶《めと》った二人の妻にも、一度たりとも情がわくことはなかった。愛《いと》しいと思えるのは、王麒だけだった。

他者に心を許さぬまま、ひたすら富を築き続けること三十年あまり。征山は、雪彦と絲子に出会った。

その時、新たな鉱山を購入しようと征山は考えていた。山の視察に行った帰り、たまたま泊まった宿で男の子が泣いていた。聞けば、この宿の子供だという。

「姉さんが変なの。元から変だったけど、目に蜘蛛が入って、もっとおかしくなった」

その言葉に引っかかり、征山は子供の姉を見に行った。

絲子を一目見たとたん、わかった。この娘は卵をくれた男と同じだ。同じように、異界と行き来できる者だ。

あの男からもらった卵は、すでになくなっていた。皇族への贈り物にしたり、闇社会の者と通じ合うつてとして使ったりと、全て富への足がかりとさせてもらったのだ。この娘をうまく使えれば、ふたたび卵を手に入れることができる。またとない機会だ。

征山は娘の両親と話をつけ、娘を帝都に連れ帰った。末の弟、雪彦も一緒だった。一緒に行くと聞かなかったので、絲子の世話係として連れていくことにしたのだ。

こうして手に入れた姉弟は、じつに征山の役に立ってくれた。絲子が運んでくる卵の数は次第に増え、征山の隠された財宝として密かにためこまれていった。また雪彦のほうも、姉だけでなく、卵にも気をくばり、細やかな世話を欠かさない。

欲から面倒を見始めた子供らに、征山はいつしか情がわいてきた。だがその情すら、王麒に対するものとは比較にならなかった。

王麒！

激情に襲われ、征山は胸元を大きくはだけた。老人にしては張りのある肌の上に、青黒い手形がはりついている。ちょうど心臓の真上にあるこれは、王麒が残した刻印だ。

征山は愛しさと苦々しさをこめて、それに触れた。だが、何度触れても、そこに王麒の気配を感じることはできない。王麒の存在を確かめることができない。

「王麒……」

呼ばわっても、応えるものはない。

絶望が真っ黒な波のように押し寄せてきて、征山は顔をおおってうめいた。他の誰にも、雪彦にすら見せたことがない弱々しい姿。だが、これこそが今の自分なのだ。かけがえのないものを失ってしまった哀れな老人なのだ。

こんなことならあの時死んでいればよかったと、征山は思った。こう思うのは初めてではないし、これが最後にもならないだろう。生きている限り、この苦しみは続くはずだ。

二年前、征山は大病で死にかけた。心臓の病で、名医と呼ばれる医者が一人残らずさじを投げた。

もう助からぬ。

寝台でもがき苦しむ征山に、すっと王麒が近づいてきた。黒獅子《くろじし》の下半身に、たくましい青年の上半身を持つこの銀獣は、悲しげに主を見ていた。と、その手を征山の胸の上に置いたのだ。

それからあとのことは、征山は覚えていない。ただ次に目覚めた時、王麒の姿はなく、かわりに嘘のように体が楽になっていた。

こうして征山は死の床からよみがえった。奇跡の復活だと、医者達は驚愕《きょうがく》したが、征山の気持ちは晴れなかった。あの時以来、王麒が行方不明となったからだ。

残っているのは、自分の胸にはりついた青黒い手形のみ。

あれこれ調べた雪彦が、次のような憶測をした。

王麒は消えたのではなく、病んだ征山の心臓のかわりとなって、全身に血を送っているのではないだろうか。

その憶測を裏付けるように、征山の血には藍色が混じるようになっていた。銀獣の血と同じ色の血だ。

雪彦の言葉を、征山は信じた。忠実な王麒のことだ。主を救うためなら、自身を犠牲にするのもためらわないだろう。だが、それでもやはり、そんなことをしてほしくはなかった。あくまで王麒として、自分のそばにいてもらいたかった。

形はどうあれ、征山は自分の銀獣を失ったのだ。だが、完全な消失ではないゆえに、新たな銀獣を手に入れることもできない。またそれができたとしても、到底そんな気持ちにはならなかっただろう。王麒は唯一無二の存在だ。たとえそっくりな銀獣が生まれようと、征山の心によりそうことはない。

まるで自分の半身を削られたような苦しみに、征山は荒れ狂った。その苦痛の中で、一つの暗い欲望が浮上してきた。

狂おしいほどの思慕。会いたいのに会えない絶望。この苦しみを他の誰かにも味わわせてやりたい。銀獣に人生を乱され、のたうつ哀れな人間を見てやりたい。それを見れば、この途方もない喪失感《そうしつ》も、少しは和らぐというものだ。

最初は、所有している卵を適当にばらまいてしまおうかと思った。だが、征山の話を聞いた雪彦は別のやり方を提案した。征山と縁のある五人を選別し、財産をちらつかせて、彼らに卵を渡してはどうかと。

「姉の卵狩りも、あと数年で終わりましょう。もうじき、姉は異界に行ったきり、こちらには戻らなくなる。だから、新たな卵狩人を見つけたいのです。五人程度であれば、こちらも監視がしやすい。……もしかしたら、その中に銀獣ではなく、銀獣の世界そのものに魅了される者がいるやもしれません」

淡々と言われ、征山はうなずいた。

計画は進められ、卵達は密かに旧市街に運びこまれた。そこに「銀の森」という店が作られ、雪彦が主人として収まれば、舞台の完成だ。そして征山が五人の役者を選び、いよいよとばかりに銀獣歌劇の幕があがった。

筋書きどおりにことは運び、色々と予想外のことが起きたものの、ずいぶんと征山を楽しませてくれた。

だが、完全に満足かと言われると、そうでもない。

選ばれた五人は、それぞれ一度は銀獣を手に入れたのだ。それを失い、絶望を味わった者もいるが、魂の伴侶とも言える銀獣を完全に手中におさめた者もいる。
それが妬《ねた》ましくてたまらない。
次の者達は、もっともっと荒れ狂ってほしいものだ。
悪鬼のようにほくそ笑みながら、征山は次の配役をどうするか考え始めた。

楽屋裏

征山の寝室を出たあと、銀獣屋の主人、雪彦はふっと息をついた。

「御前のあのご様子では、またすぐに次の芝居が始まりそうだ。……また騒がしくなるかな?」

今回は大古川千秋という新たな卵狩人を見つけられた。次の芝居では、何人見つけられるだろう?

征山の前では渋った声を出したものの、じつのところ、卵狩人が増えてくれるのは、雪彦にとって願ってもないことだった。

雪彦は、銀獣の卵に魅了された男だった。

異界から運ばれてくる個性豊かな卵達。その世話をする時、雪彦は無上の喜びを覚える。自分の銀獣は必要ない。ほしくもない。ただ一つでも多くの新しい卵をこの目で見たいという欲望しかないのだ。

だから、姉がいなくなってしまうことよりも、新たな卵が運ばれてこなくなるほうが恐ろしかった。姉が異界に吸収されてしまう前に、一人でも多くの卵狩人を確保しなくてはという焦《あせ》りに駆られる。

そんな自分を、歪《ゆが》んでいるとも思う。姉よりも卵を愛しいと思うようになったのは、いつの頃からだろう？　いつの間に、自分はこれほど歪んでしまったのだろう？

「銀獣は、人間の心をさらけださせる。……銀獣と関わった者は、みな……どこかが狂うのかもしれないいな」

くつくつと笑いながら、銀獣屋はゆっくりと出口に向かって歩き出した。

咎人《とがびと》の灯台

一

黒い、岩礁《がんしょう》の島だった。

周囲は、見渡す限りの大海原だ。かなたまで続く水面は、まるで一枚の平らな鏡のようにも見える。その中で、島はまるで黒い芽のように、ぬっと突き出ていた。

海は、この島だけを残しておいてなるものかと言わんばかりに、荒い波を何度となく叩きつけるが、島をおおいつくすことも、洗い去ることもできない。白いしぶきとなって、敗北していくばかりだ。

海との戦いを物語るかのように、島は猛々《たけだけ》しいまでにいびつな形をしていた。あるところは激しくえぐれ、あるところはねじくれた指のように突き出し、ごつごつとした岩肌は触れるだけでも傷ができそうだ。

だが、一か所だけ、奇跡のようになだらかな場所があった。そこにはわずかながら砂がたまり、猫の額ほどの砂浜となっている。

その砂浜に、一艘の船が到着したのは、夏の初めの頃だった。乗っている者のほとんどは、そろいの船乗りの服を着ていた。彼らは無言で、次々と積荷を島に降ろしていく。

積荷の一つは、人間だった。

砂浜に降ろされたヨキは、大きく息を吸いこんだ。ずっと真っ暗な船倉《せんそう》に閉じこめられていたので、新鮮な空気に飢えていたのだ。

この島の空気は、海そのものだった。肌にしみこんできそうなほど強い潮の香り。吹きつけてくる風も海の水を含み、たちまち塩辛さが唇にはりついてくる。それは、漁師だったヨキにはなじみ深いもので、一瞬、自分が故郷にいるのではないかと、錯覚しかけたほどだ。

だが、ここは故郷の漁師町ではない。そしてヨキ自身も、今は漁師ではなかった。

「咎人《とがびと》ヨキ」

赤い服をまとった中年の役人が、ヨキを呼んだ。

ヨキはのそのそと役人のそばに行った。動きが鈍いのは、両手首に重たい枷《かせ》をはめているせいだ。木と鉄でできたそれは、自由を奪うばかりか、ヨキの手首をこすり、不愉快な痛みをもたらすものでもあった。

近づいてきたヨキにうなずきかけたあと、役人はがっしりとした大柄な船乗りに声をかけた。

「ザクもついてこい。残りの者は積荷を全部降ろしておけ」

「へい」

役人と船乗りに前と後ろをはさまれるようにして、ヨキは崖のような坂道を登っていった。

波しぶきが飛んだ岩はぬるぬるとして滑りやすく、両手の使えないヨキにはなかなか手ごわい相手だった。だが、よろめくたびに、後ろにいるザクが支えてくれた。ヨキは何度も礼を言いかけたが、そのたびにザクは顔を背け、礼を言わせなかった。咎人から感謝されるのは、誇り高い船乗りにとっては屈辱なのだ。

ヨキは、ザクの拒絶に少し傷ついた。自分がどれほど堕《お》ちた存在になったか、思い知らされた気がして……。

ようやく坂を登りきると、そこからは島が一望できた。

かなり大きな島だった。商船が三十隻並んだくらいはあるだろう。とにかく、黒い岩だらけで、木は一本もない。草もだ。波打ち際に、赤や緑や茶色の海藻《かいそう》がへばりついているばかりだ。あちこちにえぐれたような深い溝があり、海水がたまって、潮だまりになっているところも多い。

カニがいそうだと、思わずヨキは考えた。

（カニはヒナの好物だったな）

そう思った瞬間、胸に鋭い痛みが走った。ヒナのことを思い出すたびに、この痛みがやってくる。

ヨキは歯を食いしばって、それに耐えた。誰にも弱みなど見せたくなかった。

「あれがおまえの灯台だ」

役人の声に、ヨキは後ろを振り返った。そして、息をのんだ。

少し離れたところに、塔のようなほっそりとした建物があった。灰色の石造りで、取りつけられた窓は小さく、背が高い。おそらく四階建てくらいだろう。塔のてっぺんは、ガラス張りになっていて、日光を反射させている。

初めて目にする灯台に、ヨキは何度もまばたきした。

（あれが……俺の灯台）

こうして見ると、灯台には独特の威圧感があった。ヨキを拒んでいるようにも、迎え入れようとしているようにも見える。

ザクに背中を押され、ヨキはよろよろと灯台へと歩き出した。役人は鍵を出して、戸を開いた。中は薄暗く、よどんだ空気に満ちていた。そして、椅子が一つと小さなテーブルが一つ、煮炊きができる小さなかまどがぽつねんとあった。

「食事はここで作るといい。上に行くぞ」

そっけなく言って、役人は建物の内側に取りつけられた螺旋《らせん》階段を指し示した。役人のあとに続き、ヨキは階段をのぼっていった。

二階は、これまた暗く、空の木箱が一つ置いてあるだけで、がらんとしていた。だが、ここには大きな窓があり、外に向けて露台が突き出ていた。露台の先端には、頑丈な巻きあげ機が取りつけられている。

「ここは貯蔵室だ。そこの露台に出て、下を見てみろ」

ヨキは言われたとおりにした。すると、露台の真下にあの砂浜があることがわかった。自分が乗ってきた船や、積荷を降ろしている船乗り達の姿が、小さく見える。

「そら、そこの巻きあげ機に、網が取りつけられているだろう？　それを下におろしておくといい。そうすれば、あとで積荷をその網に入れて、ここまで巻きあげることができる」

なるほどと、ヨキはうなずいた。食料や燃料を、どうやって灯台まで運んだものだろうと、さっきから不安に思っていたのだ。

三階は、寝台が一つ、放り出されたように置いてあるだけだった。寝台の布団《ふとん》はくしゃくしゃで、先ほどまで誰かが寝ていたかのような痕跡があった。

これを使っていた前の灯台守は、今はどこにいるのだろう？

ヨキはぼんやりと思った。

それを読み取ったのか、役人が陰気な口調で言った。

「前の咎人は死んだ。灯台の明かりが見えないと、この海域を渡っている船から知らせがあってな。急いで調べに来てみたら、案の定、やつは死んでいた。たぶん、正気を失って、二階の露台から飛びおりたのだろう」

「……………」

「よくあることだ。長い孤独に蝕《むしば》まれ、心を病んで自殺する者は少なくないからな。おまえも心を強く持つことだ」

咎人が灯台守としてあてがわれるのは、それだけ過酷な役目だからだ。そして、守り手がいなくなった灯台には、すぐに新しい咎人が送りこまれる。

これはまぎれもなく罰であり刑なのだと、ヨキはいまさらながらに納得した。

「用意した荷の中に、新しい布団も入っている。古いのは焼き捨てておけ。さあ、上だ」

三人は四階に着いた。そこは、これまでのどの部屋よりも狭く、壁は、半分から上は全てガラス張りとなっていた。

そして、部屋の真ん中には太い柱が居座っていた。その柱の上に、ヨキの体の半分ほどもある、大きな銀の石が載っていた。卵のような形で、つるりとしている。

「これが月燐石《げつりんせき》。衝撃を与えることによって光を放つ石だ。この石こそ、この灯台の命にして要。これを見ろ」

役人は、柱に取りつけられた、船の舵《かじ》のような輪を見せた。

「これが、灯台の巻きあげ機だ。これを右に回していくと、この柱の中にある重しが巻きあげられていく。やってみろ」

ヨキは言われるままに、巻きあげ機に手をかけた。回してみて、驚いた。枷が邪魔になっているから、力が入りにくいが、それを抜きにしても、かなり重い。

それでも、なんとか四回転ほどさせた。

「よし。手を離せ」

ヨキが手を離すと、輪は非常にゆっくりと左に回り出した。元に戻っていくのだ。

と思ったら、こつこつと、硬い音が響き出し、続いて、頭の上から光が差してきた。

顔をあげ、ヨキは目を瞠《みは》った。

月燐石が光り出していた。柔らかな虹色の光を、さざ波のように放ってくる。目をこらすと、細かな銀の光の粒が、鱗粉《りんぷん》のようにふりまかれているのがわかった。

「見てのとおりだ。柱の中の重しがゆっくりと下に落ちていくことによって、中に取りつけられた小槌が回って、月燐石に定期的に衝撃を与えていく。止めるには、この根本の赤いつまみを右に回せ。こうだ」

役人がつまみを回すと、動いていた輪が止まり、音が止まり、最後には光も消えた。

「つまみを左に回せば、もとどおり動き出す。夕方までに、限界まで巻きあげて止めておけ。限界まで巻きあげてしまえば、重しが落ちきるまで、四時間はもつ」

「四時間……」

「そうだ。つまり、灯台の明かりを絶やさないためには、四時間ごとに重しを巻きあげなければならないということだ。それに、石の掃除も忘れるな。光を放つたびに、月燐石はすすを吐き出すからな。一晩中光り続ければ、翌日には自らのすすでおおわれて、灰色に曇ってしまう。荷の中にたわしがあるから、それで毎日自分の顔が映るほど、磨《みが》きあげることだ」

ふいに、役人の顔が改まったものとなった。

「咎人ヨキ。人を傷つけた咎《とが》により、汝《なんじ》をこの島の灯台守に任じる。日暮れから翌日の夜明けまで、灯台の明かりを絶やさぬことを、汝の咎のあがないとせよ。今日より五年の間、この近隣の海で事故が起きることなければ、汝は清められたとし、故郷に戻されることとなる。ただし、汝が灯台守としての務めを怠《おこた》ったことにより、船の事故が起きた場合、刑期はさらに五年追加されると心得よ」

「……」

「半年ごとに、補給の船が食料などを届けることであろう。だが、彼らが汝と言葉を交わすことはない。今日の我の言葉を最後に、五年間、汝の耳が人の声を聞くことはない。これより、汝の咎をあがなう時は始まった。人のいないこの島にて、孤独と後悔を友とし、あがないに心身を捧げよ」

ヨキは何も言わず、ただ黙って頭を下げた。

そんなヨキに、役人は重々しく尋ねた。

「最後に望みを聞こう。叶えられるものであれば、一つだけ、与えてもよいことになっている。何かほしいものはあるか?」

少し考えたあと、ヨキはぼそぼそと言った。

「釣竿《つりざお》と釣り針がほしいです。魚を釣って食いたいので」

「釣竿と釣り針か。今回は持ち合わせていないから、次回の補給船で持ってこさせてやろう」

ヨキはがっかりした。半年先まで、魚を釣ることができないとは。

と、船乗りのザクが初めて口を開いた。

「旦那。俺が持ってきてますぜ。こいつにやってくだせえよ」

「よいのか?」

「へい」

「では、他の積荷と一緒に、浜辺に残してやれ」

「へい」

ヨキは感謝のまなざしでザクを見た。ザクはヨキを見ようとしなかったが、ヨキの想いは感じとったはずだ。少なくとも、ヨキはそう思いたかった。

「では、手枷をはずす。ザク」

「へい」

ザクが棍棒《こんぼう》を腰から抜いて、身構えた。それを見てから、役人は鍵を持って、ヨキに近づいた。

その顔は青ざめていた。

灯台守の刑を命じられた咎人は、手枷がはずれた瞬間、思うらしい。

今なら、もしかしたら逃げられるかもしれないと。

役人を人質にすれば、船に乗って、故郷に戻れるかもしれないと。

役人は、これまで何人も咎人を灯台に運んだが、襲いかかってきたり、あるいはそのそぶりを見せたりしなかった者はいない。だから、手枷をはずすこの瞬間が、一番緊張する。

大丈夫だと、役人は自分に言い聞かせた。

この咎人はまだ十八歳。しかも、痩せていて、体も決して大きくはない。すぐ後ろには、大男のザクがいる。咎人が少しでも怪しいそぶりを見せたら、すぐに殴りつけろと言いつけてある。だから、大丈夫だ。

それでも、手枷がはずれたとたん、役人は後ろにとびすさっていた。

だが、予想に反して、この咎人はまったく暴れるそぶりを見せなかった。ただほっとしたように、すれて皮がむけてしまった手首を撫でただけだ。

拍子抜けしかけたものの、役人は慌てて気を引き締めた。ここで油断をしてはいけない。相手は凶暴《きょうぼう》な咎人なのだから。

ザクの後ろに隠れるようにしながら、役人は早口で言った。

「では、我々は島を去る。十分に離れたら、角笛を吹くからな。そうしたら、灯台を出てもよい。だが、その前に灯台を出たら、いいか、船に乗せてきた弓衆達が、いっせいにおまえに矢を放つぞ。どんなことがあっても、角笛が聞こえるまで、灯台の外には出るな。弓衆がおまえに狙いをつけていることを忘れるな。いいな？」

「はい」

ヨキは静かにうなずいた。その従順さに、役人はわずかながら親切心がわいてきた。だから、言ってやった。

「角笛が聞こえたら、おまえはこの島の主だ。あとは夜まで好きにすればいい。だが、私なら、最初に積荷を運んでおく。夕方になれば満潮だ。そうなれば、浜辺の荷は全部波に持っていかれてしまうだろうからな」

「はい。ありがとうございます。教えてくれて。ザクさんも。釣竿と釣り針、ありがとう。大事に使います」

役人とザクに向けて、ヨキは深々と頭を下げた。

「では、そこにいろ。角笛が聞こえるまでな。いいな」

ヨキが動かないことを確認してから、役人とザクは急いで階段を駆け下り、灯台の外に飛び出した。それから坂道をくだって、船を目指した。何度も後ろを振り返ったが、咎人が追いかけてくる気配はなかった。

船が間近に見えてきて、役人はようやくほっとした。どうやら今回も無事に務めを果たせたようだ。

どうか無事に船まで戻れますように。

さっきまでは、船に戻ることで頭がいっぱいだった。が、こうして船が見えてくると、やっと他のことが考えられるようになった。

頭に浮かんできたのは、やはり、残してきた咎人のことだった。

元は漁師だったという若者。子供の頃から海に入って、魚のように泳ぎ回っていたのだろう。小柄だが、よく引き締まった体をしていた。素朴な顔立ち。ザクに負けないほど、真っ黒に日焼けした肌。目は暗いが、終始おとなしく、黙りこんでいた。

ふいに、感じてはならない同情心が、役人の中にわきあがってきた。

「……五年か。長いな」

なんとはなしにつぶやくと、それを聞きつけたザクがうなずいてきた。

「確かに長えもんでさ。しかも、まだ若えときてる」

「ああ。まだ十八歳だそうだ。……殴った相手が、十二諸島の君主の遠戚だったのが、運の尽きだったな。……あの若者はもつだろうか?」

灯台守の刑は過酷なものだ。何年も島の中に閉じこめられていると、たいていの咎人がおかしくなる。我が身を傷つけたり、発狂したり。耐えきれず、海に飛びこんでしまう者も多い。

だが、懸念する役人に、ザクはきっぱりと言った。

「なあに。あいつはきっと耐えますよ。海に身を投げるなんてことはしねえでしょう」

「そうかな?」

「へい。あいつの目には何かがくすぶっていた。あの火が消えねえ限り、やつは五年を乗りきりやすよ」

ザクの言葉に、役人はなんだか救われたような気がした。

「……釣竿と釣り針、忘れずに残していってやれ」

「そりゃもう。言われるまでもねえこってす」

そんなことを話しながら、二人は船に戻った。

二

一人残されたヨキは、目を閉じ、じっと耳を澄ませていた。

外に出ようとは思わなかった。さっきの役人は嘘は言っていない。合図の角笛が吹かれる前に外に出たら、船に乗っている弓衆がいっせいに矢を放ってくるだろう。

弓衆の腕前は、しがない漁師町育ちのヨキの耳にも届いている。十二諸島の君主お抱えの彼らは、三百歩先の小鳥の目玉さえ、正確に射抜くという。ヨキの心臓を射抜くなど、朝飯前のはずだ。そして、ヨキはまだ死にたくはなかった。

まだ死ねない。死にたくない。

だから、ヨキは動かなかった。

役人達が出ていって、ずいぶん経ったあと、ようやく角笛の音が聞こえてきた。潮騒に負けない、低く響く音。別れを告げる獣《けもの》の遠吠えのような音。

ぱっとヨキは目を開け、階段を駆け下りて、外に出た。

下を見ると、船はすでにかなり沖へと離れていた。速い潮の流れに乗って、ぐんぐんと島から遠ざかっていく。

一瞬、激しい感情がこみあげてきて、ヨキは大声でわめきそうになった。たった一人、この離れ小島に置き去りにされるという恐怖。生き延びられるかという不安。そして寂しさ。

だが、今回もヨキは耐えた。自分の刑は始まったばかり。今ここで取り乱したら、この先五年間、どうやって耐えられるだろう。

「五年……か」

長い時間だ。だが、決して待てなくはない。必ず故郷に帰るのだ。そのためにも、今はなすべきことをしなくては。

ヨキはいったん灯台に戻り、二階の露台に向かった。巻きあげ機に取りつけられた網を下へ放ると、ひゅうひゅうと音を立てて、網は砂浜へ落ちていった。

それを確かめてから、ヨキは砂浜に向かった。崖のような坂道はあいかわらず滑りやすかったが、両手が自由になったヨキはまったく苦にならなかった。

あっという間に砂浜にたどりついた。粗《あら》い砂の上には、いくつもの木箱や樽《たる》が置かれ、そして釣竿《つりざお》と釣り針、釣り糸が一巻き、そっと添えられていた。

ヨキは釣竿を手に取った。よく使いこまれているが、しなりが強く、頑丈だ。これなら、大物も釣り上げることができるだろう。

釣り針は、小魚用の小さな物から、大きな物まで、三種類もあった。どれも海獣の牙から削り出されたもので、決して安くはないだろう。

これを使って生き延びろ。

船乗りザクの言葉が聞こえたような気がした。

ヨキの目にふいに涙があふれた。なんてことだと、自分でも思った。捕まった時も、牢に放りこまれた時も、裁きの場で刑を言い渡された時も、泣きはしなかったのに。

なんとか涙をぬぐい、ヨキは残された荷を調べていった。

食料は、ゴロイモの粉だった。海水と混ぜて練れば、ねばりと弾力が出て、だんごのようになる。そのままでも食べられるし、焼いてもいい。水分を多めにすれば、粥《かゆ》にもなる。決してうまいものではないが、とにかく腹はふくれるし、日持ちするので、船旅などには欠かせない食べ物だ。

それが木箱に六箱。半年間食いつなぐには、本当にぎりぎりの量だ。釣竿をねだってよかったと、ヨキは心から思った。

樽は二種類、大きめのと小さめのが、それぞれ六つずつあった。

大きめの樽には、水石がつめられていた。

半透明のぷるんとした水石は、口に入れたり、熱を加えると、たちまちとろけて水になる。この離れ小島に泉のようなものはなさそうだし、ここにいる間はこの水石が命綱になることだろう。念のため、雨水はためておいたほうがよさそうだ。

小さめの樽の中身は、海獣の糞の燃料だった。臭いはきついが、脂をたっぷりと含んでいるので、濡れても火がつくし、なにより木よりもずっと長く燃える。

さらに、大きな袋があり、そこには切れ味の鋭い短刀、小さな鍋、椀、真鍮《しんちゅう》のカップ、長めのさじ、火打石、替えの服が二枚、真新しい毛布、ランプ、それに大きなたわしが三つ入っていた。残されていたのは、それで全てだった。

ヨキは、先ほど自分がおろした網を見た。この荷を一度に引き上げるのは無理そうだ。少し考えてから、最初に水石の樽を引き上げることにした。水はなによりも大切だ。一番に安全な場所に運びたかった。

網の中に水石の樽を入れ、しっかりと縄でくくってから、ヨキは短刀を腰に差しこみ、大事な釣竿と釣り針を持って、灯台に戻った。

巻きあげ機の取っ手を回すと、ずしっとした重みがかかり、突き出た太い竿がしなった。ここで綱が切れたり、竿が折れたりしてしまったらと、少しひやっとした。

だが、そのようなことは起きず、荷は無事に灯台の二階までやってきた。

同じ作業をさらに二回繰り返し、なんとか全ての荷を灯台の中に運びこむことができた。

一息ついたあと、ヨキは四階にあがった。自分の役目を、初日から怠けたくはなかった。

まず重しの巻きあげ機の輪を、動かなくなるまで回していった。手枷がなくなったとは言え、これはかなりの力が必要だった。巻き終えた時には、うっすらと汗をかいていたくらいだ。

その汗をぬぐうこともなく、ヨキは次の作業に取りかかった。荷の中にあったたわしで、柱の上に取りつけられた月燐《げつりん》石をこすっていったのだ。

銀灰色の膜におおわれていた石は、こするにつれて透明感のある真珠《しんじゅ》色へと変わっていった。

石を美しくしていく作業は、どこか満足感があった。

石の曇りが全て消えた頃には、夕暮れとなっていた。

ヨキはガラス越しに海を見た。海の中に、赤みをおびた黄金の太陽が沈んでいく。一日の役目を終え、ぎらぎらとした輝きを失った太陽。どことなく哀れで、だが美しい。黄昏《たそがれ》の空も海も、ヨキには美しく見えた。

今度は島を見た。黒い岩島。ごつごつとして、優しさや美しさとは無縁の姿。

でも、この島は俺の島だと、ヨキは思った。

この島と仲良くなってみせよう。この島を愛《いと》しいと思えるようになってみせる。そうすればきっと、五年という年月も耐えきれるはずだ。

「俺はこの島の主だ」

声に出して言うと、なぜか勇気がわいた。自分の中の生きる力が、大きくはねあがったようだ。

振り返ると、ちょうど日が沈みきるところだった。まだ空は明るいが、すぐに夜がやってくる。

ヨキは柱のところに行き、赤いつまみを回した。ゆっくりと、巻きあげ機の輪が回り、かつかつという音と共に、月燐石が光を放ち出した。淡い銀色の光がさざ波のように広がっていく。

この光は遠くまで届く。光を見た船はすぐに針路を変えるだろう。光のそばには近づくまいと。

座礁しやすい危険な海域を知らしめるもの、それが灯台なのだ。

しばらく月燐石の輝きに見入っていたヨキだが、ふいに空腹を覚えた。

生きている。俺は生きていて、これからも生きたいと思ってるんだ。

腹が減ったことを満足に思いながら、ヨキは二階へと降りていった。浜から引っぱり上げた荷を見て回り、海獣の糞の入った樽を一つ、一階へとおろした。それからもう一度二階に行き、水石をひとつかみと、ゴロイモの粉末を一袋取りだした。

水石はコップに入れ、火打石と鍋、椀、さじ、それにゴロイモの袋を抱えて、一階へと戻る。テーブルに荷を置くと、今度は鍋を持って外に出た。役人は何も言っていなかったが、先ほど上から外を見た時、井戸のようなものが灯台の横にあるのを見つけたのだ。

はたして、それは井戸だった。いや、井戸というより、突き出た岸壁のでっぱりにうがたれた穴というべきだろう。穴の下には海があり、波が荒々しく逆巻いているのが見える。その穴の横には、鎖がついた桶があり、鎖の端は楔《くさび》でしっかりと地面に留められていた。

ヨキは桶を穴の中に落とした。じゃらじゃらと、音を立てて鎖が短くなっていき、やがてぴーんと張った。

ヨキは鎖をつかんで、ゆっくりと引き上げていった。かなり重い。細い鎖が、手のひらに食いこんでくる。強風を受けて、下の桶が左右に大きく揺れているのが、伝わってくる。

これでは、中の水が全部こぼれてしまうのではと心配したが、引き上げてみると、海水は半分以上残っていた。とりあえずは、十分な量だ。

鍋の中に海水を移し、ヨキは灯台へと戻った。

戸を閉める前に、ヨキはもう一度海を見た。海面が白く波立ち始めている。このあたりの海は、夜になると潮の流れが激しくなるらしい。なるほど。役人達の船が急いで帰ったわけだ。

それに、風がずいぶん強く、冷たくなってきていた。夏だというのに、この肌寒さ。冬はどれほどすさまじいことになるのだろう。

ヨキはぶるりと身を震わせてから、灯台の中へと引っこんだ。

すぐに食事の支度に取りかかった。まず、海獣の糞の樽のふたを開けた。とたん、腐った海藻《かいそう》に、脂を混ぜこんだような悪臭があふれた。普通の人間なら、思わずせきこむか、目に涙を浮かべただろう。

だが、ヨキは平気だった。いまさらこの臭いにひるむわけがない。子供の時から、朝早く海岸に行っては、流れ着く海獣の糞を拾い集めてきたのだから。

たくさん拾えれば、母親に褒めてもらえた。家で使いきれない分は、島に立ちよる商船に売りに行った。ああ、今でも思い出す。ぴかぴかの小銭を握りしめて、家に帰る時の、意気揚々とした気持ち。

故郷に戻ったような気がして、胸がせつなくなった。そして、また自然とヒナのことが思い出された。

ヒナは怪獣の糞が嫌いだった。「臭いが手についてしまう」と、目を潤《うる》ませてヨキを見たものだ。だから、ヨキは誰よりも早起きして、ヒナの家の分も集めてやった。

（そうすると、あいつが笑ってくれたからな……）

ヨキはぬるりと光る黒い塊を一つ取り、かまどの中に放りこんだ。その上で、火打石を打ち合わせれば、すぐに火がついた。緑っぽい炎が躍り出し、狭い部屋の中にじんわりとした温もりが広がっていく。

その炎の上に、海水を入れた鍋をかけた。水が湯になったところで、ヨキは鍋にゴロイモの粉を入れた。さじで数回かきまぜれば、どろりとした粥が出来上がる。

熱々のそれを、ヨキは鍋からじかに食べた。かなりしょっぱくて、ねばついていたが、腹は十分にふくれた。それに、熱い食べ物を腹におさめると、ぐっと気分が良くなった。

空になった鍋を新しく汲んだ海水で洗ったあと、ヨキは何をするわけでもなく、窓辺に椅子を持っていって座った。

ガラス越しに外を見ると、暗闇の中に細かな光が散っていた。灯台の光だ。でも、その淡い光は、遠くからの目印にはなっても、こちらから遠くを見通すのには適さない。

ヨキは、自分が本当に闇に囲まれているのだと、しみじみと思った。その闇の向こうから、唸りのような潮騒が聞こえてくる。潮騒はいつしか子守唄となり、ヨキは眠ってしまった。

夢の中にはヒナがいた。

鮮やかに笑い、白い歯が輝くヒナ。

ほしい物が手に入らなくて、すねてふてくされているヒナ。

島を出たいと、むさぼるような目で海の向こうを見つめるヒナ。

と、その姿が急に見えなくなり、闇の向こうから甲高い笑い声が聞こえてきた。

「あたしがあんたにかまってやったのは、あんたが便利なやつだったからよ。それを勘違いするなんて、おめでたいわねえ。あたし、前から何度も何度も言ってたじゃないの。この島を出たいって。そのあたしが、魚臭い漁師の女房になるなんて、ありえない。死んでもごめんだわ！」

ヒナ！

血の味がヨキの口の中に広がった。

やめろ！　おまえのその言葉、もう聞きたくないんだ！

だが、闇からの声は止まらない。それどころか、さらにさらにと毒を含んでいく。甘く、ねばっこく、強烈な毒を。

「でもね、あんたが少しうらやましいわ、ヨキ。あたしより先に島を出るんだもの。……見てなさいよ。あたしもじきにここを出る。こんなところに未練なんかないもの。あんたをはめたって、この島の連中はあたしに冷たいし。ゼン様の船に乗せてもらうの。それがどういう意味か、知ってるのかって？　ええ、もちろんわかってるわよ」

それがなによと、声は勝ち誇ったように言った。

「この島から出るには、誰だって代金を払うものよ。あたしは自分を差し出すの。一番価値があるものだもの。ゼン様はむらっ気の多いほうだし、すぐにあたしに飽きるかもしれない。でも、その時までに、あたしは次のすてきな人を見つけてみせる。見てなさい、ヨキ。あたしは、あんたや島の連中が思い描くこともできないような高みに行ってみせるから！」

その言葉を最後に、ヒナの気配が薄れていった。

ヨキは夢中で追いかけた。

言われっぱなしで消えられて、たまるものか。一言なりとも、言い返してやりたい！　いや、なによりも聞きたいことがある！

「おまえはこんなことを平気でできるほど、俺のことを憎んでいたのか？」

だが、それを尋ねる前に、目が覚めてしまった。

体から汗がふいていた。息もあがってしまっている。ヨキは前かがみになり、頭を抱えこんだ。

目覚める一瞬、ヒナの姿が見えた気がした。こちらをちらりと振り返った白い顔には、露骨《ろこつ》な軽蔑の笑みがあった。

幼い頃から共に育ち、俺が守らなければと、心に決めていた少女。でも、それは勝手な思いこみでしかなかった。ヒナは、ヨキのことを都合のよい家来程度にしか思っていなかったのだ。

裁きのあと、ヒナは牢獄にやってきて、そのことをはっきりとヨキに告げた。あの時の言葉は、楔のようにヨキの心に突き刺さったまま、こうして夜な夜な夢に現れる。まるで亡霊のように、ヒナの記憶はヨキに取り憑いていた。

それが恐ろしかった。生々しかった。悲しくて、憎くて、体が裂けてしまいそうだ。

「……ちくしょう」

この時、ギン、ギン、と、きしむような音が聞こえていた。上のほうからだ。

なんだろうと、ヨキは慌てて立ち上がり、階段を駆けあがった。

音を立てていたのは、月燐石をはめこんだ柱だった。ギン、ギンと、不穏な音が内部から聞こえてくる。

一瞬焦《あせ》ったものの、ヨキはすぐに思い当たった。

「そうか。もうすぐ重しが落ちきってしまうのか」

きっと、この音はそれを知らせるものに違いない。

ヨキは巻きあげ機をつかみ、ゆっくりと回し出した。動かなくなるまで回してから、手を離した。すると、あの不穏な音が消え、月燐石はふたたび静かに光を放ち出した。

ほっと、ヨキは息をついた。仕掛けが終わりかけるたびに、こういう音がするのは助かる。これなら寝過ごしてしまうことはまずないだろう。

ヨキは月燐石を見た。暗闇の中で、石の放つ光は美しかった。自分の心の闇がほんの少し照らされるような気がして、ヨキはいつまでもその光に見入っていた。

三

翌朝、ヨキは島の探索に出た。寝不足で、体が少し重かった。ヒナの夢を見るのが恐ろしくて、昨日はあれから眠らなかったのだ。

外に出たところ、早朝の冷たい潮風が気持ちよく、少し気分が良くなった。

島にはあちこち深い裂け目があり、そこに海水がたまって、ほどよい潮だまりになっている。のぞいてみると、案の定、カニがうじゃうじゃいた。獲る者がいないせいか、どれも見事な大きさだ。

漁師魂に火がつき、思わずヨキは歓声をあげていた。

これを港に持っていけば、かなりの値がつく。そうしたら、ヒナにちょっとした飾り物か甘い菓子などを……。

「……やめろ！」

自分で自分の思いを打ち消した。

なんでもかんでもヒナに結び付けるのが、前は当たり前だった。でも、これからは間違っても「ヒナのため」なんて思ってはいけない。そんなことは許せない。

喜びはしぼんでしまったが、ヨキは着ているものを脱いで、潮だまりに入り、大きなカニを二匹、捕まえた。はさみをふりまわすカニは、力も相当ある。短刀で一突きして、仕留めた。

「カニ、か……」

ヨキのいた島では、漁民はカニを獲りはするが、自分ではめったに食べない。自分達で食べるよりも、売ったほうがいいからだ。

カニは金持ちの食べ物。だから、ヒナは余計にカニを食べたがった。

「カニを食べると、幸せな気分になれるのよ。ねえ、ヨキ。あたしにカニを持ってきてよ。お願いよ、ヨキ」

ねだるヒナのために、ヨキは夜こっそり海に出ては、カニを獲って渡してやったものだ。そのたびにヒナは「大好きよ、ヨキ！」とヨキに飛びついてきた。

だが、そのカニを分けてくれることはなかった。一口だって、ヨキに食べさせてくれることはなかった。今から考えれば、こっそり物陰に隠れ、卑《いや》しい獣《けもの》のように目を光らせ、めったに食べられないごちそうに一人で舌鼓《したつづみ》を打っていたのだろう。その姿を思い浮かべると、胸が悪くなる。

あんな娘に、わざわざ貢いでやっていたなんて。自分の愚かさに腹が立ってしかたない。

だが、今日からは違う。この島のカニは全てヨキのもの。ヨキはがつがつと、王のようにカニを食らってやるのだ。

「俺はこの島の王だ！」

ヨキは吼《ほ》えた。

ここでは自分が主。何をしたってかまわない。

大胆な、恐れ知らずな気持ちになり、ヨキは裸のまま灯台に戻った。

カニを火であぶったあとは、甲羅《こうら》をたたき割り、汁気のしたたる白い肉を存分に味わった。うまかった。この世のどんなものよりもうまく感じた。

「見ろ、ヒナ。今、俺はカニを食っているんだぞ！」

ここにはいないヒナに向けて、ヨキは見せびらかした。そうでもしないと、どうにも気持ちがおさまらなかったのだ。

贅沢《ぜいたく》な食事を終えたあと、ヨキは裸のままふたたび島を歩き出した。妙にのびのびとした気分だった。体をすりぬけていく海風は冷たいが、それがまたいい。もう少しこのままでいよう。

小さな島の散策は、あっという間に終わったが、魚を釣るのに絶好の岩場を二か所見つけられ、ヨキは満足だった。

体が冷えてきたところで、灯台に戻った。月燐《げつりん》石を磨《みが》き、巻きあげ機を上まであげきったあとは、少し眠った。昼間の眠りは心地良かった。

夕暮れ近くに目を覚まし、今度は釣竿《つりざお》を持って、岩場に出かけた。

残ったカニの肉を餌に、海に投げ入れてみれば、たちまち魚がかかった。ゲトと呼ばれる魚が二匹と、ユゲワという赤い魚が一匹。

ゲトは臭みがあるが、いったん干してから煮出せば、いい味のスープがとれる。

ユゲワは今の時季が旬の白身魚だ。煮ても焼いてもうまい。

ヨキはその場で魚をさばき、抜いたはらわたは海へと返した。

その夜の食事は豪華だった。焼いたユゲワを、ヨキは骨まで残さず平らげ、満足の吐息をついた。

こうして新鮮な魚やカニが食べられるのは幸せだ。ゴロイモの粉を節約することにもなる。ゲトのほうは海水で洗い、そのまま外にさらしておくことにした。いずれはスープをとり、ゴロイモの団子を入れて食べるとしよう。冬場などはことに体が温まるはずだ。

「そうだ。冬のことも考えなくちゃな」

いずれ来る冬のためにも、干し魚はたくさんあったほうがいい。明日から、できるだけ魚を釣ろうと、ヨキは決めた。

やることがあるのはありがたかった。生きていくためにするべきことがあれば、余計なことを考えずにすむ。

故郷の暮らしとそれほど変わらないなと、ヨキは思った。

ヨキの生まれたアワ島は、十二諸島の末端にある、もっともひなびた島だ。島民のほとんどが漁師で、細々と魚を獲り、時折やってくる商船に、干し魚や珍しい魚の鱗《うろこ》、網にかかった海獣の骨や牙を売る暮らしを営んでいる。

豊かではないが、海の恵みによって支えられ、それなりに生きていける日々。

だから、ヨキは自分を幸せだと思っていた。体は健康だし、すでに自分の網も舟も持っている。なにより、将来を共に歩む相手がいた。

幼馴染のヒナ。漁師の娘とは思えないほど白い肌を持つ、島一番の美人。

ヒナはいずれはヨキの妻となる。誰もがそう思い、認めていた。

ヨキは幸せで、いっそうヒナに尽くした。ヒナが際限なく物をねだり、頼みごとをしてくるのは、それだけ自分に甘えてくれているからだと思った。

だが、違った。ヨキの真心など、ヒナはこれっぱかりも気にかけていなかったのだ。

なぜ、もっと早く気づけなかった。なぜ、俺がヒナを守ってやらなくてはいけない、なんて思ってしまったんだ。

幼い頃から、ヒナは自分が持っている以上の物をほしがった。そのことは知っていたはずなのに。ああしたわがままを、かわいいと思っていたなんて。

ぎりぎりと、ヨキはこぶしを握りしめた。

忘れろ。思い出せば、つらいだけだ。ヒナのことなど考えるな。忘れてしまえ。五年過ぎて、故郷の島に戻ることだけを考えろ。

ヨキは心の中を黒く塗りつぶそうとした。

だが、どれほどの闇を思い浮かべようと、ヒナの白い顔は浮かびあがってくるのだ。まるで灯台の光のように。

四

月がふためぐりした。

ヨキは生きていた。

一日も欠かさず、月燐石《げつりんせき》を磨《みが》き、夜な夜な光を灯した。昼間の空いた時間は、カニ獲りや魚釣りに費やす。水石やゴロイモの蓄えは十分にあり、四ヶ月後の補給船が来るまで、問題なくもつだろう。

だが、ヨキの心は蝕《むしば》まれつつあった。孤独であることに耐えきれなくなってきたのだ。無性に人と話したかった。誰かの声を聞きたかった。だが、耳を澄ますと、決まってヒナの声が聞こえてくるのだ。

そう。どんなに忘れようとしても、ヒナの記憶は亡霊のように現れる。ヨキに取り憑き、呪い殺そうとしているかのようだ。

その亡霊を追い払うために、ぐんと、独り言が増した。空に、海に、自分に、しょっちゅう話しかけるようになった。気づくと、岩の上に転がって、自分でもわけのわからない言葉をつぶやいていることもある。

ヨキは焦《あせ》り出した。

このままではいまに正気を失ってしまう。何か気をそらすものが必要だ。

だが、釣りやカニ獲りでは限度がある。月燐石を磨くのも、どんなに丁寧《ていねい》にやっても、二時間もあればすんでしまう。

時間をもてあますことを恐れ、ヨキは島中を歩き回るようになった。危険な岩場をのぼりおりしている間は、ヒナのことを思い出さずにすむからだ。

ことにお気に入りの場所は、島で唯一の砂浜だった。

ヨキは毎日、砂浜へとおりていった。

打ち砕かれた貝殻が大量に混ざった砂はかなり粗《あら》い。ヨキははだしで粗い砂を踏みしめては、その感触を楽しんだ。

ここは島の中でも特別な場所だ。湾のようになっているので、潮騒の音は静かで、波も穏やかに見える。

なにより、ここは外の世界とつながっている。この島で唯一、船を着けられる場所なのだから。

海風すら故郷の香りを運んでくるように思え、ヨキは何度も大きく息を吸った。風は冷たく、塩辛かった。

砂浜には、時折、珍しいものが打ちあげられていることもあった。

壊れていない貝や海竜の鱗《うろこ》、獣《けもの》の骨や流木。

みんな、海の贈り物だ。そうしたものを探すのは、ちょっとした楽しみだった。子供の頃、もしかしたら宝物があるかもしれないと、わくわくして浜辺を見て回った気持ちがよみがえってくる。

拾った物は、砂浜の奥にある洞窟にしまいこんだ。この洞窟はかなり大きく、いわば島の胃袋のようだった。ぐうっと、奥まで続いているので、どんな高潮の時でも、海水が届くことはない。宝物をしまうにはうってつけだ。洞窟が自分の宝で埋まっていくのを見るのは、不思議な満足感があった。

だが、もちろん、何も見つからない時もある。そういう時は、ヒナが先回りして、いいものを全部かっさらってしまったのだと、ヨキには思えた。

「ちくしょう。ヒナめ。ヒナのやつめ」

ぶつぶつつぶやきながら、海を見つめた。

泳ぐには水が冷たすぎるし、なにより波が荒い。海が凪《な》いでいるところなど、このふた月の間、見たことがない。ここはそういう海なのだ。潮の流れは速く、波は高く、風は強い。おまけに、岩礁《がんしょう》海域でもある。だからこそ、灯台が必要で、その灯台に明かりを灯す者が必要なのだ。

「俺は……すごく大事な役目を担っているんだな」

いまさらながらに、ヨキは気づいた。

咎人とはいえ、この灯台守の役目は重大だ。だから、決して明かりを絶やすまい。前にこの島にいた咎人のように、自分から命を捨てて、役目を放り出したりはしない。そのためにも正気を保たなければ。

「俺は大丈夫だ。大丈夫なんだ」

自分に言い聞かせたとたん、けらけらと、風に混じって、ヒナの笑い声が聞こえてきた。明るく、軽やかで、蔑《さげす》みに満ちている。

体につきまとう風を払いのけるように、ヨキは、波打ち際まで歩いていった。そして、海の中に、ほの白いものがあるのを見つけたのだ。

はっとして、服を着たまま海に飛びこんだ。ざばざばと水をかきわけ、ぐいっと腕を伸ばす。そうして、つかみあげたのは、びっくりするほど大きな海獣の牙だった。ほとんど子供の腕くらいの太さと長さがある。色は乳のように白く、すべすべとしている。どこも欠けてはおらず、完璧な美しさだ。

ヨキは牙を抱きしめた。

嬉しかった。無性に嬉しかった。これはとても特別なものだ。これほど見事な牙が浜辺に流れ着くなど、奇跡としか思えない。いや、これは贈り物だ。ヨキのために、海がくれたものなのだ。

「海よ、ありがとう!」

ヨキはその牙を灯台に持ち帰り、じっくりと見つめた。見れば見るほど、見事なものだ。でも、この牙はまだ本当の姿になっていない。だから、ヨキの元にやってきたに違いない。

海獣の牙や骨からちょっとした細工物を作るのが、ヨキは得意だった。漁に出られないしけの時期などは、よく小屋にこもって、首飾りの玉や小さな置物を作ったものだ。それを商人のところに持っていくと、なかなかいい値段で引き取ってもらえた。

だが、一番いいものは、いつだってヒナのものとなった。

ヨキが彫刻をしていると、ヒナは後ろから忍びよってきて、「なんてきれいなの！　ねえ、ヨキ。それ、できたら、あたしにちょうだいね」と、当たり前のようにねだった。そのおねだりに、ヨキはいつだって素直に応じたのだ。

今も、ヒナの甘ったるい声が聞こえてきた。

「すてきな牙ねぇ、ヨキ。で、いったい、何を作るの？　あたし、今度は帯どめがいいわ。波と風の模様の入った、すてきなやつ。ねえ、作ってくれるでしょう？」

「うるさい！　だ、誰がおまえなんかのために！」

「あらぁ。何を怒っているの、ヨキ？　ふふふ。そんなふうに怒ってもだめよ。あたしがちょっと笑いかければ、あんたはなんだってしてくれる。あたし、ちゃんとあんたのこと知ってるんだから」

けらけらと笑うヒナの姿まで見えてきてしまった。

このままでは本当に気が狂う。

幻を追い払おうと、ヨキは無我夢中で海獣の牙をつかんだ。

「消えろ！」

そうして、牙をヒナに向かって突き出した。

ずぶりと、牙はヒナの胸に深く埋まった。ヒナの顔が驚いたようにひきつり、続いて痛みに歪《ゆが》んだ。そして……。

消えたのだ。

はあはあと荒く息をつきながら、ヨキは手の中の牙を見た。太くそりかえった美しい牙。これで、ヒナを刺した時、感触まで伝わってきた気がした。

「ああ、そうか……」

急に、すとんと気持ちが落ち着いた。

今の今まで、自分は故郷に帰りたいのだと思っていた。そのために、なんとしても五年間、耐えてみせると、そう思っていた。

だが、今やっと、自分の本当の望みに気づいた。島に帰りたいわけではない。父も母ももう亡くなっているし、家や舟といった財産は全て没収されてしまった。残っているものと言えば、友人や縁者くらいだが、彼らにもそれほど会いたいとは思わない。

そうだ、故郷の島に未練はない。だが、ヒナには会いたい。どこにいようと見つけ出し、最後の贈り物を自分のこの手で渡してやりたい。

同時に、この海獣の牙をどうするかも決まった。

ヨキは牙をそっと持ち上げ、ほとんど口づけせんばかりに唇を寄せて、ささやきかけた。

「きれいな姿にしてやるからな。きれいで、鋭くて……ヒナにふさわしいナイフにしてやる」

にっと、ヨキは笑った。

五

海獣の牙を拾った日から、ヨキは変わった。島を歩くことも、砂浜に行くこともやめた。灯台の光を絶やすことだけはしなかったが、それ以外は釣りもほとんどせず、時を惜しむように、ひたすら牙を削り、磨《みが》くことに没頭したのだ。

牙はとても硬く、滑りやすく、なかなか思いどおりにはならない素材だった。だが、ヨキは根気よく、そして憑かれたように作業を続けた。

そうして、牙はだんだんと長刃のナイフへと姿を変えてきた。

だいたいの形が整うと、ヨキは先に柄の部分を仕上げてしまうことにした。ヨキはこれを、この世にまたとない美しいナイフにするつもりだった。それには当然、柄の部分もふさわしい細工がなくてはならない。

時をかけて、ヨキは柄に彫刻をほどこしていった。彫刻には「カグとセア」の物語をこめることにした。

恋人の裏切りで、小舟から闇の海に落とされた若神カグ。溺れ死んだ彼は霧となり、裏切り者の恋人を迷わせて、餓死させたという。

柄の片側には、小舟から突き落とされるカグの姿と、カグを突き飛ばす乙女セアの姿を彫った。不思議と、カグの顔はヨキに似ていた。セアの顔は当然ながらヒナのものだ。笑いながら、カグであるヨキを突き飛ばしている。

彫っていて、それはもう苦々しく、途中でやめてしまおうかと思ったほどだ。

だが、もう一方の面を彫る時は楽しかった。霧をまとったカグが、小舟を一人占めして助かろうとしたセアを包んでいる。セアの顔は恐怖におののき、口は叫び声をあげるために大きく開いている。

「もうじきだ。もうじき、おまえもこうなるんだ」

熱をこめてつぶやきながら、ヨキは嬉々としてセアの、いやヒナの姿を彫りこんでいった。

半年かかって、柄の彫刻は出来上がった。

いよいよとばかりに、ヨキは刃の研磨《けんま》にかかった。いくら美しい見た目でも、なまくらでは話にならない。刃の切れ味こそ、刃物の真髄《しんずい》だ。

研磨には、島の岩礁《がんしょう》にはりついている海藻《かいそう》を使った。海藻をひとつかみずつまとめて、乾燥させると、硬くじゃりじゃりとした塊となる。

それを使って、ヨキは精魂こめて、刃を磨いていった。磨いている間は、不思議なくらい心が安らいだ。美しいものを生み出しているという高揚感《こうようかん》が、咎人《とがびと》であることも忘れさせてくれる。

この贈り物を、ヒナはきっと気に入ってくれるだろう。そうだ。黙ってただ渡すのでは味気ない。何か気のきいたことを言ってやりたいものだ。

「このナイフには、まだ鞘《さや》がないんだ……鞘になってくれよ。いや、これじゃ気どりすぎてるな。うーん。俺の最後の贈り物を受け取ってくれ、か？」

そういうことをあれこれ考えるのも楽しかった。

ヒナへの贈り物を作っている間に、いつの間にか一年が経っていた。その間に、船が二度、島にやってきた。食料や燃料を継ぎ足すためだ。

最初の時と同じように、船乗り達は砂浜に水石の入った樽《たる》やゴロイモの箱を投げ落とした。この間、ヨキも近くにいて、彼らの作業をじっと見ていた。逃げようなどと、考えたわけではない。ただ久しぶりに人の姿が見られて、新鮮な気持ちがしたのだ。

一方、船乗り達のほうはというと、決してヨキと口をきこうとしなかったが、内心では驚いていた。

彼らが知っている灯台の咎人は、たいてい気が狂いかけているものだ。長い孤独に、体も心もぼろぼろとなり、哀れな獣《けもの》のようにわけもなくすすり泣いたり、吼《ほ》えたりする。

だが、この青年はどうだ。少しも孤独や絶望に蝕《むしば》まれていない。少々痩せてはいるが、いたって健康でまともそうだ。そこがかえって不気味だった。

あとで、船乗りの一人は、こうつぶやいた。

「目だよ。おらぁ、あいつの目が気になった。ぎらついててよ。あちこちはまともなのに、魂だけが欠け始めているみてぇで……あの目でじっと見つめられると、腰から下の血の気が抜けてくようでよ。正直、狂人よりおっそろしい感じがしたぜ」

不気味な島の主から少しでも早く遠ざかりたいと、彼らは風のように作業をすませ、船に乗って帰っていった。

彼らが去ると、ヨキも灯台に戻り、ふたたび刃を磨く作業に取りかかった。

そして、ヨキが島に来てから二年目の夏の終わり、ついにナイフは出来上がったのだ。

完成したナイフを前に、ヨキは満足の吐息をついた。

艶《つや》やかな純白のナイフ。長い刃はゆるやかな弧を描き、柄へと続いている。その柄には、精緻《せいち》な彫刻がほどこされていて、見た目もすばらしいが、握り心地も申し分ない。これなら汗で滑ることも、取り落としてしまう心配もないだろう。

なにより、切れ味がすばらしい。試しに、先日釣り上げたウンタという魚に突き刺してみた。革を分厚く重ねたように固くて弾力のある魚だが、ナイフは易々《やすやす》とこれを貫いた。

ヨキは深く満足した。長い間、根気よく磨いた甲斐《かい》があったというものだ。これならいい。これならヒナにふさわしい。

ナイフを握りしめ、ヨキは目を閉じた。

「ヒナ。ヒナ、出て来いよ。贈り物があるんだ」

すぐにヒナが出てきた。おなじみのすねた顔をしている。

「なによ、ヨキ。ずっとあたしのこと、ほっぽりっぱなしにしてたくせに」

「ごめんよ。ヒナにやりたい贈り物に、手間取っちまって。やっとできたんだ。受け取ってくれよ」

そう言って、ヨキはすばやくヒナにナイフを突き刺した。幻の真っ赤な血が、白い刃を美しく染めあげる。

ヒナはうめき声をあげることもなくかき消えた。

狂気の喜びに満たされていくのを、ヨキは感じた。

これだ。これでいい。ヒナ。待ってろ。あと三年だ。三年経ったら、おまえにこの贈り物を届けに行く。そしたら、おまえ、笑ってくれるだろ？　このナイフを、きれいな赤に染めてくれるだろ？

もはや笑いを抑えきれず、かかかと、ヨキは笑った。

三年！　もう決して長くはない。退屈したり、孤独を感じたりしたら、ヒナの幻を呼び出し、このナイフで遊んでやればいいのだ。

絶好の暇つぶしを見つけ、ヨキはその幸せに酔った。

その時だ。

ギン、ギンと、あの音が響き出し、ヨキの笑いを遮《さえぎ》った。

月燐石《げつりん》がヨキを呼んでいる。まもなく光が途切れるぞと、知らせている。

ヨキはナイフをテーブルに置いて、四階に向かおうとした。だが、気が急いていたせいか、ナイフの置き方が甘かった。

ナイフがテーブルからこぼれていくのが、いやにゆっくりとヨキの目には映った。

受け止めなくては。

とっさに手を伸ばしたが、焦《あせ》ったあまり、狙いが狂った。ヨキの指先にはじかれ、ナイフの向きが勢いよく変わった。くるくると回転しながら、ヨキの右足の甲にぶすりと突き刺さったのだ。

「う、おっ！」

突然の激痛に、目の裏に火花が散った。

ナイフは深く、ほとんど刃の半分までも突き通っていた。足を貫いて、床にまで届いているのを、ヨキは感じた。

迂闊《うかつ》だった。あんなに慌てなければ、いや、そもそもちゃんとテーブルの上に置いていれば。くそ。こんなところで、抜群の切れ味が災いするとは。

歯を食いしばりながら、ヨキはなんとかナイフを引き抜いた。とたん、どっと血があふれだした。思った以上の出血だ。早く止めなければと、布を押しあてても、どんどん赤い染みが浮きあがり、重たく広がっていく。

鉄さびのような臭いに、目眩《めまい》がした。体から力が抜けて、ひんやりと冷たくなってくるのを感じる。痛みはひどかったが、それ以上に怖かった。

誰か。助けてくれ。死にたくない。

だが、助けはこない。誰もいないのだから。

この時ほど一人であることを痛感したことはなかった。医者でなくてもかまわない。誰かがそばにいてくれたら。そうしたら、どんなに心強かったろうか。

いつの間にか、月燐石の音が聞こえなくなっていた。聞こえるのは浅くて速い自分の息と、外から響く波の音、風の唸り声ばかり。それもだんだんと静かになってくる。

静寂と暗闇の中にのみこまれながら、一瞬、ヨキはヒナの笑い声を聞いた気がした。

六

まぶしい光を感じて、ヨキはまぶたを開いた。

朝だ。窓から差しこむ光が、朝日の色をしている。

起きあがってみて、ぎょっとした。床は一面、血の海となっていた。血はすでに乾いていて、不気味な赤茶色に変色している。

よくもまあ命があったものだと、ぞっとしながら足を見た。激しくあふれていた血は、なんとか止まっていた。ふたたび傷口が開かないようにと、ヨキは細心の注意を払って、しっかりと布で足を縛った。ぐっ、ぐっ、と布を巻きつけるたびに、脳天を貫くような痛みが走ったが、我慢するしかなかった。

ようやく手当てが終わった。あとは、膿《う》まないよう、この上から海水をよくかけておかなくては。

立ち上がったとたん、うめいていた。ずきんずきんと、痛みが響く。これではしばらくの間、階段の上り下りにも苦労することだろう。

ここで、はっとなった。

月燐石《げつりん》！

怪我をした時、ちょうど月燐石が鳴いていた。もうじき光が途切れるぞと。なのに、ヨキは気を失い、朝までここに転がっていたのだ。

昨夜は灯台の明かりはなかったということになる。

どくんと、心臓がいやな音を立てた。

いや、落ち着け。大丈夫だ。確かに、昨日は闇夜で、風も波も強かった。だが、そういう時は、船も自重するものだ。ただでさえ危険な海域を、渡ろうなどとはしないはず。そうだ。たった一晩、しくじっただけ。その夜に限って、船が沈むわけがない。大丈夫だ。絶対大丈夫だ。

だが、いくら自分に言い聞かせても、不安な気持ちはおさまらなかった。えずきさえこみあげてきた。

風にあたろうと、ヨキは足を引きずりながら外に出た。強い海風が吹いていた。冷たく塩辛い風を受けると、気持ちの悪さも吹き飛んでいく。

そうだ。大丈夫だ。大丈夫なんだから。

そのまま少し歩を進め、斜面の際へと近づいた。そこから何気なくいつもの砂浜を見下ろした。

その瞬間、全身の血が音を立てて引いていった。

白い砂地は、黒っぽい木材で埋め尽くされていた。割れた板に折れた柱のようなもの、それに破れた布きれや縄らしきものも見える。

いやでもわかった。あれは船の残骸だ。

「嘘だぁぁぁぁぁ！」

ヨキは絶叫していた。

嘘だ！　幻だ！　ヒナの声や姿と同じ。見たくないものを、俺は幻として見ているだけだ。いや、これは夢に違いない。なにもかも、そう、全ては夢なんだ。目を覚ませ！　夢から覚めろ覚めろ覚めろ！

だが、どんなにわめいても、頭を叩いても、眼下に広がる景色は変わらなかった。

ヨキはたまらず灯台に逃げ戻った。

見なかった。俺は何も見なかったんだ。

床にへたりこみ、がたがた震えた。からっぽの胃から、酸っぱいものがこみあげてくる。吐くと、黄色のべとべとした塊が床にべちゃりと広がった。

俺のせいで、俺が灯台の明かりを灯せなかったせいで、あの船は沈んでしまったのか。ああ、なんてこった。乗っていた人達はどうなったのだろう？　真っ暗な海に放り出されてしまったのか。

がばっと、ヨキは身を起こした。

「生きてる人が……いるかもしれない」

そんなはずはないと、頭の中で叫ぶ声があった。ここの海は気が荒く、貪欲だ。投げ与えられた温かい命は決して見逃さず、むさぼりつくすに決まっている。

それでも、もし浜に運よく誰かが打ちあげられていたなら……。助けたい。なんとしても助けたい。

ヨキはよろよろと灯台を出て、砂浜へとおりていった。怪我した足で、ごつごつの岩の斜面を下りるのは非常に厄介で、いつもの三倍の時がかかった。傷口も開いてしまい、砂浜についた時には、足を巻いた布に赤い染みがにじみでていた。

それでもかまわずに突き進んだ。

砂浜のそこらじゅうに、船の残骸が転がっていた。水を吸いこみ、黒々と濡れている木材を見ると、まるで人の死骸を見ているようで、気持ちが悪くなってきた。

こみあげてきたものを吐き出そうと、身をかたむけたとたん、ずきっと、足に強烈な痛みが走った。たまらずうずくまった時だ。小さな白いものが、ひびの入った大きな板の下からのぞいていることに気づいた。

それが人の手だとわかったとたん、痛みも何も忘れて、ヨキは板に飛びついていた。

そうして、板を持ち上げてみれば、一人の少女が砂の中に少し埋まった状態で横たわっていた。慌てて砂から掘り出してみれば、驚いたことに、まだ息があった。だが、体は冷えきっている。

ヨキはすぐさま自分の着ているものを脱ぎ、それで少女を包みこんだ。それから、壊れ物を持つように、そっと少女を抱きあげた。

冷たいと、まず思った。濡れた肌の冷たさに、こちらまで凍えそうだ。それに、少女の重みで、傷が悲鳴をあげる。

だが、ヨキは歯を食いしばり、決して少女を離さなかった。そのままなんとか斜面を登りきり、灯台に戻った。

かまどの前で少女を床におろし、着ているものを全て脱がした。

痩せた小さな少女だった。黒い髪が顔にはりついているせいで、目鼻立ちはよく見えないが、おそらく十歳くらいだろう。唇は青く、肌はまったく血の気がなく、全身にあざができている。

だが、大きな怪我はしていないようだ。

そっとあちこちに触れてみたが、やはり骨が折れた感触はない。これなら助けられるかもしれない。

まずは火だ。

ヨキは海獣の糞をかまどに放りこみ、火を燃やした。来るべき冬に備えて、いつもはなるべく使わないようにしている海獣の糞だが、今は惜しんではいられない。次から次へとかまどに放りこんでいった。

すぐに、部屋の中は真夏のように熱くなった。これだ。この熱が、弱っている少女の命をこちらに呼び戻すはず。

かまどの前に毛布で寝床を作り、少女を横たえたあとは、アシュという魚の骨を砕いて作った薬を、湯に溶かして飲ませた。

アシュの骨には、熱を下げる効果の他にもう一つ、体の中に入りすぎた塩を薄めてくれる効果がある。おそらく、この少女はたらふく海水を飲んでいるはずだ。多すぎる塩気は毒となる。胸を押して吐き出させてもよいが、そうすると、はずみで少女の細い骨をへし折ってしまわないとも限らない。

アシュの効力に、ヨキは懸けることにした。

部屋の熱さはますます高まってきて、ヨキはうっすら汗をかきだした。自分の傷口がことのほか熱く、どくんどくんと脈打つのを感じる。

だが、少女の白い体に汗は浮かばない。ほんの少し、血の色が戻ってきた程度だ。と、少女が尿をもらした。

ヨキはほっとした。アシュの効き目が出始めたのだ。海水で満たされ、麻痺《まひ》していた内臓が、ふたたび動き出しているあかしだ。

ヨキは寝床にしている毛布を替えてやり、少女をじっと見守った。


少女が目覚めたのは、それから半日後だった。けふっと、小さなせきをし、それからゆっくりと目を開けたのだ。

くっきりとした、妙に印象のある目だった。ヨキは蝙蝠猫《こうもりねこ》を思い出した。

夜のように黒い毛並みと蝙蝠のような翼を持つ獣《けもの》。故郷の島にはたくさんいた。岸壁に彼らの巣があって、夜な夜な海へと舞い降りてくる。時には、こぼれた魚を狙って、村近くの入り江のほうまで来たものだ。追い払おうとすると、しゃーと声をあげて睨んでくる。そのきつい金の目に睨まれると、なにやら怖かったものだ。

この少女の目は黒かったが、蝙蝠猫によく似ていた。きつく、敵意に満ちたまなざし。だが、それも無理のないことだ。この子は昨夜、地獄を見たのだから。

（……この子の親や兄弟は、あの船に乗っていたんだろうか）

胸がしめつけられた。

だが、ここで少女を惑乱《わくらん》させてはいけないと、ヨキはできるだけ優しく声をかけた。

「大丈夫、か？」

人と話すのは久しぶりで、なにやら舌がうまく動かない。ヒナの幻とはなめらかにやりとりができるというのに。

そんな自分に戸惑《とまど》いながらも、ヨキはゆっくりと話を続けた。

「こ、こは、小さな島だ。住んでいるのは、俺だけ。おまえは、海岸に流れ着いて、いた。た、たぶん、乗っていた船が沈んだん、だ。……覚えているか？」

少女は体に毛布を巻きつけ、じっと動かなかった。その目は黒々と深かった。なにやらぞっとするような闇がある。

気圧されながらも、ヨキは名乗った。

「俺は、ヨキだ。おま、おまえは？」

この質問にも、少女は答えるそぶりすら見せなかった。かたくなにヨキを睨むばかりだ。

ヨキはあきらめた。

「わかった。しゃべりたく、なったら、しゃべってくれ。……まずはゆっくり休んだほうがいい。水石をここに、置いておく。俺は、魚を獲ってくる」

きっと自分がそばにいないほうが、少女も落ち着けるだろう。

ヨキは少女を残し、灯台を出た。いつもの岩場に行き、釣り糸をたらす。あまり食いつきはよくなかったが、それでもねばって、三匹の魚を釣り上げた。その場でさばいてしまってから、切り身を持って灯台に戻った。

これで温かい汁物を作ってやろう。少女の胃も、汁物なら受けつけるに違いない。

「も、戻ったよ」

声をかけてから、灯台に入った。

少女の姿はなかった。一瞬、幻のように消えてしまったのかと思った。

いや、そんなはずはない。

ヨキはたいして広くもない部屋を見回した。

(……いた)

少女は樽《たる》の陰にうずくまっていた。息を殺し、少しでも隠れようとしている姿は、本物の獣のようだ。

だが、その気持ちはわからぬでもなかった。この子は今、心底怯えていて、だからこそ弱みを見せまいと、必死になっているに違いない。

ヨキは少し笑った。

「俺は、おまえに、悪いこと、なんかしないよ」

少女の目から敵意と警戒は消えなかったが、ヨキはそれ以上はかまわないことにした。

「今、うまいものを、作ってやるから。それ、食べたら、また寝るといい」

そう言って、わざと少女に背を向け、料理を始めた。魚の切り身を入れただけの汁物はすぐに出来上がり、ヨキは椀によそって、少女の前に置いてやった。

「食べろ。うまいぞ」

「……」

「熱いうちに食べとけ。食べないと、ち、力が戻らない」

少女は身動き一つせず、ヨキを睨むばかりだ。

ヨキはまたあきらめ、椀をそのままにして三階へと上がっていった。足の傷が今になって燃えるように痛み出した。同時に、どっと、疲れが押し寄せてきた。

もうかまわない。あの少女が食事をしようがしまいが、あのまま弱って気絶してしまおうが、もう知ったことではない。

ヨキは寝台に倒れこむように横になった。そのまま泥のように眠った。

深い眠りの中で、感覚だけは冴えていた。誰かが自分をのぞきこむのを感じたし、冷たいものを喉に押しつけられたような気もした。目をつぶっていても、それがナイフの刃だというのはなぜかわかった。

その瞬間はなんとも言えぬ不快感と恐怖がこみあげてきたが、どうしてもまぶたを開けることができず、指も動かせなかった。

やがて冷たいものは喉から離れ、同時に小さな足音も遠ざかった。夢だったのだと安心し、ヨキはまた眠りの底へと沈んでいった。

目覚めた時は、すでに夕暮れ時だった。すぐさま頭に浮かんだのは月燐石のことだった。

あれを灯さなくては！

大慌てで立ち上がると、ずきんと、足が痛んだ。傷のことを忘れていたのだ。うめきながらも、ヨキは必死で階段をのぼっていった。

ようやく月燐石のところにたどりつき、今度は渾身の力をふるって、仕掛けを巻きあげた。怪我をした足は踏ん張りがきかず、うまく力が入らない。仕掛けの輪がこれほど重いと感じたことはなかった。

だが、ここで一息入れれば、その隙に夜となってしまう。二晩続けて、灯台を灯せないなど、あってはならないことだ。

ヨキは死に物狂いで仕掛けを巻きあげた。限界まで来たところで、手を離した。ちょうど日が沈みきったところだった。

月燐石が輝き出し、薄闇をそっと光の波で押し分けていく。

それを見届け、ヨキは崩れるように倒れた。もう指一本動かせない。今夜はこのままずっとここにいるしかないだろう。月燐石の輝きは四時間しかもたないし、その都度、階段を上り下りするのは無理だ。

こんなことなら、さっき何か食べておけばよかった。

後悔した時、ヨキははっとした。階段のところから、光る目がのぞいていたのだ。

あの少女だった。いつからそこにいたのか、階段に身を潜め、頭の上のほうだけを出して、こちらを窺《うかが》っている。

目が合うなり、さっと、頭が引っこんだ。だが、足音がしないので、駆け去ったわけではなさそうだ。

ヨキはおかしくなった。

きっと少女は、ヨキが何をやっているのか、気になってしかたがないのだろう。だから、怖いのを我慢して、ここまでやってきたに違いない。

ヨキは目を閉じながら言った。

「俺は、灯台守なんだ。毎晩、仕掛けを動かして、この月燐石を輝かせなきゃ、い、いけない。……おかげで、夜は深く眠れない。何度も起きなきゃ、ならないからな。でも……きれいだと思うんだ。この光は……ほんとにきれいだ」

少女は何も言わなかった。だが、その場を動くこともなかった。

その夜、ヨキと少女は月燐石の真下で過ごした。二人とも、口をきくことなく、黙って朝を迎えたのだ。

七

ヨキは悩んでいた。悩みは他ならぬ少女のことだ。

助けてから八日が経ったが、いまだに口を閉ざしたままで、名前すら言おうとはしない。起きている間はヨキから一定の距離を保ち、それ以上近づくこともない。本当に野生の獣《けもの》のようだ。なにより困るのは、少女がヨキの白いナイフをいたく気に入ってしまったことだ。

ヨキが気づいた時には、少女はもうあのナイフを握りしめていた。いくら危ないと言い聞かせても、聞こうとしない。夜眠る時も手放さないので、こっそり持ち出して、どこかに隠すこともできない。取り上げようとすると、目をぎらつかせて、ナイフの切っ先をこちらに向けてくるからだ。

こんな物騒なものをどうして、と怪訝《けげん》に思いもしたが、考えてみれば、このナイフには危険な美しさがある。生死の境をさ迷った少女には、細工も見事な白いナイフは、魔を打ち払うお守りのように思えるのかもしれない。

結局、そのまま持たせておくことにした。ただし、万が一でも怪我をしないようにと、ヨキは魚の皮を使って鞘《さや》を作ってやった。

「そら。これに刃をしまっておけ。そうしないと、危ないからな」

少女にあれやこれやと話しかけ続けたおかげで、舌はなめらかに動くようになっていた。あとは、少女が一言でも言葉を返してくれればいいのだが。

久しぶりに人並みに会話をしたいと、ヨキは思うようになっていた。

ともかく、ヨキが差し出した鞘を、少女はひったくるようにして受け取った。胡散臭《うさんくさ》げに鞘とヨキを見比べていたが、何か納得するものがあったのだろう。ゆっくりと刃を鞘におさめた。

ヨキはそれに満足し、ナイフについてはそれ以上何も言わないことにした。

だが、これが大きな変化をもたらした。

その日から、少女の警戒が少しずつゆるみ始めたのだ。

まず、ヨキが渡す食事はがつがつとその場で食べるようになった。旺盛《おうせい》な食欲のおかげか、顔色はぐっと良くなり、あちこちにできたあざも薄れ始める。

ヨキにくっついて、釣り場にも来るようになった。少し離れたところから自分をじっと見つめてくる少女に、ヨキは小さく笑った。

まだ口はきいてくれないが、それでも確実に慣れてきている。そのうち、笑いかけてくるかもしれない。楽しみだ。

だが、この島の暮らしは、こんな小さな少女には過酷すぎる。自分ですら、正気を失いかけたのだから。次の補給船が来たら、少女を託そう。事情を話せば、船は少女を乗せて……。

ここで、ヨキは釣竿《つりざお》を取り落としそうになった。

最初は少女を助けたいと必死だった。そのあとは少女の存在に慣れるのに夢中で、他のことは何も考えられなかった。だが、今気づいた。

事情。そうだ。俺が、あのことを話したらどうなる？

おびただしい船の残骸と共に、少女はこの島に流れ着いたのだ。事故が起きてしまった。おそらくヨキのせいで。ヨキが灯台の明かりをつけなかったせいで。

そのあたりをぼかして話したとしても、役人はごまかされないだろう。すぐにヨキの嘘を見抜くだろう。

そうなったら、船を海に飲みこませた罪を、ヨキは償《つぐな》うことになる。この島の番人役を、あと五年追加されることになるだろう。ようやく二年が過ぎ、あと三年でここから出られると思っていたのに。

いやだ。五年とわかっていたから、がんばってこられたのだ。さらに延びるなど、考えるだけで死んでしまいたくなる。

いっそ……いっそのこと、あの子がいなくなれば。

風向きを確かめるふりをしながら、ヨキはちろっと少女を見た。地べたに座り、ヨキのほうを気にしつつも、足元の貝のかけらをつついている。距離はたいしたことはない。振り向きざまに釣竿で殴りつければ、簡単に少女は倒れるだろう。気絶はさせられないかもしれないが、不意をつける。

少女がびっくりしている間に距離をつめ、ひっつかまえてしまえば、あとは簡単だ。海に投げ落とせば、それですむ。

そう。ヨキの罪を知っている生き証人はあの子だけだ。あの子はもともと海に食われるはずだった者。海に返してやっても、誰からも文句は言われまい。かわいそうだが、自分には目的があるのだ。見知らぬ少女のために、その目的を台無しにはできない。

やるか。今、やってしまうか。

狂気じみた欲望に、体が芯から熱くなって、思わず立ち上がりかけた時だ。

「魚、かかってる」

小さな声がした。

「え……」

夢から覚めたような目で、ヨキは少女を見た。

少女はこちらを見返し、もう一度口を開いた。

「竿、引いてる」

歳のわりには、しっかりとした声だ。あどけなさはない。だが、久しぶりに聞く生の人間の声に、ヨキは心臓が震えるような感動を覚えた。

震える手で竿を握り直しながら、そっとヨキは泣いた。涙が止まらなかった。

人間だ。あの子は人間。俺はあの子を殺すまい。殺さない。絶対に。俺は咎人《とがびと》だ。だが、人殺しにはならない。

人殺しにならずにすんだことを、海の神に、風の神に感謝しながら、ヨキは静かに泣き続けた。

その日の夜、魚のスープを少女に手渡しながら、ヨキは静かに切り出した。

「あとひと月もしたら、この島に船が来る」

びくりと、少女の目が大きく見開かれた。こちらを探るように見る少女に、ヨキはゆっくりと言葉を続けた。

「役人が乗っている船だ。わけを話せば、おまえの故郷に連れていってくれるから。ここでの毎日は退屈だろうが、それまでの辛抱《しんぼう》だ」

これを聞けば、目を輝かせて喜ぶだろうと、ヨキは思っていた。

だが、少女の反応は鈍かった。しばらくうつむき、唇を奮わせていたが、やがてしぼりだすように言った。

「……その船には乗りたくない。まだここにいたい」

「だめだ」

ヨキは険しい声を放った。

内心、驚いていた。こんな寂しい島にいたいだなんて、どうかしている。いや、待て。この子は海で溺れかけた。だから、ふたたび海に漕ぎ出すことを何よりも恐れているのかもしれない。

そう思い直し、ヨキはできるだけ優しく言った。

「大丈夫だ。役人の船はどんな船よりも頑丈で、速い。あっという間に、故郷に送り届けてくれるだろう。海にいるのはほんのわずかな間だけだ。ひどい目にはあわないから」

「……じゃない」

「ん？」

「そうじゃない。……海や船が怖いんじゃない」

「じゃ、何が怖い？　何がいやなんだ？」

そのことについては、少女はかたくなに口を閉ざした。少女の強情さに苛立ちながら、ヨキは少々厳《きび》しく言った。

「とにかく、船が来たら、おまえには出ていってもらう。ここは罪を犯した人間を閉じこめる島だ。おまえみたいな子供が、俺と一緒にいちゃいけないんだ。……俺は、咎人なんだから」

「……何をしたの？」

「……人を殺しかけた」

もういいだろうと、ヨキは顔を背けた。

そのまま数日が経った。少女はふたたび黙りこみ、ヨキとは目も合わせなくなった。

当然だと思いつつも、ヨキは傷ついた。咎人だということを打ち明けるのではなかったと、後悔もした。だが、言ってしまったものはしょうがない。

必要以上に話しかけるのをやめ、放っておくことにした。

早く船が来てほしい。この少女を俺の前から連れ去ってくれ。

心底願ったが、あいにくと、船が来るのはまだ先だ。

自分以外の人間がいるのに、無視される。それはひりひりするような苦痛だった。

ヨキは昼間はできるだけ外にいるようにした。狭い島だが、それなりに身を潜めれば、少女と顔を合わせずにすむ。居心地はすこぶる悪かった。これでは一人でいた頃のほうがずっとましだ。

絶望しながら砂浜を歩いていた時だった。ヨキは、また海獣の牙を見つけた。前に見つけたものよりも小さく、海中で岩にでもぶつかったのか、あちこち欠けてしまっている。だが、艶《つや》と白さは申し分ない。

これならいい細工物がいくつもできる。

そう思ったとたん、久しぶりにヒナの幻が現れた。少女を拾って以来だ。

奇妙な懐《なつ》かしさとおなじみの憎しみを感じるヨキに、ヒナはいやらしくしなだれかかってきた。

「あら、またいいもの拾ったわね、ヨキ。今度は何を作るの？　首飾りの珠？　彫り物をほどこした髪飾り？　この大きさなら、小さな櫛《くし》なんかもできるんじゃない？　そう。櫛がいいわね。ね？　今度こそ、あたしにくれるでしょ？」

「おまえになんか、誰がやるもんか」

消えろと、幻を腕で打ち払い、ヨキは手の中の牙を見つめた。頭に浮かんでくるのは、ヒナではなく少女のことだった。

あの子はきっと怖がっている。船から投げ出され、こんな島に一人で取り残されて。しかも、そばにいるのは、咎人なのだ。

わびをしたい。船を沈める原因になってしまったわび。こんな自分がそばにいることへのわび。あの年頃の子供だったら、どんなものを喜んでくれるだろう。人形。ああ、人形がいい。ナイフのかわりに、人形を抱いて眠るほうが、あの子にとってもいいだろう。

砂の上に座りこんだヨキは、おもむろに短刀を取り出し、ゆっくりと牙を削り始めた。

三日かけて、ヨキは海獣の牙から、赤子のこぶしほどの頭を彫りあげた。余った牙からは、二組の手と足を削り出す。

次に、体の部分を作り始めた。これは細めの縄を編みこんで、人間の体に似せた。腕と足の先には前もって作っておいた牙製の手足を、首には頭を取りつける。

それだけで人形らしくなったが、まだまだこれからだ。

ヨキは赤い海藻《かいそう》をつぶした汁で、人形の唇と頬をほんのりと色づけ、瞳の部分には、黒い小石をうまくはめこんだ。さらに浜辺に流れ着いた布きれの中でも、傷みの少ない葡萄酒《ぶどうしゅ》色の切れ端を使って、服を縫った。

それを人形に着せ、最後の仕上げとして、乾燥させた海藻の黒髪を取りつけた。

出来上がったのは、愛らしい娘人形だった。黒い目は生き生きとして、ふっくらと微笑《ほほえ》んでいて、思わずこちらも微笑みを返したくなる。体が縄でできているので、曲げられるし、手足も動かせる。我ながらいい出来栄えだ。以前に作ったやつよりもずっといい。

ああ、そうだ。前にも人形を作ったことがあった。ヒナがほしがったから、流木を削って作ってやったのだ。まだ子供で、腕も未熟だったので、出来栄えはそれほどよくなかったが、ヒナは喜んでくれた。しばらくはどこに行くにも持ち歩いたほどだ。

今から思えば、喜んだというより、他の子供が持っていないものだったから、見せびらかしていたのだろう。実際、父親が陶器でできたこぎれいな人形を買ってくると、もうヨキの人形には見向きもしなくなった。昔から、ああいうところがあった。あれがヒナの本性だったのだ。自分にとって、より良いものが現れると、それまで大事にしていたものを平気で捨てられる。

あの子もそうだろうか？　いや、そもそも、咎人の贈り物をまっとうな子供が受け取ってくれるだろうか。

ちょっと怖くなったものの、いまさら引き下がれない。

出来上がった人形を持って、ヨキは少女のところへ向かった。

外に出て、潮だまりをのぞきこんでいた少女だったが、こちらに近づいてくるヨキに気づくと、身を硬くした。少女の手があのナイフの柄を握りしめるのを見たが、ヨキは気づかぬふりをした。

そばまで近寄ると、ぶっきらぼうに人形を差し出した。

「これ、やる」

少女は信じられないものを見るような目で、ヨキと人形を見比べた。呆然《ぼうぜん》とした顔は初めて年相応に幼く見えた。

この子からこんな表情を引き出せるとは。

なんだかおかしくなりながら、ヨキは人形を足元に置いた。それ以上は近づくつもりはなかった。

「よかったら、もらってくれ」

そう言い残して、背を向けた。

夕方、魚を釣って灯台に戻ってみると、少女が戸口のところに立っていた。あいかわらず腰にはナイフがあったが、手に握りしめられているのはあの人形だった。

「ありがとう……」

少女は礼を言ってきた。おずおずとした、ささやくような声であったが、その黒い目はまっすぐとヨキを見ていた。そこに敵意はなかった。

思わずよろめいてしまうほど、ヨキは衝撃を受けた。こんな人間らしいまなざしを向けられたのは、故郷を離れて以来だ。一瞬だが、自分が漁師のヨキに戻った気さえした。

どきどきと激しく高鳴る胸をおさえながら、ヨキはぎこちなく笑ってみせた。

「気に入ったか?」

「うん。すごく」

「なら、よかった。……腹が減っただろう? 今、魚を焼いてやる」

だが、少女はその場をどこうとしなかった。ためらいがちにこちらをじっと見ている。

「どうした?」

「うちの家では……贈り物にはお返しをするのが習わしなの。何か、あたしにしてもらいたいこと、ある?」

ヨキは感動を覚えた。

なんて律儀な娘だろう。こんなに小さいのに、ヒナよりもずっと礼儀を知っている。このような思いやりが、ほんの少しでもヒナに備わっていたら。自分はこんなところにはいなかったかもしれない。

こみあげてきた苦いものを慌てて飲みこみ、ヨキはうなずいた。

「それなら、名前を教えてほしいな」

「名前……」

「まだしばらくは同じ島で過ごすんだ。せめて名前くらいは知っておきたい。覚えていないかもしれないが、俺はヨキだ」

おまえはとうながされ、少女はしばらくためらってから、小さく口を開いた。

「ヒナ……あたしの名前は、ヒナ」

気づいた時には、少女の首に手が伸びていた。

細い、本当に細い首が、日に焼けたヨキの手の中にすっぽりとおさまった。ちょっと力を入れると、柔らかい肌の下で血が脈打つのが伝わってくる。

このまま握りつぶせば、どんなに心地良いだろう。

妙な恍惚《こうこつ》感がヨキの全身に満ちた。

だが……。

「ぐっ……」

苦しげな少女のうめきに、ヨキは我に返った。

火に触れたかのような勢いで、慌てて手を離し、少女から飛び離れた。びっくりしたような少女のまなざしを受け、ヨキは泣き出してしまった。

悪夢を見た子供のように、おんおんと声をあげて泣くヨキに、少女はただただあっけにとられていた。

「すまない！　本当に！」

泣きじゃくりながら、ヨキは地べたに這いつくばって謝った。許されるとは微塵《みじん》も思わなかった。だが、謝らずにはいられなかった。

「名前が……おまえがヒナと同じ名前だったから……わけがわからなくなって。すまない。す、すまない」

やがて、小さなささやきが降ってきた。

「ヨキの知ってるヒナって、どんな人？　その人、ヨキに何をしたの？」

何をした？　ヒナが何をしたかって？

「俺をここに送りこんだ」

臓物をぶちまけるような激しさで、ヨキは全てを話し始めた。


十二諸島の君主の遠縁の男ゼンが、船団を率いてアワ島にやってくる。目的は海獣の糞と塩漬けの魚の買い付けで、荷がそろうまでの数日間、島に滞在するという。

その噂を聞いた時から、ヨキはいやな予感がしていた。

ゼンの評判はよくない。女には手が早く、少しでも見目良い娘がいると、船に乗せようとしてくるのだという。ヒナを会わせたくない。この男が島にいる間は、ヒナには外を出歩いてほしくない。

恋人を持つ若者として、それは当然の警戒であり不安であった。

だが、ヨキの言葉をヒナは笑い飛ばした。

「馬鹿を言わないで。相手は五隻の船の船主様なのよ。こんなひなびた漁師町の娘、歯牙《しが》にもかけやしないわ」

「でも……用心はしたほうがいい」

「そんな必要はないったら。ああ、それよりヨキ、あんた、今夜はガモン漁をやったらどう？」

「ガモンを？」

ガモンは大型の魚だ。昼間は沖に潜み、夜になると浅瀬の岩場のほうにやってきて、餌を取る。体のわりに用心深い魚で、めったなことでは仕留められない。待ち伏せするにしても、一晩がかりとなるだろう。

ヨキは渋った。

「あれは……面倒くさい」

「だからこそ、高値で取引されるんじゃないの。獲れたガモンを、ゼン様に持っていくのよ。お金持ちはああいう大きな見栄えのいい魚が好きだから、きっといい値で買い取ってくださるわ。そうなったら、ね、あたし達の婚礼をうんと華やかにできるじゃないの」

耳元に唇を押しあてられ、甘くささやかれては、ヨキは逆らえなかった。婚礼資金をためられるというのも確かに魅力的だ。

ヨキはガモン漁に行くと、ヒナに約束した。ヒナは花のように笑い、キスしてくれた。

その夜、ヨキは約束どおり海際の岩場へと向かった。持ってきた魚のはらわたや頭をつめこんだ袋を海に投げこんだあとは、近くの岩場に身を潜めた。

餌の臭いに引き寄せられ、ガモンがやってくれば、タプタプと、水音が変わる。そこを、持っている銛《もり》で仕留めるのだ。それまでひたすら待つ。まさしく魚との根競べだ。

ガモンを苦手とする漁師は多いが、ヨキは得意なほうだった。ヒナの笑顔を思い浮かべれば、どんなことでも耐えられる。

だが、その夜はどうしても漁に集中できなかった。変な胸騒ぎが収まらない。

ヒナだ。ヒナのことが心配だ。

耐えきれず、途中で漁を切り上げ、ヨキはヒナの家に向かった。

ヒナはいなかった。母親に尋ねたところ、夕暮れに出かけたという。それも、一番の晴れ着を着て。

「てっきり、あんたのところに行ったんだと思ったんだけど。あの子も、そういうふうに言ったし」

ヨキはすぐさま港町へと向かった。港町は、この島で唯一にぎやかなところだ。そこそこ店が並び、酒場もある。

五隻の船が滞在していることもあって、通りには女を連れた船乗り達があふれていた。機嫌よく歌ったり、踊ったり、よりそいあって歩いていたり。

若い娘を見かけるたびに、ヨキは駆け寄って顔をのぞきこんだ。おかげで、連れの男達から罵《ば》声《せい》といくつかの拳骨《げんこつ》を食らったが、気にもとめなかった。ひたすら、いつもよりも活気に満ちた町を走り回り、恋人を探し続けた。

そして、ようやくヒナを見つけたのだ。

ヒナは橋の上にいた。その傍《かたわ》らに、大きな男がいた。たっぷりと肉のついた体軀を、銀色の毛皮と朱色に染めた衣で包んでいる。

ヒナは身をくねらせて、男から離れようとしているようだった。そうはさせじと、男の手がいやらしげにヒナの腰を抱き寄せる。太い指にはまったいくつもの指輪が、淫らな光を放った。

それを見たとたん、ヨキは血が逆流した。

ヨキは男に飛びかかり、ヒナから引き剝がした。

「貴様、な、何を！」

「逃げろ、ヒナ！　逃げろ！」

ヨキは無我夢中で男を殴りながら、ヒナに叫びかけた。

とにかくこの男を動けないようにしなければ。ヒナを安全なところまで逃がさなければ。

倒れた男に馬乗りになり、ひたすらこぶしを見舞い続けた。

ようやく男が動かなくなった。鼻がつぶれ、血が飛び散っていた。

ヨキはよろよろと立ち上がり、驚いた。とっくに逃げたものと思っていたヒナが、まだそこにいたのだ。その顔は青ざめ、激しい怒りで細かく震えていた。

「……なんて」

うめくように、ヒナは声をしぼりだした。

「……ヒ、ヒナ？」

「な、なんてことをしてくれたのよぉ！」

そう絶叫するなり、ヒナはヨキを突き飛ばし、倒れている男に取りすがったのだ。

「ああ、しっかり！　ゼン様！」

「ヒナ……何してるんだ？」

「あんたは馬鹿よ！　大馬鹿よ！」

状況についていけないヨキを、ヒナは口汚くののしった。赤くかわいらしい唇から、憎しみと悪意に満ちた言葉が次々とあふれでてくる。その尖《とが》った言葉が自分に向けられていることに、ヨキは愕然《がくぜん》となった。

そのあと、すぐに人が集まってきて、ヨキは捕まった。ヒナは止めるどころか、「そいつがゼン様を殴ったんです！　捕まえて！　裁きを受けさせて！」と声高に何度も叫んでいた。

それからあとのことは、疾風《しっぷう》のようにすばやく過ぎ去っていった。

ヨキは裁きにかけられ、五年間の灯台守の刑を下された。ヨキの弁護をしようとした島民は何人もいたが、いずれも役人側の圧力でねじふせられた。そして、ヨキを助けようとする者達の中に、ヒナの姿はなかった。

それでもヨキはまだ希望を捨ててはいなかった。

あの時のヒナは錯乱《さくらん》していただけだ。俺とヒナとの絆がこんなことで切れるはずがない。きっと、今頃俺を救おうと、あちこちを走り回っているに違いない。あまり無理をしないでほしい。そんなことより、会いに来てほしい。五年も会えなくなるのだから、せめて今、愛《いと》しい顔を心に焼きつけたい。

焦がれる想いで待ち続けた。

そして灯台の島へと送られる前夜、ヒナが牢に忍びこんできた。

「ヒナ！　無事だったか！」

「もちろんよ。あんたに殴られたゼン様は無事ではすまなかったけど。よくもまあ、あんなに殴れたもんね。あれからずっと看病させていただいてたんだけど、死ぬんじゃないかと冷や冷やしたわよ。まあ、この看病のおかげで、すっかり気に入ってもらえたから、よしとするけど」

冷ややかな声音とまなざしに、ヨキは戸惑《とまど》った。

誰だ、これは？　俺のヒナはこんなふうにとげとげしい声を出したりしない。こんな冷たい目で俺を睨んだりしないはずなのに。

「ヒナ……？」

「ほんとに、あんたっておめでたい男ね。ゼン様を殴って、あたしを守ったつもり？　冗談じゃないわ。ほんと、いい迷惑だった」

そこからはヒナの独壇場《どくだんじょう》だった。赤い唇からは、次々とヨキへの蔑《さげす》みと恨みごと、島への不満、外の世界への憧れと野心が飛び出てきた。

恐ろしいことに、それらは全てヒナの本音、本心だった。

「うちの親達は、あんたとあたしが夫婦になればいいって考えてたみたいだけど、あたしにはそんな気、これっぽかりもなかった！　こんなしみったれた何もない場所で、しみったれた漁師の妻になるくらいなら、数年で捨てられるとわかってても、金持ち男の愛人になったほうがましってもんよ！」

最後に、ゼンと共にこの島を出ていくと告げ、高笑いしながらヒナは去っていった。醜《みにく》い本性をさらけだし、ヨキの心に深い傷を負わせたまま、ヨキの前から消えたのだ。


「これが俺の物語だ……」

話し終え、ヨキは歪《ゆが》んだ笑みを浮かべてみせた。

「恋人と思っていた幼馴染に無様に踊らされていた道化だ。……ゼン様には本当に悪いことをした。あの人は悪い人ではなかった。下劣だが、悪党ではなかった。俺と同じようにヒナに利用されただけ。……殺さずにすんだことだけが救いだ」

「……ヨキは、そのヒナをまだ憎んでいる？」

「もちろんだ」

ヒナの本性を見せつけられた時、自分の中で何かが死んだ。信じていたものが粉々にされた。咎人にされ、孤島に閉じこめられたことよりも、それが許せない。

憎い。憎まずにはいられない。必ず復讐してやる。

その決意を糧に、今日まで耐えてきたのだ。

「あいつは……きっともう、俺のことなんか忘れている。新しい暮らしを始めるたびに、あいつは過去を脱ぎ捨てていくんだ。でも、そんなのは許せない。……ここを出たら、必ず見つけ出す」

見つけたあと、どうするかは、ヨキは言わなかった。小さなヒナも聞かなかった。

「これで……わかっただろ？　俺は咎人なんだ。正真正銘の、どうしようもない男なんだ」

うなだれるヨキの頭を、小さなヒナは、細い両腕で抱きこんだ。

「な、何を……」

「ヨキは……咎人じゃない。少し間違ってしまっただけ。ヨキは……いい人」

「いい人なものか。俺は……灯台守の役目すらやりとげられなかった。……おまえの船が沈んだのは、俺のせいだ」

「違う！　ヨキのせいじゃない！」

「本当だ。俺のせいなんだ。あの夜、俺は怪我をして、階段を上がれなかった。月燐石《げつりん》の仕掛けを巻きあげられなかった。灯台に光は灯らず、海は暗闇に満ちた。だから、船は沈んだんだ」

もうやめてくれと、ヨキは少女の手をもぎはなした。

「お互いの名前がわかった。俺の罪も打ち明けた。もう十分だろう？　頼むから、これ以上は何も言わないでくれ。おまえが恩を感じることは何一つないんだ。でも……もしも、俺を哀れんでくれるなら、時々は俺の名を呼んでくれ」

「……わかった」

少女はうなずいた。苦しげな表情だったが、それ以上はもう何も言わなかった。

八

その日から少女は変わった。親しみをこめてヨキの名を呼び、そばを離れようとしない。魚釣りやカニ獲りも、自らすすんで手伝うようになった。

ヨキは戸惑《とまど》うばかりだった。理由を聞いても、少女は「ヨキはいい人だから」としか答えない。そして、そうやって懐《なつ》かれれば自然と情がわく。いけないいけないと思いつつ、ヨキは少女をかわいがるようになっていった。その分、別れがつらくなるとわかっていても、自分では止められなかった。

同時に不思議な感動も覚えた。恋人だと思っていた娘から裏切られ、一度は心が砕けたと思ったのに。自分にはまだ人に優しくしたいという心が残っていたのか。

少女に接していると、ただの漁師の若者であった頃に戻っていくようだ。愛《いと》しさは増していった。

だが、全てのしこりが消えたわけではない。その証拠に、ヨキはどうしても少女を「ヒナ」と呼ぶことができなかった。この子とあのヒナを同じものとして見たくない。だから、「小さなヒナ」と呼んだ。

二人は少しずつ会話をするようになり、やがては笑みを交わし合うようになった。

夜、灯台の仕掛けを動かすためにヨキが起きると、小さなヒナも必ず起きて、忠実な犬のようについてくる。輝く月燐石《げつりんせき》を二人でじっと見つめている時もあった。満ち足りた、心安らぐひと時だった。

だが、それはいつまでも続きはしない。

とうとう補給船が訪れる日がやってきたのだ。

その朝、いやがるヒナを連れ、ヨキは砂浜に向かった。すでに、海のかなたから船が近づいてくるのが見えた。みるみるその姿は大きくなっていき、甲板で忙しく働く船乗りや、舳先《へさき》に立つ赤い服をまとった役人の姿も、はっきりと見えるようになる。

一方、彼らのほうもヨキ達に気づいたのだろう。咎人《とがびと》が一人でないことに警戒したのか、甲板は一気に騒がしくなり、弓手衆がさっと並ぶのが見えた。

そうして、妙に殺気立った空気をまとったまま、船は砂浜に着いた。

いよいよだ。いよいよ小さなヒナともお別れなのだ。

ヨキは息を吸いこんだ。そうしないと、泣いてしまいそうだったのだ。胸がひりひりするほど痛んだ。つらい別れになるとわかっていたが、こんなにも苦しいものになるとは。

砂の上に膝をつき、頭をぐっと下げながら、役人が前に来るのを待った。一方、小さなヒナはひざまずかなかった。挑むような目を役人に向けていた。

砂を踏んでやってきた役人は、鋭い声を投げつけてきた。

「咎人ヨキ。これは……どういうことだ？」

「申し上げます。この娘は……ひと月ほど前にこの島に流れ着いた者でございます。乗っていた船が沈み、海に投げ出されたものの、こうして命を長らえました。もちろん、咎人ではありません。ですから、どうかお連れください。ここは咎人のための島。この娘がいるべき場所ではありません。どうか」

ヨキの嘆願に、役人はうなずいた。

「そういうことであれば、言われるまでもない。娘はこちらで連れていく。だが、船が沈んだとは……この海域でか？」

「……はい。俺が……灯台守の役目を怠《おこた》った夜に沈んだようです」

さっと役人の顔が険しくなった。

「……自分が何を言っているのか、わかっているのか？」

「はい」

「……由々しきことだ。この件はいったん持ち帰り、上の方々に報告する。当然ながら、このままではすまんと思え。おまえの刑期は、少なくともあと五年は延びるだろう」

「……はい」

わかっていますと、ヨキは静かに受け入れた。

それから小さなヒナを振り返った。真っ青な顔をしている少女に、ぎこちなく笑いかけた。

「さよならだ。元気でな、小さなヒナ」

だが、役人のほうに押し出そうとするヨキの腕に、小さなヒナはしがみついた。それこそ死に物狂いと言わんばかりの力だ。

「いやだ。行きたくない！」

「娘。それは叶わぬことだ」

「いや！　ヨキのそばにいたい！」

埒《らち》があかんと、役人が少女に向かって手を伸ばしてきた。それを見るや、小さなヒナはあのナイフを引き抜き、役人の手に切りつけた。かすりもしなかったが、役人は慌てて飛び離れた。

「な、何をする！」

「行かない！　行かないったら、絶対行かない！　あたしはヨキといるんだから！」

「その男は罪を犯した者だ。おまえの船まで沈めたというではないか。そんな者のそばにいては、おまえまで穢《けが》れてしまうぞ。さあ、我々と来なさい」

「いやだ！　罪が穢れっていうなら、あたしはもう穢れてる！　あたしも咎人だもの！」

ぎょっとするヨキと役人の前で、小さなヒナはびっくりするような大声を放った。

「あたしが船を沈めた！」

堰があふれるように、ヒナは告白していった。

「あたしが舵《かじ》を壊した！　甲板に忍び出て、拾っておいた錆びた釘を差しこんで。それに、あの汚い男達が眠っている部屋の戸を、開かないようにした。あいつらが死ねばいいって思ったから。今だって後悔してない。同じことを何度だってやってやる！」

あたしが船を沈めたんだと、繰り返し叫ぶ少女。その気迫、怒りに燃えた目に、役人はよろめくようにあとずさりした。

「なんと……な、なんと穢れた娘だ！　こんな者を連れていくのはまっぴらだ！　清めのまじないもかけていない船に乗せるわけにはいかぬ。海神の怒りに触れる」

「はっ！　あんた達十二諸島の連中に、海神の何がわかるっていうの？　何も知らないくせに！」

「罰あたり！　罰あたりめ！」

小さなヒナをののしったあと、役人はまだ呆然《ぼうぜん》としているヨキを見た。

「娘は後日引き取りに来る。それまでおまえが見張っておけ。穢れた者同士、仲良くやれるだろう」

吐き捨てるように言うと、役人は船に取って返した。

文字どおり、逃げるように船は去っていった。本来の目的である積荷を降ろしもしなかったのだから、その焦《あせ》りようがわかるというものだ。

だが、ヨキは去っていく船には目もくれなかった。ただただ驚き、少女を見つめていた。

この小さなヒナが、船を沈めた？　どうしてそんな恐ろしいことを？　それに、それが本当だとして、なぜこうも堂々としていられるのだろう？

理由があるはずだと、ヨキはそっと少女にささやいた。

「……どうして船を沈めた？　乗っている人達を……本気で殺したかったのか？」

「うん」

「どうしてだ？　なぜ、そんな恐ろしい気持ちになったんだ？」

少女はぎりりと歯を食いしばった。

「あいつらは……あたしを村からさらったの。あたしが、海神の娘だと知ったから」

「海神の娘？」

「海の巫女《みこ》。潮と風の流れを読み、海獣セオンと言葉を交わせる子。時々、この世に生まれてくるの」

そんな話は聞いたことがない。でまかせだと疑うヨキを、小さなヒナは大人びた目で見返した。

「この海にあるのは、十二諸島だけじゃない。海も空も、ヨキが思っているよりもずっとずっと広いんだから」

「……おまえ」

「海神の娘のことは、あたしの住んでいるところでは、よく知られている。……ある日、あいつらが、十二諸島の連中が、商売をしたいってやってきた。外の人間は珍しいから、みんな歓迎した。あたしも、歓迎のあかしにセオンを呼んで、あいつらに見せてあげた」

それが間違いだった。彼らは小さなヒナの価値に気づいてしまったのだ。

自在に海獣を操り、潮と風の流れを読む娘。領海を広げたいと思っている十二諸島の君主に献上すれば、さぞかし褒美をいただけることだろう。

夜闇にまぎれて、彼らは少女を家からさらった。その際、必死で止めようとした少女の祖母を殺したのだ。

「その時から許さないって決めてた。でも、なかなか船蔵から出してもらえなくて。船の中にいたから、海獣を呼ぶこともできなかった。そうするうちに、どんどん故郷から遠ざかって、海の匂いも違ってきて……すごく怖かった」

一方、人攫《ひとさら》い達は自分達の縄張りに戻ってきたことに安心したのだろう。少女を船蔵から出した。縄をかけることもなかった。まわりは大海だ。この船に乗っている限り、逃げられるはずもない。そう高をくくっていた。

その見くびりが彼らの命取りになった。歳は幼くとも、小さなヒナは恐るべき復讐者と化していたからだ。

海神の娘は潮の流れを読み、その夜、波が高くなることを悟った。そこで舵を壊し、船を沈めたのだ。

「そんなことをして……じ、自分が死んでしまうと思わなかったのか？」

「思ったけど、どうしても人攫いをそのままにしときたくなかったから。だから海に運命をまかせることにしたの。海はあたしを愛してくれている。きっと、あたしをどこか安全なところに運んでくれると思って」

実際、少女は生き延び、小さな島に流れ着いた。唯一の誤算は、その島にはすでにヨキという人間がいたことだ。

目覚めたあと、少女はすぐにはヨキを信じることができなかった。この男も、外海の人間だ。親切な介抱《かいほう》の裏には、自分を利用しようという腹黒さが潜んでいるに違いない。そう思いこみ、ちょうどよく見つけた白いナイフをつかんだのだ。

それでヨキを殺そうとしたことを、少女は苦しげに白状した。

「あの時はとにかく他の人が怖くて……寝ているヨキの喉に、ナイフを押しつけた」

あの夜のことを、ヨキは思い出した。そう言えば、ナイフの刃を喉のところに当てられた夢を見た。あれは本当にあったことだったのか。

そうだとわかっても、不思議と怒りはわいてこなかった。

「……どうしてそのまま殺さなかった？　俺は怪我をしていたし、眠っていた。やろうと思えば、簡単に始末できたはずだ」

なぜだと尋ねられ、少女の目に涙が浮かんだ。

「ヨキは目を開けなかった。ただ苦しそうに眉をひそめて。その顔が人間に見えた。……あいつらの顔は化け物に見えたけど、ヨキは違った。だから、ナイフを引っこめたの」

だが、念のため、いつでも戦えるようにとナイフは手放さないようにした。

そんな少女を、ヨキと名乗った男は好きにさせてくれた。ナイフも、無理やり取り上げることはせず、ただ「危ないから」と、鞘《さや》を渡してくれただけだ。少しずつだが、信じてもいい気がしてきた。

そして、ヨキの身の上話を聞いた時、はっきりと悟ったのだ。この男は清らかだと。

「清らか？　俺が？」

ヨキは笑い出しそうになったが、小さなヒナは真剣な顔をしてうなずいた。

「そう。ヨキの魂は穢れていない。すごくきれい。……人を殴ってしまったことも、もう十分に償《つぐな》ったでしょ？　もうこの島に閉じこめられるべきじゃない。だから、あたしと一緒に島を出よう」

島を、出る？

そんなことはできっこないと、ヨキは哀れみをこめて小さなヒナを見た。

「無理だ。流れ着いた流木でいかだを組んでも、ここの海では通用しない。沖に出る前にばらばらになってしまう」

「そんなものいらない。迎えが来るから」

ゆるぎない顔で、少女は海を指差した。

「あれからずっと、呼んでいたの。昨日の夕方、やっと声が返ってきた。もうすぐセオン達が迎えに来てくれる。あたしの一族の船を導いて」

「………」

「ヨキをここから連れ出してあげる。そのために、あたしはここに残ったの。一緒に行こう、ヨキ。あたしの故郷に、十二諸島の外の世界に行こう」

差し出された手を、ヨキはすぐにはつかめなかった。足が震えて、今にも倒れそうだ。

ここを出られる？　十二諸島の外へ行く？　考えたこともないことだ。だが、もしそんなことが本当にできるなら……。いや、だめだ。俺がどれほど罪深いか、小さなヒナはそれを知らないから、こうして誘ってくれているのだ。

「俺は……おまえを殺そうと思ったこともあるんだぞ」

「知ってる。でも、それならあたしも同じだもの。あたしもヨキを殺そうとしたし。……あたしのことを許して。そして、自分のことも許してあげてほしい」

小さなヒナの声は優しかった。子供とは思えない温かさに満ちていた。そして、迷いなくこちらに手を差し伸べ続ける。

ヨキが思わずその手を握ろうとした時だ。

ねっとりとした女の声が聞こえてきた。

「あぁら、本気でそんな子供の言うことを信じる気？　その子についていったら、二度と十二諸島には戻れないのよ？　つまり、あたしとも二度と会えないってこと。それでもいいの？　よくないでしょ？　あんたは、あたしにしがみつくしか生きられないんだから」

「ぐっ！」

ヒナの幻が現れて、ヨキの体に腕をからみつかせてきた。

重い。苦しい。まるで太い鎖のようだ。

だめだ。この島を出たら、この女の幻も連れ出すことになる。だめだだめだ。

やっぱり行けないと、おろしかけたヨキの手に、小さなヒナが飛びついて来た。まるで沈みかける小舟をつなぎとめるように、しっかりとヨキの手を握りしめ、小さなヒナはヨキの目をのぞきこんだ。

「今、あの人のことを考えているでしょ？」

「え？」

「あたしと同じ名前の人。ヨキが憎んでいる女の人。もしかして、見えている？」

「………」

「その人のことは忘れて。その人のことを考えていたら、ヨキは咎人から抜け出せない。……あたしはヨキに、ヒナってちゃんと名前で呼んでほしいの。小さなヒナって、もう呼ばれたくない。だから、忘れて。その人のことはここに置いていって。大丈夫。ヨキならできるから。お願い。お願い！」

小さなヒナはそう叫んで、ヨキにすがりついた。ヨキを幻の女には渡すまいとするかのように、細い腕にありったけの力をこめて抱きしめる。

そんな少女を、ヒナの幻は嘲《あざけ》った。

「あらやだ。泣いてるわ。ほんの子供のくせに、男を涙でつなぎとめようとするなんて。なんていやらしい子なのかしら。ねえ、ヨキ。そうは思わない？　でも、無駄なことよねぇ。あんたがあたしを忘れられるはずがないものねぇ」

くねくねと、自分達の横で踊るヒナを、ヨキは憎悪をこめて睨んだ。だが、小さな手が頬に触れ、顔を下へと向けさせてきた。

少女がいた。必死のまなざしでこちらを見上げている。ヨキの魂を救おうとしている目だ。

ふいに激情がこみあげてきた。

二人のヒナがここにいる。そのうちの一人を、選ばなければならないのだ。

ヨキは少女の腰に手をやり、帯がわりの荒縄に差しこまれていたナイフを抜き取った。長い、白いナイフ。精魂こめて削り出した、ヒナのための贈り物。

ぎょっとしたように顔をこわばらせる少女に、ヨキは初めて微笑《ほほえ》んだ。

「終わらせよう」

そう言って、大きく腕を振りかぶった。

「ヨキ！」

叫んだのはヒナだろうか。それとも小さなヒナだっただろうか。

耳の奥を貫くような叫びを聞きながら、ヨキはナイフを海へと投げこんだ。ナイフは鳥のように飛び、波間へと飲みこまれていった。

その瞬間、ヒナの幻がかき消えた。同時に、体に巻きついていた「咎人」という見えない鎖が、ばらばらと崩れるのを感じた。

自由になった体をゆるやかに伸ばしたあと、ヨキは立ちすくんでいる少女を見た。

「一緒に行かせてくれ……ヒナ」

ぱっと、ヒナは笑顔となった。ヨキが初めて目にする、輝くような笑顔だった。

それから数日後、少女を連れ去るため、十二諸島の清め船が島にやってきた。だが、島は無人と化していた。少女はおろか、もともといた咎人の若者の姿もない。

罪の重さに耐えかね、二人で海に身を投げたのだろう。

そういうことに話は落ち着き、無駄足を踏んだことに文句を言いながら、彼らは去っていった。

ヨキとヒナ。二人がどうなったか、真実を知っているのは灯台だけだ。だが、灯台は誰にも秘密を話さない。次の灯台守が島に来るまで、ただ静かに眠るのみだ。

そして……。

咎人の灯台は眠りについた。

茨《いばら》館の子供達

村に鐘が鳴る時

ゼフはゆっくりとため息をついた。それは満足のため息だった。

今年も畑は豊作だ。果樹園ではたわわに果実が実り、昨年仕込んだ酒もいい味わいに仕上がりつつある。

例年どおりの豊かな収穫。それに加えて、新たな家族も増えた。三日前に初子が生まれたのだ。

小さなかわいい娘は、ゼフにはこの世の何よりも尊く思えた。それに、満ち足りた母の顔をしている妻を見ると、なにやら不思議な感動を覚える。

だが……。

ゼフの心の底には、小さな怯えの種がめりこんでいた。

うちの子は大丈夫だろうか？

この村の者であれば、誰でも同じ不安を覚えるはずだ。新しい家族が生まれてくる時に、そしてそれが女の子であった時に。

いやいや、大丈夫だと、ゼフは自分に言い聞かせた。

あれが起きるのは、十から十三年ごとのことが多いという。前回から数えて、今年は九年目だ。

大丈夫。自分の娘は安全だ。でも、ああ、どこの家でもかまわないから、早く別の赤ん坊、別の女の子が生まれてほしいものだ。そうすれば、娘は安心してこの豊かな村、豊かな土地で、幸せに育つことができるだろう。早く早く、次の赤ん坊がこの村に生まれてきてほしい。

満足と怯えと切望が入り混じった心を抱え、ゼフは畑から引き上げようとした。

その時だ。

カーン、カーン、カーン！

甲高くも重たい鐘の音が、村のほうから聞こえてきた。

ゼフは一気に血の気が引いた。村の鐘は一つしかなく、この鐘が鳴らされる理由は一つしかない。

でも、ああ、まさか。

そうであってくれるなと、痛いほど願いながら、ゼフは北を見た。北の丘は、黒々とした影でおおわれている。その影からまっすぐと、赤い細い煙が立ちのぼっていた。

のろし。血ののろしだ。

ゼフは今度こそ息ができなくなった。

なぜ今！　自分の妻が子供を産んだ今、のろしが上がらなくてはいけないのだ！　理不尽だ！

許せない！　ああ、どうしてどうして！

冗談抜きに、目の前が真っ暗になった。

ふと気づくと、ゼフは村の中にいて、村人達に囲まれていた。みんな青ざめ、だが目だけがぎらぎらとしている。

「……わかってる」

かすれた声でゼフは言った。

「わかってる。……これは、決まりだ。村のためだ」

ゼフはそう言って、自分の家へと入っていった。

部屋の奥では妻が赤ん坊を抱いていた。その顔は死人のように青ざめている。

自分も同じほど青ざめているに違いないと思いながら、ゼフは妻の抱く赤ん坊に向けて、両手を差し出した。

「いや……いやあああああっ！」

妻が絶叫した。

一

キアははっと目を覚ました。

鐘が鳴っている。夜が近づいてきているという知らせの鐘だ。

まずいと、慌てて飛びおきた。

こんな時間になるまで、外にいるつもりはなかったのに。お腹いっぱいプラムを食べて、気持ちよくて、ついつい寝入ってしまった。急いで館に帰らないと。夜がそこまで来ている。キアが絶対に見てはいけない夜が。

キアは必死で走り、なんとか最後の鐘が鳴り響く前に、館の中に飛びこんだ。

扉を閉じたとたん、がしんと、閂《かんぬき》がおりる音が響き渡った。同時に、鉄と樫でできた分厚い鎧戸《よろいど》が、窓の外側に雪崩《なだれ》のように落ちてくる音も。

あっという間に、館は箱となった。朝になるまで、決して開くことのない頑丈な箱だ。

間に合ったと息をつくキアに、厳しい声が降り注いだ。

「キア」

顔をあげれば、すぐ目の前に母様が立っていた。美しい白い顔には不機嫌そうな影が浮かびあがり、黒いドレスをまとったすらりとした立ち姿はいつも以上に背が高く見える。

「今日はどうしてこんなに遅くなったの？」

母様の声はいつもはとても甘く、愛情に満ちている。だが、怒った時は、まるで金属を爪でひっかくような声となる。これがキアは苦手で、怖くてたまらなかった。

身を縮めながら、十一歳の少女は言い訳した。

「今日は……すごく天気がよくて、プ、プラムが甘くておいしくて……たっぷり食べたら眠くなっちゃって……ごめんなさい、母様。今度から気をつけるから。もう二度と、外で昼寝なんかしないようにするから」

謝るキアに、すうっと母様が近づいてきた。嘘の匂いがしないか確かめるように、キアの体に顔を寄せ、首筋や背中をそっと嗅ぐ。

キアは黙って立っていた。嫌がってはいけない。母様が納得するまで、じっとしていなくては。

やがて、冷たく光っていた母様の目に、いつもの愛情が浮かびあがった。優しい微笑《ほほえ》みを浮かべ、母様はたしなめるように言った。

「口のまわりも手も、プラムの汁でべたべたじゃないの。本当にたくさん食べたようね。……今日の夕食を食べられるかしら？」

「食べる！　母様のごはんはいつもおいしいもの！　プラムよりも、木イチゴよりも！」

キアの言葉に、母様はますます笑顔になった。

どうやら許されたようだと、キアは心の中でほっとした。これからは気をつけなくては。母様を怒らせたくない。

「それじゃ手を洗っていらっしゃい。すぐに夕食よ」

「はい、母様」

キアは素直に手を洗いに行き、それから食堂に行った。

食堂のテーブルには、すでにごちそうが湯気を立てていた。

不思議なことだ。日のあるうちは、母様は地下の部屋から決して出てこない。それなのに、夜になると、一瞬にしてすばらしい料理の数々を用意してしまうのだ。

地下の部屋には入ったことがないキアだが、きっとそこには大きな台所があるのだろうと思っていた。部屋から出てくるまでの間に、母様はそこで料理を作っているに違いない。

ともかく、このことについて、キアはあえて気にしないことにしていた。館で起きる不思議なことを数えていたら、きりがないからだ。

キアは席につくと、すぐに料理を食べ始めた。プラムでお腹はふくれていたが、せっせとほおばり、おいしいと言い続けた。

母様は一緒には食べなかった。食事をするキアを幸せそうに見つめるだけだ。これもいつものことなので、キアは気にしなかった。

この大きな屋敷、五十人は優に暮らせそうな黄金館には、キアと母様だけが住んでいる。二人きりの暮らしには色々と決まりがあるが、キアにはそれが当たり前のことであり、風変わりともおかしいとも思わない。

やがて、もう一口だって入らないほど、お腹がいっぱいになった。

「母様、ごちそうさまでした。すっごくおいしかった！」

「そう。それはよかった。……今日はどんなことをしたの？　あっちでゆっくり話してちょうだい」

「うん」

キアはすぐに席を立ち、母様と手をつないで、居間の大きな長椅子へと向かった。

ふかふかの毛皮が敷かれた長椅子の上に居心地良く座りながら、キアは今日の出来事を母様に話して聞かせた。太陽が輝いていたこと、熟したプラムがおいしかったこと、たくさん咲いていた藍色の小鳥花が本当に良い香りだったことなどを、できるだけ詳しく話す。

キアの話を、母様はいつも楽しそうに聞いてくれる。そして聞き終えると、にっこりするのだ。

「ああ、キアの話を聞いていると、全てをこの目で見てきたような気持ちになれるわ。楽しませてくれてありがとう、キア」

「もっとあるのよ。聞きたい、母様？」

「ええ。でも、もう夜も遅いわ。そろそろお風呂に入らなくてはね。さ、いらっしゃい」

そう言って、母様はキアを軽々と抱きあげて、風呂場へと向かった。

風呂桶にはすでに湯がたっぷり張ってあり、香油のいい香りが満ちていた。

キアを湯の中におろすと、母様は丁寧《ていねい》にキアを洗い始めた。柔らかな布ですみずみまで洗い、一日の汚れをこすり落としていく。キアはなすがままだ。

そうして、香油の香りが肌にしみこんだ頃、母様はキアを湯から出して、大きな布でしっかりと包んだ。髪と体の水気をふきとると、今度は真っ白な寝間着をキアに着せ、そうしてまた抱きあげて、居間の揺り椅子へと移動した。

キアを膝に乗せると、母様は椅子をゆらしながらキアの赤毛を櫛《くし》で梳《す》き始めた。

「あなたの髪はあなたそっくりのお転婆《てんば》ね。乾いてくると、あっちこっちに跳ねて、少しも落ち着かない。リボンでくくっても、いつの間にかすりぬけてしまうのだから、困ったものねえ」

愛《いと》しげに言う母様に、キアはくすぐったくて笑った。

母様の髪は、美しい黒髪だ。艶《つや》やかで、たっぷりと後ろに流れて、触るとずっしりと重い。自分もこんな黒髪だったらよかったのにと、キアは思う。でも、それは言わないようにしていた。前に一度、そう言ったら、母様がすごく悲しそうな顔をしたからだ。

母様を怒らせるのは嫌いだ。悲しませるのはもっと嫌い。

母様の笑顔が、キアは好きだった。抱きしめられると、母様への愛情が胸いっぱいにふくらんで、幸せすぎて苦しくなってしまうほどだ。

だからこそ、キアはちょっと息苦しかろうと、毎晩儀式のように行われる全てを、おとなしく受け入れているのだ。

髪をとかし終わったあと、母様はキアを抱き直した。まるで赤ん坊のように両腕に抱えこみ、キアの顔をじっとのぞきこむ。そして、歌い出した。

お眠りお眠り　黄金館のお姫様
おめめをつぶればすぐに朝
朝と昼間はあなたのもの
金のおもちゃに　銀の鈴
千の果実に　万の花
あなたのために母様は
全てをここにそろえます
だからお眠り　今すぐに
夜を見てはいけません
外に行くのも危険です
眠りはあなたを守るもの
茨《いばら》の垣根もまた同じ
茨の外には行かないで
全てはあなたを守るため
お眠りお眠り　黄金館のお姫様

この歌を聞くと、否応なく眠気が押し寄せてきて、まぶたが鉛のように重くなってくる。もう少し起きていたいと思うのに、体は言うことを聞いてくれない。

その夜も、キアは母様の腕の中で眠りに落ちていった。

翌朝、キアは二階にある自分のベッドの中で目を覚ました。すでに鎧戸は取り外されており、カーテンの隙間から日の光が差しこんできている。今日もいい天気になりそうだ。

キアは服に着替えて、一階の食堂へとおりていった。食堂のテーブルにはパンとチーズ、ミルクに甘いリンゴのジャムの食事が用意されていた。量が多いのは、昼食の分も入っているからだ。

母様の姿はないが、これはいつものことだ。

朝と昼、つまり太陽が空にあるうちは、母様は地下にある部屋に閉じこもってしまう。一緒に朝日を浴び、庭を歩いて、花や果実を摘めたらと思わぬでもないが、これも決まりの一つだ。決まりは必ず守らなければならないと、キアは幼い頃から心に刻みこまれていた。

物心つく頃から、母様に言い聞かされてきた。

茨の生け垣の外に行こうとしないこと。

昼間、母様が地下室で寝ている間は自由に過ごしてもいいが、夜になる前に館に戻ること。

夜は眠るまで母様のそばを離れないこと。

地下室には決して行かないこと。

この四つを口にしたあと、母様は必ずキアに言った。

「この決まりを守っている限り、あなたの幸せは守られる。でも、一つでも破れば、全てが壊れてしまうのよ」

今でも、それらは子守唄に織りこまれ、キアに注がれている。

もちろん、キアは決まりを破ろうなどと考えることはなかった。豊かで満ち足りた毎日は、本当に幸せだったからだ。

手早く朝食をすませてしまうと、キアはさっそく外に出た。思ったとおり、今日もすばらしくいい天気だった。そして、庭は……。

「うわあ、きれい！」

キアは歓声をあげていた。庭は昨日とは様変わりしていた。

昨日はしずく菊や空色つりがね草などといった青い花が咲き誇っていた地面は、今は黄色と白の花でおおいつくされている。館を囲むように植えられている五十本近い果樹も、プラムからサクランボへと変わっていた。

これも不思議の一つだった。この庭は毎日姿を変えて、キアを楽しませてくれるのだ。

キアは庭を駆け回り、黄色と白の花を両腕いっぱいに摘みとったり、次々とサクランボをもいでは口にほおばったりした。赤いサクランボはすっかり熟していて、すばらしく甘かった。

今日もすてきな一日になると、キアは笑い声をあげた。

そうして新しい発見を探して走り回っているうちに、キアはいつの間にか敷地の外側に近づき

すぎてしまった。

はっと気づいた時には、茨の垣根が目の前にあった。

垣根というより、それはもう、そびえ立つ壁と言ってよかった。高さは館よりも高く、館と庭をぐるりと囲んでいる。隙間をのぞいても、向こう側が見えることはない。それほどびっしりとからみあっているのだ。

鈍く光る銀色の茨。ツタは太く、見るからに強靭《きょうじん》で、キアの指よりも長く鋭いトゲを生やしている。好奇心に負けて、一度だけ触ったことがあったが、たちまち指に穴が開いた上、母様にひどく叱られた。

あの時の嫌な気持ちがよみがえり、キアは急いで垣根に背を向けた。

毎日が新しく、新鮮で、だが決して変わらないものもある。

それがここ黄金館なのだ。

二

その朝、キアはベッドで目を覚ました。目覚めたとたん、いつもと違う音がすることに気づいた。

ああ、雨の音がする。ということは、今日は庭では遊べないだろう。

でも、がっかりはしなかった。雨の日には雨の日の楽しみがあるからだ。

キアは急いで着替えて、食堂に行った。はたして、そこには朝食と昼食が用意されており、そして美しいリボンが結ばれた小箱が置いてあった。

母様はキアが退屈しないよう、雨の日にはいつも新しいおもちゃを用意してくれるのだ。ある時は大きな人形だったり、美しい色がいっぱいつまった絵具だったり。

今日は何だろうと、キアはわくわくしながら小箱を開けた。

中には、つやつやとしたビー玉がたくさん入っていた。色とりどりのそれらは、まるで宝石のようで、キアはうっとりしてしまった。

なんてすてき。母様が起きてきたら、お礼を言おう。

朝食もそこそこに、キアはビー玉を抱えて広間へ行った。館の中で一番広くて、床もなめらかな広間は、ビー玉遊びにはもってこいだ。

雨の音が響く中、少女は遊び出した。広間中にビー玉を散らかし、指ではじいていく。ころころという音が心地良く、なによりきらめくビー玉には魔法のような魅力があって、飽きることはなかった。

だが、じきにお昼という時だ。はじいた玉の一つが急に消えた。

「えっ？」

キアは慌ててそちらに駆け寄ってみた。

見れば、床に小さな穴が開いていた。ビー玉はここに落ちてしまったようだ。指を差しこんで探ってみたが、指先に触れるものはなかった。

どうしようと、キアは考えた。

あきらめる？　いや、あれはすごくきれいな空色のビー玉だ。一つしかないやつだし、どうしても取り戻したい。

キアはもう一度、穴に指を差しこんでみた。ここではっとした。穴が開いている床板が少し動いたのだ。

このまま引っぱれば、床板がはがれて、落ちたビー玉を拾えるかもしれない。はがれた床板は、あとで母様に言って、直してもらえばいいだろう。

ふんっと、キアは引っぱってみた。さほど力を入れることなく、床板が持ち上がった。もともとゆるんでいたようだ。

キアはほっとしながら、現れた床下をのぞきこんだ。奥のほうに空色のビー玉が光っていた。そしてその後ろには、折りたたまれた白い紙があった。

なんだろうと気になり、キアはビー玉と一緒にその紙もつかんで取り出した。床板をもとどおりにはめたあと、拾った紙を広げてみた。

「えっ？」

そこには女の人と女の子の絵が描かれていた。たぶん、描いたのは子供だろう。幼い描き方、塗りつぶすような絵具の塗り方だ。

それでも、女の人のほうは、一目で母様だとわかった。長い黒髪に、黒いドレス。いつも首元につけている緑の宝石のブローチもちゃんとある。

間違いない。これは母様だ。

では、こっちの女の子は誰だろう？

キアは女の子の絵を食い入るように見つめた。緑の服を着ていて、髪は短く、黄色い。どう見てもキアではない。キアの髪はもっと長いし、色だって燃えるような赤だ。

どういうことだと、キアは混乱した。

この館にいる子供はキアだけだ。なのに、絵の中では、母様が別の女の子と手をつないでいる。いや、女の子の手を捕まえているようにも見える。なぜなら、母様の顔は笑っていないからだ。目がつりあがり、口は怒ったように尖《とが》っている。そして、女の子も怒った顔をしている。なんだか心をざわつかせる絵だ。誰が描いたのか、無性に知りたくなった。

この絵を描いた子に会って、話を聞いてみたい。母様にこの子のことを聞いてみようか?

だが、キアはすぐに思い直した。

だめだ。母様には何も聞いてはいけない。この絵を見つけたことも秘密にしたほうがいい。前に何度か、キアは思いきって言ってみたことがあるのだ。この館に、他の人は来ないのかと。もし誰かいるなら、招待してみたいと。

そのたびに母様は不機嫌になった。

「この黄金館はあなたと私のためにあるの。他の人間など入ってきたら、ここが穢《けが》されてしまう。だめよ。ここは守られた場所なの。私達だけの守られた場所に、どうして他の人間を入れなくてはいけないの?……あなた、私がそばにいるだけじゃ不満だとでもいうの?」

母様の声が金属的に尖っていったことを思い出し、キアは身震いした。

どうしてかはわからないが、母様が他の人間を嫌っているのは間違いない。他の女の子が描かれているこの絵を見たら、きっとまた不機嫌になるだろう。キアからこれを取り上げ、びりびりに引き裂いてしまうかもしれない。

それはいやだ。

キアはこの絵を守ることに決めた。不穏な絵だが、どうしても興味をかきたてられる。だから、隠して取っておこう。

母様に隠し事をするというのは、胸がどきどきした。恐れと不安、そしてどこか甘美な背徳感もあった。

そのあと半日、キアはビー玉に触れることもせず、ひたすら絵を眺めて過ごした。誰が描いたにしろ、描き手は母様のことをよく知っているのだとわかる。特徴をよくとらえているし、雰囲気も母様そのものだ。

それだけにぞくりとする。

絵の中の母様は、黄色い髪の女の子に怒っているらしい。この女の子はいったい、どんなことをしでかしたというのだろう？　そして、もし本当に存在するというのなら、今はどこにいるのだろう？

気になってしかたなかった。

あまりにも夢中になっていたせいか、キアは昼食をとることも忘れた。そして気づいた時には、部屋の中はすっかり暗くなっていた。

まもなく夜が来るのだと、キアは慌てて立ち上がった。足元にあるビー玉を蹴散らし、二階の自分の部屋へと駆けこんだ。

隠さなくては。母様が地下室から出てくる前に隠さなくては。

とっさに思いついたのは、枕だった。ここだったら、まず母様は疑わないだろう。

枕の下に絵をしっかりと隠し、キアは急いで広間へと戻ることにした。

階段を降りる時、館のてっぺんにある鐘が鳴り出した。夜の訪れを告げる鐘だ。

それが鳴り終わると同時に、館中の窓に鎧戸《よろいど》がおろされ、扉の閂《かんぬき》がおりる音が響き渡った。

館はふたたび頑丈な箱と化したのだ。

だが、その時にはキアは広間にいた。

今の今までビー玉遊びに夢中でしたというふりをしていると、衣擦《きぬず》れの音を立てて、母様が広間に入ってきた。

「キア、ここにいたのね」

「あ、母様」

にこりと、キアは笑いかけた。

「今日は楽しかったかしら?」

「うん、とっても。ビー玉、ありがとう! すごく楽しくて、お昼を食べるのも忘れちゃったくらい」

「それはそれは。喜んでもらえて嬉しいわ。さ、いらっしゃい。夕食を用意したから。お昼を抜かしてしまったなら、その分しっかり食べないとね」

「うん」

こってりとしたシチューやパイをかきこんだあと、キアはいつものように母様に今日の出来事を話した。ひたすらビー玉遊びをしていたというキアの嘘を、母様はまったく疑わなかった。

そのあとは風呂場に運ばれ、体を洗われた。さらに髪をとかされ、少しおしゃべりをして。

その間も、キアの胸では二つの思いがせめぎあっていた。

秘密を抱えているという後ろめたさ。秘密があるんだぞという優越感。

絵のことを話したいという気持ちに駆られては、それは絶対にだめだと自分に言い聞かせる。

だから、母様が子守唄を歌い出した時は、ほっとした。

眠りの中に逃げこめば、すぐに朝になる。明日になれば、この気持ちも少しは落ち着くだろう。

キアはいつになく素直に子守唄に身をゆだねた。

その時、キアは思いもしていなかったのだ。

その夜見た夢が、自分の運命を変えるものになるとは……。

三

「ねえ。ねえ、起きて」

聞き覚えのない声に、キアははっと目を覚ました。目を開いて、驚いた。

キアは白い霧に包まれていた。霧のせいで、何もかもがぼやけている。景色は見えず、ただふわりふわりと、人影のようなものが時折揺れ動いているのがぼんやり透けて見える程度だ。

そんな中、キアは大きな銀の椅子に座っており、そして目の前には見知らぬ少女が立っていた。

その子の姿だけは、はっきりと見ることができた。

キアよりも少し年下の少女だった。短い髪は麦穂のように黄色く、気が強そうな顔にはそばかすが散っている。青い目の奥には怒りがくすぶり、ぎゅっと引き結ばれた口元にも意志の強さが見てとれる。

これはあの子だと、キアはどきりとした。

あの絵の中にいた女の子だ。どうしてここに？　ああ、そうか。これは夢だ。夢を見ているんだ。

納得しながらも、キアはまじまじと女の子を見返した。夢だとわかっていても、胸がどきどきする。思いきって口を開いた。

「あなた、誰?」

「あたしはキア」

「それ、あたしの名前よ?」

「そうね。あんたは八番目のキア。あたしは七番目のキアなんだ。あんたの前に、この黄金館に住んでたキアだよ」

何を言っているんだと、キアは笑い出してしまった。

この黄金館はキアのために母様が建てたものだ。母様がそう言っていた。だから、自分以外の子供が住んでいたはずがない。

だが、そう言うキアに、黄色の髪の少女はかぶりを振った。

「それは半分正しいけど、半分間違っている。あの人は確かにキアのためにこの館を建てた。でも、キアはこれまでに何人もいたんだ。あたしやあんたの他にもね」

ここは巣穴なんだと、少女は歳に似合わぬ大人びた口調で言った。

「魔女が子育てする巣穴だよ。でも、子供はいつも違う。大きくなりすぎた子、賢すぎる子、反抗心が強すぎる子は、どんどん処分されてしまう。そして、また新しい子が連れてこられる。あたしは七番目だった。そして、キア、あんたは八番目なんだよ」

「……魔女って、母様のこと? やめてよ! そんなふうに言うの、許さないわよ!」

怒るキアを、気の毒そうに少女は見返した。

「そうやってあの人を庇うのは、あの人のことを知らないからだよ。……でも、あたしは知っている。ずっとわかっていたんだ。あの人が本当の母親じゃないことも、自分が生け贄《いにえ》として村から捧げられたことも」

「村？　村って？」

「人がたくさん住んでいるところ。あんたやあたしも、そこから来たの。あたし達は村で生まれたんだよ。あたしにはちゃんと本当の母さんと父さん、それに兄さんも二人いた。でも、村の鐘が鳴って、魔女が子供をほしがっていることが知らされた。そして、赤ん坊だったあたしが、生け贄として選ばれて、この黄金館に連れてこられたんだ」

嘘だと、キアは叫んだ。

「そんなの信じない！　だ、だって、それが本当なら、あんたが赤ちゃんの時の話でしょ？　あ、赤ちゃんだったくせに、そんなこと知っているはずないもの！」

「知っているんじゃない。覚えているんだ」

少女のまなざしが深くなった。

「あたしはちょっと特別なんだ。あたしは生まれた日のことを覚えている。本当の母さんのおっぱいも、父さんのひげの形も。まわりの大人達のおしゃべりも音も、なにもかも。自分が生け贄として黄金館に運ばれた時、空に燕が三羽飛んでいたのも覚えている。本当の名前を奪われ、魔女にキアと名づけられた時のことも。……あたしはそういう子だったんだよ、八番目。だから、魔女を母様と呼ぶのがいやでたまらなかった。なにしろ、本当のことを覚えていたからね。……

懐《なつ》かないあたしに、魔女は次第に怒っていった。目の奥に憎しみが浮かんでくるのがわかったよ」

「……それで？　どうなったの？」

息をつめるキアに、少女は悲しげに笑いながら手を差し出してきた。

「あたしを受け入れて、八番目。あたしの存在を信じてほしい。そうすれば、見せてあげられる。あたしがどんなふうに死んだか」

ふいに、キアは理解した。

そうだ。この子は夢でも幻でもない。死者なのだ。もうこの世にはいない子供なのだ。でも、こうしてキアの前にいる。何かを伝えるために。

少女の誘いからはどこか危険な匂いがした。それでも、知りたいという好奇心には抗えなかった。

キアは息を吸いこみ、相手の手を取った。

とたん、何かが起きた。

まるで水がしみこむように、キアの中に少女がしみこんでくる。

いつの間にか、キアは七番目のキアとなって、黄金館の中にいた。

キアは怒っていた。怒りはキアの友であり、仲間だった。

この館に来て、九年と六ヶ月と二日。だが、ここの暮らしを楽しんだことは一度もない。記憶が、それを許さなかった。

村で聞いたささやきから、キアはすでに知っていた。魔女がこれまでに何人もの子供を奪っていったことを。だが、その子達はここにはいない。ということは、もうどこにもいないということだろう。

彼らの身に起きたことが、自分にももうすぐ起こると、キアはすでに悟っていた。

もっとうまく立ち回ればよかったと思うが、もう遅い。どうしても我慢できなかったのだ。黄金館に連れ去られた日の、家族の泣き叫ぶ姿が頭から消えてくれないから。

恨みと怒りは反抗心となって、魔女へとぶつかっていく。キアは撫でられるのも触れられるのも拒んだ。髪を短く切ってしまったのも、毎晩髪をとかされるのがいやでたまらなかったからだ。

そうしたことが積み重なり、魔女のキアに対する愛情は薄れてきている。この頃はめったに笑みを浮かべなくなり、目の奥に憎しみがひらめくようになってきた。それでもキアは反抗をやめられないのだ。

自分に残された時間はあとわずかだろう。色々と手を尽くしたつもりだが、結局、逃げ出す方法は見つからなかった。だが、このまま何もしないでいるのもいやだ。

キアは自分のことではなく、未来のことを考えた。自分のあとに、また子供が連れてこられるだろう。その子にも同じ運命が待ち受けていると思うと、たまらない気持ちがした。

だから、キアは絵を描くようになった。自分と魔女の姿を何枚も描き、それを館のあちこちに隠していった。

自分がここにいたことを、次のキアに気づいてほしい。そして、ここが危険だとわかってもらいたい。できれば逃げてもらいたい。自分には見つけられなかった逃げ道を、その子には見つけてほしい。

その一心だった。

そして、最後の夜がやってきた。

その夜の魔女は、ひときわ美しく着飾っていた。胸元にはエメラルドが、指にはルビーが輝き、いっそう背が高く、そして冷酷そうに見えた。

その姿を見たとたん、キアは悟った。いよいよなのだと。

二人はじっと睨みあった。キアは憎しみをこめて、魔女は疑いといくらかの迷いをこめて。

先に口を開いたのは魔女のほうだった。

「キア……どうしてもいい子になれないというの？」

「あたしはキアじゃない」

これが最後なのだからと、キアはこれまでずっと言いたかったことを口にした。

「あたしの本当の名はアイラよ」

「……そう。やっぱり、あなたは私の娘じゃなかったのね」

魔女の顔が歪《ゆが》み、その手が振りあげられた。指にはまったルビーの指輪が禍々《まがまが》しく輝き、次の瞬間、キアの心臓は止まった。

「あああああっ！」

自分があげた悲鳴に、キアは我に返った。

心臓がどくどくと音を立てていた。動いている。まだ止まっていない。殺されていない。

ほっとしたところで、やっと自分が誰であるかを思い出した。

そうだ。自分はあの子じゃない。アイラという本当の名前を覚えていた七番目のキアではない。

「そうだよ。あんたは八番目のキアだ」

自分の中から七番目の声がしたものだから、キアはまたしても悲鳴をあげかけた。

「キ、キア？」

「そう。七番目のね。今はあんたの中に宿らせてもらっている」

「い、いやよ。あたしの体から出ていってよ！」

「だめ。そんなことをしたら、なにもかも無駄になってしまうもの。あんたを助けられなくなる」

「あたしを、助ける？」

目を瞠《みは》るキアに、七番目の声が悲しげに響いた。

「あたしが七番目で、あんたが八番目。この意味がわからない？」

「……」

「魔女はいつも子供をほしがっている。かわいがって甘やかすことができる子供をね。でも、その子達は決して大人にはなれないんだ。遅かれ早かれ、あんたも殺されるよ、八番目」

「そんな……か、母様があたしを殺すはずない！　そんなの嘘よ！」

「そう思うなら、他の子達にも話を聞いてみればいいよ。あと、六人いるから」

その言葉に、キアははっとして周囲に目をこらした。霧を通して、ぼんやりと人影が見える。確かに六人いるようだ。でも、呼びかけても、こちらに近づく様子がない。近づきたくても、近づけないようだ。

「このままじゃだめだよ、八番目」

「ど、どうすればいいって言うの？」

「かけらを見つけて、八番目のキア」

七番目のキアがささやいてきた。

「かけらって？」

「あたし達がここに暮らしていたというあかし。あんたはあたしのを見つけた。あたしが描いた絵を。だから、あたしは話しかけることができた。こうしてあんたの中に入り、力になってあげることができる。でも、あたしだけじゃ足りない。みんなが必要なんだ」

「……………」

「新しい子を迎える前に、魔女はいつも徹底的に屋敷をかたづける。古い子供のものだったおもちゃや服を全部捨ててしまう。昔の子供の痕跡をきれいに消し去るんだ。でも、魔女が知らないかけらが残っている。全部ここにある。それを見つけていって。一つ見つけるたびに、あんたは新しい真実を知ることができるから」

キアは息が苦しくなった。

七番目のキアの言葉が嘘だとは思わない。だが、真実だと信じるには、母様への愛情が深すぎた。

母様がいずれは自分を殺す？　そんなこと、あるはずがない。でも、七番目のキアに手を振りあげた時の母様の顔は、恐ろしく冷酷だった。ああ、何が本当なのか、何を信じたらいいのか、わからない。

だが、これだけはわかる。自分の知らないことはまだまだあるのだ。それを知っていかなければ、答えを出すことはできない。

冷や汗をにじませながらも、キアはついにうなずいた。

「わかった。探すわ」

すると、ふわりと、霧の中から一人の人影が近づいてきた。

すぐ近くまでやってきたものの、人影は薄い灰色で、崩れた輪郭《りんかく》しか見えなかった。だが、その手がキアに触れたとたん、キアの脳裏に光のように差しこんできたものがあった。

「……屋根裏？」

つぶやいた次の瞬間、キアは目を覚ました。

キアはベッドの中にいた。夢は終わり、いつものように朝が来たのだ。

四

ベッドから起きあがったあとも、キアはなかなか動けなかった。

夢の中でのこと、七番目のキアの言葉も、彼女として味わった怒りも記憶も、はっきりと思い出せる。とてもただの夢とは思えない。

「でも……あんなこと……枕の下に絵なんか入れたから、あんな夢を見たのかも」

もう一度絵を見てみようと、枕を持ち上げてみた。ここで息をのんだ。

絵は、粉々と言っていいほど小さく千切れてしまっていたのだ。

母様が見つけて、こんなことをしたのだろうか？　いや、母様ならここに残していかず、持っていって、どこかで燃やしてしまうだろう。

よくよく目をこらすと、絵に残っているのは母様の姿だけで、黄色い髪の女の子の姿は消えていた。

七番目のキアが消えている。それはつまり、夢で見たとおり、自分の中に宿っているということではないだろうか？

怖くなり、キアは千切れた絵の破片を拾いあつめ、窓から外に捨てた。風に運ばれ、紙くずは一瞬で消えていった。

だが、絵は消えても、不安と戸惑《とまど》いは消えなかった。今日はいい天気だが、とても外で遊ぶ気分になれない。

ふいに、屋根裏に行きたいと、強く思った。

屋根裏は、別に何もない小さな部屋だが、一つだけある丸い窓から光が差しこんで、秘密めいた雰囲気がある。屋根を歩くカラスの足音が聞こえてきたりして、キアのお気に入りの部屋だ。

ああ、どうしてもあそこに行きたい。

キアはまず食堂に行き、用意されていた朝食のパンにチーズをはさみ、リンゴをポケットに入れた。それから屋根裏へと上がっていった。

あいかわらず屋根裏部屋は不思議な空気が漂っていた。明るいのにどこかほの暗さがあり、静かなのに秘密のささやきがあふれている感じがする。

パンをかじりながら、キアは窓から外をのぞいた。

赤い花の咲く庭に、緑の果樹園、そしてその先にそびえ立つ銀灰色の茨《いばら》の垣根が見えた。館で一番高いところに位置するこの窓からでも、垣根の向こうを見ることはかなわない。

そう言えば、垣根の外はどんなふうになっているのだろう？

ふと、頭に浮かんできた疑問を、キアは慌てて打ち消した。

これも母様に聞いてはいけないことの一つだ。茨の垣根の外に、決して興味を持ってはいけないのだから。夜に外に出てはいけないのと同じだ。

夜。ああ、夜はいったいどんな感じなのだろう？

急に燃えあがった好奇心に、キアは首をかしげた。

いつもはこんなふうになんでも知りたがることはないのに。これもあの変な夢のせいだろうか。

ああ、そう言えば、夢の最後で、誰かから何かを伝えられた気がするのだが。あれはいったい、どんなことだったっけ？

考えているうちに、パンを食べ終わってしまった。そうすると、喉が渇いてきた。

リンゴを取り出し、汁気たっぷりのそれにかぶりつこうとした時だ。キアはあることに気づいた。

細い金色の糸が、壁から床へとぴんと張っている。

いや、糸ではない。髪の毛のように細い光が一筋、壁からもれて、部屋の中に入ってきているのだ。

ということは、壁のどこかに小さな穴が開いているということか。

気になって、キアはその穴を探してみた。

すると、思わぬものを見つけた。

確かに穴はあった。針が一本通るほどの隙間だ。だが、それだけではなかった。

「なにこれ？」

壁には土の塊がはりついていた。その塊がひび割れ、少し崩れたところに隙間ができているという感じだ。

どういうことだと、指でつついてみたところ、ぼろりと、土が崩れた。そうすると、隙間が広がり、一気にクルミほどの大きさの穴となった。

どうやら土塊はこの穴をふさぐために詰められていたようだ。壁板と同じような色だったから、今までずっと気づかなかった。それに、キアの背丈より少し高いところにある。

少し考えたあと、キアは下の階から小さな椅子を運んできて、屋根裏部屋の壁際へと置いた。そしてその上に立ち、穴をのぞきこんだ。

だが、外の景色が目に映るより先に、頭の中に声が響いた。

「私のかけらを見つけたわね、八番目のキア」

はっと振り向いて、キアは息をのんだ。

いつの間にか、白い霧に囲まれていた。キアは銀の椅子に座っており、目の前には背の高い少女がいた。

歳は十二歳くらいだろうか。長い髪は焦茶で、瞳の色も茶色だ。知的そうな顔つきで、目には好奇心が宿っている。七番目を名乗った昨日の少女とは、まったく別人だ。

「嘘……今は……眠ってなかったのに」

怯えるキアを、背の高い少女はじっと見下ろしてくる。そのまなざしは何かをうながしていた。

こちらが問いかけなくてはならないのだと気づき、キアはようやくささやいた。

「あ、あなたは?」

「私は六番目のキア。〝夜〟を見てしまった女の子……」

そう言って、六番目は手を差し出してきた。

ここまで来れば、これから何が起きるのか、キアにもわかった。

キアは一度大きく息を吸ってから、相手の手を取った。

たちまち六番目のキアが、キアの中に入ってきた。


キアは幼い時から好奇心が強かった。とにかく色々なことが知りたくてたまらない。理由もなくだめと言われると、その理由が知りたくて、うずうずしてしまう。

だから、黄金館の決まりは、キアの心をおおいに刺激するものばかりだった。

昼間、母様が地下室から出てこないのはどうして？　地下室の中はどうなっているの？　茨の垣根の向こう側にはどんな景色があるの？　母様の子守唄を聞くと、すぐに眠ってしまうのはなぜ？　庭と果樹園が毎日趣《おもむき》を変えるのはどうして？

知りたいことばかりだ。

特に心惹かれたのは、夜の時間だ。

鎧戸《よろいど》でおおわれた館の外では、どんなことが起きているのだろう？　謎を解きたい。知りたい。

いつしか好奇心は決意へと変わっていった。

だが、さすがに母様を怒らせたくなかったので、振る舞いには気をつけた。母様の前ではおとなしい娘を装い、その裏でひたすら秘密を知る方法を考え続けた。

そしてある日、ついに思いついたのだ。

簡単な話だ。窓が鎧戸にふさがれてしまうというのなら、壁にのぞき穴を作ればいい。穴を開けて、そこから夜の外を見ればいい。場所は屋根裏部屋がいいだろう。何もないあの部屋には、母様もめったに入らないはずだから。

キアはすぐに考えを実行に移した。

穴自体は、わりとすぐに開けることができた。濡らした土でふさげば、まったく目立たない。あとは夜に起きて、この穴から外をのぞけばいいだけだ。

だが、ここでキアはまた悩む羽目になった。

母様の子守唄。あれは難敵だ。あれを聞かされると、否応なく眠気が襲ってきてしまう。そして、目覚めた時には朝になっているのだ。あれをなんとしても防がないと、夜を見ることはできそうにない。

考えに考えた末、キアは唐辛子《とうがらし》のことを思い出した。

台所にはあちこちに唐辛子が置いてある。香辛料や穀物にカビが生えないようにするためだ。唐辛子が口から火が出るほど辛いことは、五歳の時に身をもって知った。美しい赤に惹かれたのと、「本当に母様の言うように、辛いのか?」という好奇心を抑えられなかったから。

昔のことを懐《なつ》かしく思い出しながら、キアは唐辛子を刻み、砂糖で煮からめて、飴のようなものをこしらえた。

試しに一粒食べてみたところ、一瞬は甘いものの、すぐに強烈な辛さが口いっぱいに広がった。舌が燃えるような痛みすら感じ、キアは涙を浮かべた。だが、飴の出来栄えに満足もした。これ

そのおかげで、子守唄の力も遠ざかる。

その夜、キアは手の中に飴をしのばせて、何食わぬ顔で母様の膝の上に乗った。母様は幸せそうにキアの髪をくしけずったあと、子守唄を歌い出した。

たちまち迫ってくる眠気に抗いながら、キアはあくびをすると見せかけ、口の中に飴を入れた。舌がただれるような辛さと痛みがはじけたが、キアはぐっとそれに耐え、目をつぶった。辛さのおかげで、子守唄の力も遠ざかる。

だが、そんなことは母様にはわからない。いつものようにキアが眠ったと思ったのだろう。キスをしたあと、母様はキアを抱きあげ、二階の寝室へと運んでいった。

「かわいい娘。私のキア。朝までぐっすりお休みなさい」

キアをベッドに入れたあと、母様は寝室から出ていった。

だが、キアはしばらくじっとしていた。

まだだ。耳と感覚を研ぎ澄ませば、わかる。一階では母様が動き回っている。足音と衣擦《きぬず》れの音がする。

ここで、耳慣れた音がした。

がしんと響く、金属的な音。そして、ぎぎぎっと、きしむような重たい音。

あれは閂《かんぬき》をはずす音、そして扉を開く音に違いない。

母様が外に出た！　キアには禁じた夜の外へ出ていった！

どういうことだと混乱しながらも、キアは今しかないと思って、布団をはねのけた。

そうして、部屋を抜け出し、足音を忍ばせながら、一気に屋根裏部屋へと走った。たどりついた時、屋根裏部屋は真っ暗だった。ここの窓も鎧戸でおおわれてしまっているらしい。だが、そんなことは関係ない。

暗闇をものともせず、キアは手探りで壁にはめこんだ土塊を探した。ようやく探しあて、引き剝がすと、さあっと、銀色の光が差しこんできた。

日光に比べればずいぶんと淡いが、それでも光は光だ。ありがたく思いながら、キアは穴に目を寄せ、念願の夜の庭を見た。

外は暗かった。だが、真の暗闇というわけでもなかった。黒く塗りつぶされた空には、銀のお皿のような丸いものが浮かび、淡く白い光を発している。そのおかげで、遠くの茨の垣根も銀色に光って見える。

だが、庭は……。

庭は一変していた。あれほど美しく元気に葉を茂らせていた果樹が、一本残らず枯れていた。葉を落とし、キアが見ている前でどんどん枝がうなだれていく。やがて、幹が粉々に砕けて、地面にばらまかれた。

キアは今度こそ息をのんだ。砕けた幹の中から、次々と何かが出てきたのだ。目をこらし、それが裸の人間だと、キアは理解した。

若い男もいれば、老いた女もいた。全員裸で、肌は死んだような灰色だ。

と、彼らの前に誰かが近づいていった。

母様だ。

母様の声は、屋根裏部屋のキアの耳にまで届いた。

「働け！　耕せ！」

鋼のような容赦のない声だった。

雷に打たれたかのように、人間達はびくりと震え、それからうごめきだした。素手で土を掘り起こし、耕し始めたのだ。

それは見るからに重労働だった。だが、指の爪が割れようと、足の裏から血が噴き出そうと、彼らはうめき声一つあげず、ただ涙だけを流しながら、黙々と働き続けるのだ。

見ているだけで胸が苦しくなるような光景だった。

母様だ。母様がこの人達を苦しめている。でも、どうして？　この人達がいったい何をしたというの？

だが、いくら考えても理由は浮かんでこない。

そうこうするうちに、庭の大地は耕し尽くされた。

と、母様がふたたび前に出た。その手には銀色に輝く鞭があった。

キアがまさかと思うひまもなく、母様は猛然と鞭を振るい出した。その手つきは迷いなく、熟練していた。たちまち、五十人の男女の背中が引き裂かれていく。それでも、誰一人悲鳴をあげることなく立っている。

母様は存分に鞭を振るい、手を止めた時には地面はしっとりと血で黒ずんでいた。

母様の鋼の声が響き渡った。

「さあ、木におなり。私の娘のために、リンゴの木に」

裸の人達がのろのろと庭中に散り出した。そして、ある程度間隔を置いたところに立つと、足先を土の中に埋め始めたのだ。

と、見る間に、傷だらけの体が硬くこわばりだした。指が伸び、裂けていき、体が苦しげにねじくれていく。

木だ。木になっているのだ。

そこまでが限界だった。

キアは壁から飛び離れ、穴に土塊をねじこんだ。

ふたたび屋根裏部屋は暗闇に満たされたが、キアの震えは止まらなかった。

なんてものを見てしまったんだろう。確かに秘密は知りたかったけれど、でもそれは、こんなものじゃなかった。こんな恐ろしいものだと知っていたら……。ああ、忘れたい。なにもかも忘れたい。

這うようにして自分の部屋に戻ったものの、キアはもはや眠ることができなかった。

そのまま一睡もせず朝を迎えた。

だが、朝が来て鎧戸が上がり、明るい日の光がさあっと屋敷の中に差しこんできても、キアの恐怖は少しも薄れなかった。昨夜の光景が目に焼きついてしまっていた。

うごめく裸の人々。苦しみと血にあふれたひと時。母様の凍てついた声と長い鞭。

一歩も動けないまま、キアはそのまま半日をベッドの中で過ごした。

そして……。

また夜が来てしまった。

鐘が鳴り終わると、すぐに母様が部屋に入ってきた。真っ青な顔をして、目の下にくまを浮かべているキアを見て、母様は驚いたようだった。

「まあ、キア。どうしたの？　ずっとベッドにいたの？　具合でも悪いの？」

心配そうに近づいてくる母様に、キアは「大丈夫」と答えようとした。だが、口から出てきたのはか細い悲鳴だった。

はっとしたように、母様は動きを止めた。

「キア……何を見たの？　何を、知ってしまったの？」

母様の目に失望が浮かび、それまでの愛情が嘘のように消えていくのを、キアは見た。

ああ、母様はこんな残酷な顔になることができるのか。

それが、命が果てる瞬間にキアが思ったことだった。

我に返るなり、キアは目を押さえた。だが、そうすると、ますますはっきりと光景がよみがえってくる。

六番目のキアが見てしまった夜の世界。ああ、知りたくなかったのに。知らなければ幸せでいられたのに。

恨めしささえ覚えながらも、キアはようやくあきらめ、手をおろした。すでに、六番目のキアの姿はない。だが、その存在をはっきりと自分の中に感じることができる。

自分の中にいる六番目に、キアは問うた。

「あの人達は？　なぜ木になっているの？　なぜ……なぜ母様はあの人達を痛めつけていたの？」

「……その答えは一番目のキアが知っているわ。でも、一番目にたどりつくには、まず五番目のキアを見つけないとね」

そう言われ、キアは前を向いた。霧の中から、薄い灰色の影が進み出てくるところだった。

五

その日、昼間はまるで矢のように駆けぬけていき、あっという間に夜が来た。

鐘が鳴り、母様が姿を現した。いつものように優しく微笑《ほほえ》みながら、キアに歩み寄ってくる。

だが、その姿を見たとたん、キアは飛びかかって、噛みついてやりたくてたまらなくなった。

凶暴な衝動を慌てて抑えながら、キアは確信した。

これは七番目のキアの感情だ。間違いない。それに六番目もいる。こちらはひどく怯えている。

二人の存在を中に感じながら、キアはなんとか微笑みを浮かべてみせた。

「母様」

「キア。今日は楽しかった？　お庭の桃は食べたかしら？」

「うん。山ほど。朝ごはんも昼ごはんも、桃だったのよ」

これは嘘だった。果樹の正体を知ってしまった今、大好物の桃ですら、一口だって食べる気にならない。

だが、キアは嘘を続けた。

「だから、今日はちょっとお腹が空いてないの」

「あらまあ。まあ、しかたないわね。桃はあなたの大好物だものね。でも、スープくらいはお飲みなさいな」

「……うん」

食欲がまったくないまま、キアは無理やりスープを胃に流しこんだ。味がしなかった。気を抜くと、吐いてしまいそうだ。

気持ちの悪さを必死でこらえているキアに、母様は違和感を覚えたらしい。するりとキアに近づくや、額に手を当てた。ひんやりとした母様の手に、キアはぶるりとした。

「……やっぱり少し熱があるわね。風邪をひきかけているのかもしれないわ」

そう言うなり、母様はキアを抱きあげ、二階の寝室へと連れていった。そのままベッドに入れられ、キアは驚いた。

「お風呂に入らなくていいの？」

「今日は入らないほうがいいわ。それより、もう寝てしまいなさい。さ、毛布に包《くる》まって。体を冷やさないで。喉は痛くない？　寒気は？」

「ないわ。大丈夫」

「そう。でも、心配だわ」

本当に心配そうに見下ろしてくる母様に、キアは胸が痛くなった。

母様は優しい。こんなに愛してくれている。やっぱり大好きだ。

とたん、体の中で六番目と七番目が叫び声をあげる。

信じてはだめ！　嘘だから！　今は愛してくれるけど、気に入らないことをすれば、すぐに憎しみを向けてくるんだから！

だが、キアは二人の叫びに耳をふさいだ。今は母様を信じたい。この優しさと愛情が、簡単に消えてしまうはずがないのだ。

キアは母様を見上げ、ささやいた。

「……母様。大好きよ」

「私もよ、キア。愛しているわ。私の娘、私の宝物」

母様のキスがキアに降り注ぐ。

そのあと、母様はどこからともなく緑の小瓶を取り出し、ベッドのそばにある机の上に置いた。

「明日、母様が寝ている間につらくなったら、このお薬を一口飲んでね。そうすれば、体が楽になるはずだから」

「わかった」

「それじゃ、もう眠りなさい。眠って元気を取り戻してちょうだい」

母様が子守唄を歌い出した。

六番目と七番目がうるさくわめいていたが、キアは耳を貸さずに母様がもたらす眠りに身をまかせた。そのせいか、その夜は霧の夢を見ることはなかった。

翌朝、キアは六番目と七番目の声で目を覚ました。

「起きて起きて！」

「朝が来たよ。さあ、起きて。明るいうちに、五番目を見つけないと！」

キアはいやいや起きあがった。

五番目のキアの手がかりは、昨日のうちに手に入れていた。だが、六番目の記憶を見たあとで、さらに五番目まで受け入れるのはとても無理だった。またあのようなことを知ってしまうのではと思うと、体がすくむ。

ああ、五番目など探したくない。

だが、六番目と七番目がうるさくせっついてくる。「私達にはあの子が必要なの！」とさかんに言ってくる。

どうやら五番目のキアは特別な子らしい。

しかたなくキアは部屋を出た。昨日、受け取ったのは「薬棚」という思念だった。だから、薬棚がある一階の小部屋へと向かった。

この小部屋に、母様は薬や傷の手当てに必要な物をそろえている。そして、キアが小さな頃からその使い方を教えてくれていた。昼間、母様がいない間に、キアが病気になったり怪我をしたりしても大丈夫なようにと。

もっとも、キアは健康そのもので、あまりこの部屋の世話になることはなかったのだが。

小部屋に入ると、何十種類もの薬草や軟膏《なんこう》の匂いが入り混じったものが鼻に押し寄せてきた。いい匂いではないが、吸いこむと、体の中がすうっとするような気がする。

キアは箪笥《たんす》によく似た薬棚の扉を開いた。中には、ずらりと小瓶が並んでいた。それぞれ色が違う液体がつまっており、妖しげに光っている。

さて、この薬棚にどんなかけらが隠されているというのだろう？

キアは薬瓶を全部取り出し、空になった棚の中を探ってみた。だが、何もなかった。

「本当にここにかけらがあるの？」

尋ねてみたが、六番目と七番目はぴたりと黙りこみ、何も答えてくれなかった。かけら探しを手伝う気はないらしい。

いらいらしながら、キアは今度は床に顔をつけて、薬棚の下をのぞきこんでみた。はっとした。何かある。何か、もじゃもじゃした塊のようなものだ。鼠の死骸だろうか？

ぞっとしながらも、とにかく取り出してみることにした。

キアはほうきを持ってきて、その柄を使って、薬棚の下にあったものをかきだした。

出てきたものを見て、キアは言葉を失った。それは髪の束だったのだ。

艶《つや》のない薄い金髪の巻き毛が一束、まるで鳥の巣のようにからみあっている。ほこりにまみれているところを見ると、相当前からこの下にあったようだ。

いったい誰のものなのか、答えはもうわかっている。だが、キアはもっと踏みこまなければならないのだ。

息を吸いこみ、震える手で髪に触れた。

「ふふ、見つかっちゃった」

愛らしい声に、キアは顔をあげた。

またあの場所に来ていた。深い霧に包まれた不思議な空間。キアは椅子に座り、目の前にはまた新しい少女が立っている。

「あなたが五番目のキアね？」

「うん」

五番目のキアは、これまでのキア達よりずっと幼かった。たぶん、四歳か五歳だ。体が弱いのか、肌は恐ろしく白く、痩せていて、金の巻き毛にも艶がない。でも、青い目はきらきらと無邪気に輝いていた。恐れも疑いも知らない無垢《むく》なまなざしだ。

「他のキア達が教えてくれたの。かけらを見つけてもらえたら、あたし、また母様に会えるって。ねえ、ほんとなの、八番目のキア？」

「え、ええ、たぶんね」

なんとも言えない哀れみを覚えながら、キアは幼子に手を差し出した。五番目はためらうことなく飛びついてきた。

たちまちキアは五番目のキアとなり、その記憶をさかのぼっていった。

五番目のキアは生まれつき体が弱い子だった。すぐに熱を出し、一年中せきに苦しめられていた。食も細く、体は太ることができず、痩せ細っていくばかり。せっかくの庭や果樹園をほとんど楽しむこともできず、薬をそばに置いて、ベッドの中で過ごす毎日。

そんな五番目を、母様は溺れるように愛した。その虚弱さゆえに、いっそう庇護《ひご》欲をかきたてられたのだろう。夜起きてくると、五番目のキアのそばを離れず、手厚く看病し、キアが望むままに抱きしめ、物語を話して聞かせた。

だが、キアの体調は悪くなる一方だった。

嘆き悲しむ母様を見るのが、キアはつらくてならなかった。元気だったら、どんなによかっただろう。昼間は庭を走り回り、果物をほおばり、夜は母様に昼間の出来事を話す。そういうことができる子だったら、母様だっていつも笑ってくれていたはずだ。

幼いながらに、キアは母様を心配させたくないという思いが強かった。

ある日、ひどいせきの発作がキアを襲った。せきをするたびに、体中に痛みが走る。喉が裂け、胸が割れてしまいそうだ。水を飲んでもおさまらず、その時に限って、いつも手元に置いてある飲み薬は尽きていた。

そして、母様はいなかった。昼間だったからだ。

放っておいてもおさまりそうになかったので、キアは苦しいのを我慢して、薬棚に新しい薬を取りに行くことにした。

体を引きずるようにして、一歩一歩階段を降りていき、小部屋へとたどりついた。

それだけで力を使い果たしてしまった。

薬棚の前で、せきまじりの荒い息をついていた時だ。ふいに、何かが自分から落ちていくのを感じた。

床を見れば、髪の束が落ちていた。慌てて頭を触ったところ、全然力を入れていないのに、ごっそりと髪が抜けた。

キアは焦《あせ》った。髪が大量に抜けたことにではない。これを見たら、母様がどんな顔をするだろうと思ったのだ。

これ以上、母様を心配させたくない。

キアは抜けた髪をかき集め、薬棚の下の隙間に押しこんだ。棒のように細い腕のおかげで、奥のほうまで押しやることができた。

これなら大丈夫。母様に見つかることはないだろう。

ここで、また激しいせきの発作が起こった。薬を取らなくてはと、立ち上がろうとしたところで、キアは力尽きたのだった。


ふたたび自分の心を取り戻したキアは、体の中に宿った五番目にそっと尋ねた。

「あなたは……それからどうなったの？」

「そのあとのことは、よく覚えていないの。お熱が出ちゃって、頭がぼうっとして。時々、母様が泣いてる顔が見えた。それから一度、なにもかも真っ暗になって……そのあとだよ、たくさんのキアに会ったのは。……でも、母様には会えなかった。会いたいなあ、母様に」

心底慕《した》わしそうに言う五番目に、キアはなんと声をかけていいかわからなかった。

と、六番目がささやいてきた。

「よくやったわ。見つけてくれてよかった。この子が私達には絶対に必要なの。母様の目をごまかすためにね」

「ごまかす？」

「そうよ。母様が起きている間は、この子をその椅子に座らせて。そうすれば、母様の相手をするのは、この子になるから。……私達じゃできないの。わかるでしょ？」

賢いが、恐怖を抱えた六番目。

怒りと憎しみに満ちた七番目。

そして疑いを抱き始めている八番目。

ああ、確かに、この三人では母様に甘えることなどできはしない。そして、今までどおりに振る舞わなければ、たちまち母様は苛立つだろう。最悪、あのルビーの指輪を振るってくるかもしれない。

ぶるりと震えながら、キアはうなずいた。そして、無邪気な五番目に話しかけた。

「母様に会わせてあげるわ、五番目のキア」

「ほんと？」

「ええ。夜になったら、あたしのかわりにこの銀の椅子に座って。そうすれば、母様に話しかけたり、抱きしめたりできるから。でも、自分が五番目だと母様に言ってはだめよ。それと、椅子に座るのは夜の間だけね。朝になったら、椅子をあたしに返して。いいわね？」

「うん、わかった！」

五番目は嬉しげに約束した。

その日、夜になると、キアは五番目を呼び出した。

呼び出しも、椅子の交替も、思ったよりも簡単だった。頭の中に銀の椅子を思い浮かべたところ、たちまちキアはそこに座っていたのだ。

目の前には五番目のキアがいた。わくわくした様子でこちらを見つめている。

キアは黙って椅子から立ち上がり、五番目を座らせた。

すると、不思議なことが起きた。

椅子の後ろに大きな丸い鏡が忽然《こつぜん》と現れたのだ。

鏡には、母様が映っていた。その母様に、キアが飛びついていくのが見えた。

「母様！　母様母様！」

「まあ、どうしたの、キア？　体の具合は？　もう大丈夫なの？」

「うん！　もう大丈夫よ。ああ、会いたかった！　すごく母様に会いたかったの！」

キアの体に入った五番目が、甘えた声をあげる。いつものキアらしくない声と態度に、鏡を見ているキアは冷や冷やした。

ああ、ほら。母様が驚いた顔をしている。見破られてしまったのだろうか？

だが、そうではなかった。母様はすぐに笑顔になって、五番目を抱きしめたのだ。

「今日はずいぶん甘えん坊さんなのねえ。いいわ。あなたがそうしたいなら、好きなだけ甘えてちょうだいな」

「うん！　母様、だっこ！」

「ええ、もちろん。いくらでもだっこしてあげましょうね」

抱きあげられ、幸せそうに笑う五番目に、キアは胸を撫で下ろした。

だが、安堵のため息をついたのは、キアだけではなかった。

気がつけば、横に六番目と七番目が立っていた。同じように鏡を見つめ、ほっとしたような顔をしている。

キアは二人にささやいた。

「あなた達も、こうやってあたしの姿を見ていたのね？」

「そうだよ」

七番目がうなずいた。

六番目も満足げにつぶやいた。

「ああ、やっぱり。あの子ならうまくやってくれると思っていたわ。私や七番目では、とてもあんなふうに甘えられないもの」

「まったくね。とにかく、これでしばらくは大丈夫だね。あの魔女があたし達を疑うことはまずないはずだよ」

「そうね。自分を慕う子供を、母様が疑うはずないもの」

だからと、六番目と七番目はキアのほうを向いた。

「今のうちよ、八番目」

「そうだよ。五番目が母様を引きうけてくれている間に、どんどん残りを見つけてしまうんだ」

「……まだ続けなくちゃいけないの？」

「もちろんだよ」

「ほら、四番目が来ているわ。彼女からかけらの手がかりを受け取ってちょうだい」

その言葉どおり、霧から薄い影が出てきていた。ここまで来てしまったら、最後までやりとげるしかないらしい。

キアはため息をつきながらも、その影と向きあった。

六

それからというもの、キアは日中はかけらの手がかりを探し、夜は五番目のキアと入れ替わるという生活を続けていった。

五番目はじつによくやってくれた。母様のことをひたすら慕《した》い、甘え、愛情をほしがった。そのひたむきな慕情に、母様は嬉しげに応えていた。

自分になりすましているのが五番目だと気づかぬ母様に、キアは少なからず衝撃を受けた。

母様は、甘えてくれる子がいてくれれば、それでいいというの？

他のキア達の記憶もあいまって、キアの母様への信頼は少しずつ揺らいできていた。

でも、まだ決めかねていた。

キア達の警告が本当なら、いずれはキアも母様の手にかかることになる。だが、それだけはまだ信じられない。その一方で、きっぱり嘘だと思うこともできないのだ。

心を定めるために、キアは残りのキア達を探すことに力を入れることにした。

渡される手がかりはいつもわずかなもので、かけらを見つけるのに、時には何日もかかることもあった。

だが、一つ、また一つと見つかっていった。

四番目のキアのかけらは、歯だった。

新しい歯に押されて抜け落ちた小さな乳歯。それを、四番目は屋根の上から投げようとした。抜けた歯は、高いところから投げると宝石となって戻ってくると、母様から言い伝えを聞いたからだ。

だが、いざ投げようとした時、四番目は茨《いばら》の垣根の向こうから、煙が上がっているのを見た。驚いた拍子に、歯は手からこぼれ、そのまま雨どいと瓦《かわら》の隙間にはまってしまった。だが、四番目はもうそれには見向きもしなかった。

煙が見えた。茨の垣根の向こうに、誰かいるということだ。母様は、私達以外の人間はいないと言っていたけれど、あれは嘘だったんだ。

興奮した四番目は、決まりを破ってしまった。母様に、外のことをうるさく尋ねてしまったのだ。

母様は色々なだめようとしてきた。

あなたの見間違いだ。垣根の外に人はいない。煙はたまたま雲がそう見えただけだろう。そんなことより、新しいおもちゃをあげるから、それで遊びなさい。

が、四番目はごまかされなかった。母様の言葉を嘘だと見抜き、本当のことを教えてと尋ねた。母様の機嫌を損ねるほどにしつこく尋ねてしまったのだ。

こうして、四番目は八歳にして死ぬ羽目になった。

三番目のキアのかけらは、ボタンだった。これは茨の垣根のそばにあった。草におおわれ、しかも半分土の中に埋もれてしまったボタンを見つけ出すのに、五日もかかった。そして、その苦労の報酬《ほうしゅう》として受け取った記憶は、これまたひどいものだった。

三番目は、六番目と同じように好奇心の強い子だった。だが、六番目よりもずっと活発で、その興味は茨の垣根の外の世界へと向いていた。

十歳の時に、それまで温めていた計画をついに実行に移した。垣根を越えようとしたのだ。だが、これは悲惨な結果に終わった。

三番目は十分に気をつけたのだが、自分の背丈の五倍ほどの高さまで登ったところで、トゲに服を引っかけてしまったのだ。はずそうと、思いきり力を入れたところ、体勢を崩し、そのまま落下した。

柔らかな草が受け止めてくれたおかげで、骨を折ることはなかったが、落ちる際に茨に引っかかれ、顔と腕にひどい傷を負ってしまった。

母様の手当てによって傷は癒《い》えたが、ひきつれたような醜《みにく》い痕は消えずに残ってしまった。そして、母様は傷ついた顔を厭《いと》うようになったのだ。

三番目は卑屈なまでに母様のご機嫌をとり、愛情を請うたが、もはや母様の心に愛は戻ってこなかった。そしてある日、ささいなことで癇癪《かんしゃく》を爆発させ、母様は三番目の命を奪った。

だが、三番目よりも無惨だったのが、二番目のキアだ。

このキアは少しぽっちゃりとしていて、これまでの中で最年長の十三歳だった。おとなしく、外よりも家の中で人形遊びや刺繍《ししゅう》をすることを好み、母様の言うことをなんでも聞く、まさに非の打ち所のない良い子であった。

穏やかに毎日を過ごすことに満足していた二番目。

母様に一度として反抗したことはなく、禁じられたことをうるさく尋ねて、母様を困らせることもなかった二番目。

にもかかわらず、十三歳で殺された。理由は大きくなりすぎてしまったから。

十三歳となったある日、この少女はお腹が痛くなり、股の付け根がベタベタするのを感じた。下着を脱いでみたところ、それは血で汚れていた。

二番目は驚愕し、何か重い病気になってしまったのではと、おののいた。だから、夜になるなり、母様に駆け寄り、泣きじゃくりながら汚れた下着を見せた。

だが、母様の反応は思わぬものだった。さぞ心配するかと思いきや、母様はため息をついたのだ。

「……ついに始まってしまったのね」

意味がわからず絶句している二番目に、母様は静かに言葉を続けた。これは月のものというものので、大人の女になったあかしだという。そして、月のものは毎月一度、このようにやってくるのだという。

痛むお腹をおさえて怯えている二番目に、母様は淡々と説明を続けていく。最後に、もう一度ため息をついた。

のが浮かんでいた。

「残念ね。あなたはもう……小さな女の子ではなくなってしまったのね」

母様はいったん目を閉じ、そして開いた。その瞳には、二番目が見たことのない冷ややかなものが浮かんでいた。

こうして、二番目の人生は理不尽にも断たれたのだ。

この記憶を受け取った時は、キアは涙が止まらなかった。

二番目のかけら、二番目が母様にプレゼントしようと、刺繍をほどこし、戸棚の後ろに隠していたハンカチを握りしめたまま、キアは長い間泣き続けた。

そしてようやく理解した。

母様は確かに子供を愛している。だが、その子供は、愛らしく、聞き分けがよく、母様を慕うだけではだめなのだ。大きくなりすぎてしまった子を、母様は決して受け入れない。その証拠に、ほら、集まってきたキア達を見ればわかる。

みんな子供だ。十四歳を迎えられた子は一人もいない。

この事実に、キアはぞっとした。

自分は今十一歳だ。このまま何事もなくやり過ごしていったとしても、否応なく体は大きく、大人になっていく。あと数年で、二番目と同じ最後を迎えることになるだろう。

助かる方法を見つけなくてはならないのだと、キアはやっと認めた。

母様のことは今でも愛している。でも、母様はこちらを同じように愛しているわけではないのだ。それがわかってしまった以上、逃げなければならない。

どうにかして逃げられないかと、キアは他のキア達に相談した。全員（五番目のキアを除いて）が「まずは一番目のキアを見つけるのが先だ」と言った。

「一番目のキアがなぜそんなに大切なの？」

「一番目のキアは、ただ一人、地下室の中を見た子だから」

「……地下室に何があるの？」

「それを、あなたは知らなくてはいけないわ、八番目」

二番に言われ、キアは最後のキアを見つけることにした。

受け取ったかけらの手がかりは、「赤い指輪」だった。


キアは悩んでいた。

一番目のキアのかけらの手がかりは、「赤い指輪」。それはきっと、母様が持っているルビーの指輪のことだろう。キアは実際に見たことはないが、他のキア達の記憶に出てきた。子供達の命を奪うのに使われてきたものだ。母様が指輪をはめた手を振るうと、その前にいた者の心臓は止まってしまう。ぞっとするような代物だ。

それを、なんとかして手に入れなくてはならない。あれはどこにしまってあるのだろう？　館の中では見かけたことがないから、たぶん、地下室にあるに違いない。だが、地下室には入れない。ドアには鍵がかかっているし、あそこに近づくことすら恐ろしい。

だが、指輪はどうしても必要だ。

考えに考えた末、キアは五番目を頼ることにした。この子は、キア達の中でも別格だった。まったく無垢《むく》で、母様のことを心から慕っている。そして、母様に殺されなかった唯一のキアだ。だからこそ、他のキア達はこの子に母様の真実の姿を知らせないようにしていた。そうでなければ、夜のなりかわりも台無しになってしまうから。

無邪気で、愛くるしい五番目。この子にもうひと働きしてもらおう。

キアは五番目に話しかけた。

「ねえ、五番目のキア。あなたにお願いがあるんだけど、いい？」

「なあに？」

「今夜母様に会ったら、言ってほしいことがあるの。まず、母様のブローチを褒めて。すごくきれいだって。それから、母様にはきっと指輪も似合うって言って。赤い指輪があったらいいのにねって言ってほしいの」

「どうして？」

「それは……だって、母様にきっと似合うと思うから。母様にはいつもきれいでいてもらいたいし。あなただってそう思わない？」

「そうだね。うん。母様に言ってみるね」

「ええ、ええ、お願い」

ここでキアは息を吸いこんだ。

「そうだ。それでね、母様が赤い指輪を持っていると言ったら、見たいってお願いして。そして……指輪を触らせてもらって。あと、その時だけはあたしと交替してほしいの」

「いいけど、なんで?」

「母様の指輪を自分の目で見てみたいから。ね、お願い。いいでしょう?」

「わかった。そうしてあげる。でも、ちょっとだけだからね。残りの夜の時間は、全部あたしのだからね」

「もちろんよ。……ありがと、五番目」

さあ、種はまいた。芽が出るかは、母様次第だ。あと、五番目のおねだりの仕方にもよる。

「五番目なら大丈夫よ」

「うん。あの子ならきっとうまくやってくれるって」

「……そうね」

その夜、キアは他の子達と一緒に鏡の前に立ち、そこに映る現実を息を殺して見守った。

いつものように五番目は母様に甘え、幸せそうに笑っていた。この頃はすっかり甘えん坊になってしまったのねと、母様はあきれつつも嬉しげに相手をしている。

いつ指輪のことを切り出すのかと、見守っているキア達はやきもきした。

風呂に入ったところで、五番目はようやくそのことを思い出したらしい。母様の胸のブローチを指差し、言った。

「前から思ってたけど、母様のブローチ、すごくきれいね。きらきらしてて、色もすてき」

「そう?」

「うん。すごく似合ってる。そう言えば、指輪はつけないの？　母様なら、きっと赤い指輪なんか似合うと思うんだけど」

来た！

キアはぎゅっと手を握り合わせた。

お願い！　お願い！　お願い！　うまく話に食いついて！

キアの、キア達の願いが通じたかのように、母様が笑った。

「赤い指輪？　赤い宝石のついた指輪ってことかしら？　それなら、持っているのよ」

「ほんと？　見たことないけど」

「……大事なものだから、ちゃんとしまってあるのよ」

「ねえ、母様」

五番目の声がぐっと甘くなった。

「それ、見てみたい。赤い宝石なんて、見たことないし。母様がはめてたら、絶対すてきだと思うし。はめているところ、見せてくれない？　ねえ、お願い」

母様は最初はあまりいい顔をしなかった。だが、五番目の無邪気なおねだりに、とうとう降参した。

「いいわ。わかった。それじゃあとで見せてあげる。ほら、あごをあげて。首の下を洗ってあげるから」

「うん」

そのあと、母様は五番目の体をふいて乾かし、寝間着に着替えさせた。そして、先に居間に行っているように言いつけ、地下室へと消えていった。

五番目は言われたとおり居間に行き、そこでキアと入れ替わった。

キアはどきどきしながら待った。母様と直接向き合うのは久しぶりな気がした。正直、怖くてたまらない。だが、踏みとどまらなくては。自分が助かるために、一番目のキアのかけらを手に入れなくては。

そのまま待っていると、母様がやってきた。その左手の中指には、真っ赤なルビーの指輪がはまっていた。

体の中で、母様に殺された少女達が悲鳴をあげるのが聞こえ、キアの恐怖をさらにかきたてた。だめよ。こらえて。しっかりしないと、母様に怪しまれてしまう。

キアはわざとうっとりした顔をして、指輪を見つめた。

「すごくきれいね、母様」

「……そうね。これだけ大きなルビーはそうはないでしょうね」

「触ってみてもいい？」

「触るだけなら。でも、はめるのはだめよ。これは母様だけのものだから」

「うん」

母様の白い手ごと、指輪がキアの前に差し出される。キアは息を整えながら、どこか黒ずんでさえいる赤い宝石に触れた。

その瞬間、悲しげな吐息のようなささやきが聞こえてきた。

「やっとあたしのところまで来たわね、八番目のキア。最後のキア」

振り返れば、そこにはくるくる巻いた黒髪に黒い目をした、浅黒い肌の少女がいた。年頃は七歳くらいだろうか。なんとも言えない感情を目に宿し、こちらに手を差し出している。

キアは迷わずその手を取った。

「見つけたわ、一番目のキア」

そして、一番目のキアの物語が始まった。


一番目のキアはとても臆病な子だった。臆病ゆえに、いつも母様のそばにいたがる子であった。昼間、母様がいないことに慣れることはなかった。夜は夜で、よく悪夢を見ては目を覚ました。

その夜もそうだった。

悪夢で飛びおき、キアは無性に母様に会いたくなった。

今すぐ抱きしめてもらいたい。大丈夫よと、優しく声をかけてもらいたい。もう一度眠るまで、そばにいてもらいたい。

夜は自分の部屋から出てはいけないと言いつけられていたが、とても我慢できなかった。決まりを破って、キアは部屋の外に出た。

だが、館のどこを探しても、母様は見つからなかった。屋根裏部屋まで見に行ったというのにだ。

残っているのは外と地下室だけだ。だが、母様が夜に外へ出るわけがない。そう思ったキアは地下室へと向かった。

地下室のドアは開いており、さらに地下へと続く階段があった。キアは母様に会いたい一心で、その階段を降りていった。

階段の先は、かなり大きな部屋となっていた。そこには大きな壺や箱などがたくさんあり、ほのかに赤い光に満たされていた。

光っているのは、部屋の中央にある巨大な丸い器だった。分厚い透明のガラスでできており、中で泳ぐことだってできそうだ。

器には、何本もの管が差しこまれていた。管は天井から木の根のように生えており、その先端からは、ぽたぽたと、赤く生臭い液体がたれ、器の中に滴りおちている。すでに器は赤く濁《にご》った半透明の液体でいっぱいだ。

これはなんだろうと、キアが不安に駆られた時だ。衣擦《きぬず》れの音が近づいてきた。

母様だとわかったとたん、キアは自分でもわからない行動をとっていた。とっさに、部屋の隅にある大きな壺の陰に隠れたのだ。

隠れたあとで、不思議に思った。

母様に会いたくて、ここまで探しに来たのに。どうして隠れなきゃと思ったのだろう?

首をかしげている間にも、母様が地下室におりてきた。その目は満足げに輝き、顔はうっすらと汗ばみ、手には銀色の鞭が握られていた。

キアがいることには気づかず、母様はさっと着ていたドレスを脱ぎ捨て、裸となった。まぶしいほど白い裸身のまま、部屋を突っ切り、奥にある黒い箱の前に立つ。そして、その箱のふたをゆっくりと開け、中にあったものを取り出した。

それは茶色く干からびたものだった。手足があり、頭があり、長い黒髪もついている。母様はそれを愛《いと》おしそうに抱きしめながら、何かささやき、歌いかける。長い時間をかけて愛撫したあと、母様はそれをふたたび箱へと戻した。

と、今度はどこからか取り出したルビーの指輪を指にはめ、中央のガラスの器へと近づいた。そして、縁をまたぎ、まるで風呂桶に入るように、躊躇《ちゅうちょ》なく赤い液体の中に入っていったのだ。母様の全身が液体の中に沈み、そのまま身を丸めるのが見えた。微笑《ほほえ》んだまま、じっと動かず、息継ぎをするために出てくる様子もない。

このままでは溺れてしまうのではと、キアは我慢できずに隠れ場所から飛び出した。

「母様！」

かっと、母様が目を見開いた。その口が大きく開き、あぶくがぐわああっとあふれる。

立ちすくんでいるキアの前で、母様が器から飛び出してきた。白い体は赤く汚れ、美しい顔は醜く歪《ゆが》んでいた。

もっとも見られたくない姿を見られたことに、逆上したのだろう。母様は言葉にならない叫び声と共に、キアに襲いかかってきた。長く強靭《きょうじん》な指が、キアの細い喉をつかみあげ、ぎりぎりと絞め上げる。その力はすさまじく、はめていたルビーの指輪の台座の爪がキアの柔らかな肌にめりこんだほどだった。

傷つけられた肌からは、血が一滴、ルビーへとしたたった。母様にも気づかれなかった血のしずくは、そのまま宝石の裏側にまで伝わり、そこに留まったのだ。


はっと我に返るなり、キアは指輪から急いで手を離した。

まるで火に触れたかのようなしぐさに、母様が怪訝《けげん》そうな顔をした。

「どうしたの？」

「う、ううん。なんでもないの」

「顔色が悪いわよ。大丈夫？」

もう自分では持ちこたえられそうにないと、キアはすぐさま五番目に椅子を譲り渡した。五番目はすぐに笑顔を浮かべた。

「平気！　ねえ、その指輪にもう一度触ってもいい？　ねえ、いいでしょ？」

「それじゃあと一回だけね。それがすんだら、髪をとかすから」

「うん」

だが、五番目と母様のやりとりなど、キアにはもはやどうでもよかった。

ついに、一番目のキアを見つけた。いまや、自分の中には七人の少女がいる。キアの名を持ち、魔女の娘という役目を与えられた子達。不幸な死に方をもたらされた子達。その人生と記憶が、いまや全てキアのものとなっている。

いくつもの感情があふれ、体も心も破裂しそうだ。涙を浮かべながら、キアは七人の少女達を見回していった。

怒りを秘めた七番目。

好奇心と恐怖を浮かべた六番目。

椅子に座っている無邪気な五番目。

口達者で興奮しやすい四番目。

活発で行動力のある三番目。

陰気な目をしたおとなしい二番目。

そして臆病で寂しがり屋の一番目。

全員が愛しかった。みんなキアの分身、姉妹だ。こうして全員集まったからには、なんとか全員で母様から逃げたい。

これからどうしたらいいのと、キアが聞こうとした時だ。

ふいに、七番目のキアが歌い出した。

九つの星が集う時
昼に夜が訪れる
その暗闇は幸いなり
始まりの子と最後の子

二人の子供が門を開き
魔女の刻は終わりを告げる

歌い終えたあと、七番目は言葉を続けた。

「これは村で聞いた予言の言葉だよ。お年寄り達がささやいていたんだ。予言が本当になるのはいつだろうって。あたしは……ずっとずっとこの予言の意味を考えてきた。死んだあともずっと。他のキア達とも話し合ってきた。そして、わかったんだ。九つの星っていうのは、あたし達のこと。全員がそろうと、何かが起きる。そして、始まりのキアと最後のキアが門を開けて、外の世界へ行くことができるんだって」

七番目のあとを引き継ぐように、二番目が言った。

「その時、魔女の刻も終わるというから、きっとあの女にも破滅がもたらされるってことだと思うわ。……私はそれが見たい」

二番目の目には七番目をもしのぐような憎しみがあった。生きていた頃は母様に従順であっただけに、母様への恨みは人一倍強いのだろう。

ちょっとひるみながらも、キアはここであることに気づいた。

「ちょっと待って。九つの星って……あたし達は八人よ?」

「そう。まだ全員そろっていないってことだ。始まりのキアが必要なんだよ、八番目」

ますますわけがわからなくなり、キアは一番目を見た。

「あなたが始まりのキアでしょ?」

「違う。あたしはただの一番目。……あなたも見たはずよ。地下室で、始まりのキアを」

キアは先ほど見た一番目の記憶を思い出した。

母様が箱から取り出し、抱きかかえたもの。干からびた人形のようなもの。

ひゅっと、喉の奥が鳴った。

「あれが……あれがそうなの?」

「そう。あれが始まりのキア。魔女の本当の娘」

あの子に会いに行かないといけないと、一番目が言った。

「あの子が必要なの。あたし達全員が助かるために。さもないと、八番目には死が、あたし達には二度目の死がやってくる」

重い声音だった。

七

母様が五番目を寝かしつけたあとも、キアは他のキア達と話し合いを続けた。だが、どんなに議論を交わしても、結論は同じだった。

予言を実現することが、自分達の命を救うことになるはず。そして、そのためには、地下室におさめられた始まりのキアの亡骸《なきがら》を持ち出さなければならないと。

地下室に入ることを考えるだけで、キアは震えが止まらなくなった。そんなキアを、他の少女達は口々に励ました。

「大丈夫よ。昼間なら、きっと母様は眠っているはずだから。あのガラスの器の中でね」

「そう。あの中に入って、力と若さを保っているんだと思うよ。あれは……たぶん血だから」

「血？　だ、誰の血だって言うの、七番目？」

「八番目も、六番目の記憶を見たはずだよ。夜の間に痛めつけられてた人達さ」

「……………」

「あの人達から搾り取られた血は、土を伝わって、地下にあるあの部屋へと届くんだ。その血に浸かって、魔女は力を強めているに違いないよ」

「あの人達は……いったい誰なの？」

キアの問いに答えられる子はいなかった。ただ、一番目だけが小さく言った。

「その答えは、たぶん始まりのキアが知っていると思う」

やはり、どうあっても始まりのキアが必要らしい。

だが、とても無理だと、キアは尻込みした。一番目の死に様が目に焼きついている。地下室に入ってしまった一番目に、母様はあれほど激怒したのだ。のこのこ忍びこんで見つかってしまったら、同じことが繰り返されるだけだろう。

と、二番目が口を開いた。

「でも、母様がどんなに力のある魔女だとしても、ずっと眠らずにいられるわけがないわ。一晩中起きていて、庭で鞭を振るっているのなら、絶対に疲れるはずだし……昼間、ずっと地下室から出てこないのは眠っているからじゃない？」

「つまり、昼間なら地下室に忍びこんで、始まりのキアに近づくことができるって言いたいんだね、二番目？」

「そういうことよ、三番目」

確かにそうかもしれない。だが、それは憶測にすぎない。むやみやたらに試すには、危険すぎる。

ためらうキアに、二番目が静かに言った。

「ねえ、八番目のキア。あなた、自分はまだ大丈夫って、思っているんじゃない？　あの人に殺されるまで、まだまだ余裕があるはずだって」

「……」

「でもね、あの人の心がいつ、どう変わるかなんて、わからないものよ。それにあなただってうかもしれない。そうなったら、三番目にしたように、あの人はあなたを処分するでしょう」

……いきなり顔を怪我してしまうかもしれない。あるいは、病気でひどいできものができてしま
キアは思わず三番目を見た。いかにも俊敏《しゅんびん》そうな小柄な少女。その額から口元にかけて、二筋の白い傷跡が走っている。母様はこれが気に入らず、三番目を始末したのだ。

ぞっとしているキアに、二番目はさらにたたみかけた。

「それに、私みたいに、いつ月のものが始まってしまうかもわからない。あなたに残された時間は、長いかもしれない。でも、もしかしたらとても短いかもしれないのよ。……私達は今、あなたの中に宿っている。あなたが死ねば、私達はもう一度死ぬことになる。それが……私には許せない！」

二番目の目に陰気で強烈な炎が燃えあがった。

「私は二度と、あの女に殺されたくない！　他の子が殺されるのも見たくない！　そんなこと絶対に許せない！　だめだめだめ！　あの人にとって、私達は娘じゃなかったのよ、八番目！　私達は人形。あきたり、気に入らないところが出てきたりしたら、壊してしまえばいい人形。冗談じゃないわ！　私達はみんな心があるのに！」

二度とこの心を踏みにじらせはしない。

強い意志をこめて、二番目はキアを見つめた。

「どうしても無理というなら、私に椅子をゆずって。そうしたら、私が地下室に行ってあげるから。あなたはここで私が地下室に入っていくのを見ていればいいわ。……それでどう?」

キアは黙っていた。二番目の今の言葉が、心に突き刺さったのだ。

人形。ああ、確かにそうだ。母様の子供達への扱いは、人形と同じだ。かわいがり、だが、何か問題があれば、すぐに壊して新しいものと取り替える。そうして七人の少女が殺され、八番目の自分がこの黄金館に招かれた。これまでの少女達の、代用品として。

かっと、初めて母様への純粋な怒りがわきあがってきた。

二番目の言うとおりだ。こんなことは許せない。

怒りは力となり、キアの全身に駆けめぐった。

キアは少女達を見回した。

「どのみち、みんなで行くんだものね。……あたしが行くわ。そして、みんなで逃げよう」

話は決まった。

翌朝早く、キアはベッドから起きあがった。そのまままっすぐ地下室へと向かった。

決して近づいてはならないと言い聞かされてきた地下室のドア。黒い鉄枠がはめこまれ、蛇をかたどった取っ手も禍々《まがまが》しい。

一人だったら、とても耐えられなかったかもしれない。だが、キアは一人ではなかった。七人の仲間、七人の姉妹が自分の魂によりそってくれている。少女達の存在そのものが、キアを支えてくれた。

だから、キアは思いきって取っ手に手をかけた。

だが、やはりと言うべきか、ドアは押しても引いてもびくともしなかった。鍵がかかっているのだ。

「どうする？」

「斧で鍵を叩き壊したら？」

「それはさすがに……それでドアが開かなくて、夜になって母様が出てきたら、それこそ終わりだよ」

ひそひそとささやくキア達。

と、六番目が声をあげた。

「いいことを思いついたわ。粘土で鍵の型を取るの。その型通りに、鍵を作ったらどう？」

「そんなこと、できるの？」

「できると思う」

答えたのは四番目と三番目だった。

「あたし、指が器用なの」

「あたしも。固いものを芯にすれば、粘土でもしっかりとした鍵を作れると思うよ」

キアはいったん部屋に戻り、粘土を持ち出した。

この粘土も母様にもらったものだ。一時期はこれで夢中になって遊び、自分で色々な動物や人形を作ったものだ。だが、しばらく遊んでいなかったので、粘土はすっかり固くなってしまっていた。

大丈夫だと、四番目が言った。

「水で濡らした布で、しばらく粘土を包んでおけばいいよ。そうすれば、柔らかくなるから」

キアは言われたとおりにし、二時間ほどしてから粘土を取り出してみた。確かに柔らかくなっていたので、ここぞとばかりによくこねくりまわした。そうすると、ますます柔らかく、粘り気が出てきた。

「これでどう?」

「よさそうだね。じゃ、それを鍵穴に押しこんで、ゆっくりと引き出すんだ。うまくすれば、鍵の型がきれいに取れるはずだから」

「う、うん」

キアは地下室のドアの前に戻り、言われたとおりに粘土を鍵穴へと押しつけた。何度か失敗したものの、ついに完全な鍵の形をした粘土を取り出すことができた。

鍵穴のまわりについてしまった汚れをきれいにぬぐいとったあと、キアは取れた鍵の型を大事に持って、自分の部屋に戻った。

「よくやったね、八番目。あとはあたしにまかせて」

自信たっぷりに言う四番目に、キアは椅子をゆずった。

四番目はさっそく手を動かし出した。取れた型を見ながら、細い小枝を芯にして、針金を巻きつけ、鍵の形を作っていく。

自分にはない器用さに、キアは感心した。

ある程度形が整うと、四番目は三番目と交替した。三番目は、四番目が作りあげた鍵の原型に、丁寧《ていねい》に粘土をはりつけて肉付けしていき、より鍵の形へと近づけ始めた。指先を刷毛《はけ》のように使い、きれいに撫でつけていく。

ようやく出来上がった時には夕暮れに近かった。

「どうする?」

「今日はここまでね。どのみち、しっかり乾かしたあとじゃないと、この鍵は使えないから。あ、鐘が鳴り出したわ」

「五番目！　五番目、母様に会っておいで」

「うん！」

キアは鍵を隠したあと、五番目に席をゆずった。

そして、朝が来るのを待った。次の朝こそ、地下室のドアを開けるのだ。

翌日、キアはふたたび地下室のドアの前に立った。

作った粘土の鍵は、もう固く乾いている。芯が入っているから、丈夫なはずだ。

お願いだからうまくいってと祈りながら、キアは鍵を鍵穴に差しこんだ。ちょっとガタガタしたものの、なんとかはまった。

息を吸いこみ、ゆっくりと回した。

鍵にかかる重みが手に伝わってきた。

重い。それに硬い。はたして粘土の鍵は持ちこたえられるだろうか。

そう思った次の瞬間、ばきりと、何かが折れる音と感触が伝わってきた。

キアは慌てて鍵を引っぱり出した。鍵の先がぼろりと折れて、芯となっている針金が剝き出しになっていた。

だめだった！　やっぱり粘土ではもろすぎたのだ！

青ざめるキアに、七番目の声が響いてきた。

「八番目。八番目、ほら、見て！」

その嬉しげな呼びかけに、キアは涙目のまま顔をあげた。

ドアが、小さく開いていた。

目を瞠《みは》るキアに、四番目が嬉しげに言った。

「鍵は壊れたけど、その前にちゃんと開けてくれたんだよ！　ちゃんと役目を果たしてくれたんだ！」

「で、でも、鍵が……」

「壊れたけど、いいじゃない。どうせ何度もこの地下室に出入りするわけじゃないんだから」

この言葉に、キアは気持ちを持ち直した。

そうだ。この地下室に何度も出入りするつもりはない。入るのはこれが最初で最後だ。

息を吸いこみ、キアはドアを大きく開いて、下に続く階段を見下ろした。うっすらと暗く、奥のほうは赤く光っている。

足音を忍ばせ、キアは一歩ずつ階段を降りていった。床板がきしむたびに、体が飛びあがりそうになる。他のキア達の励ましがなかったら、とてもやりとげることなどできなかっただろう。

キア達に支えられ、キアはなんとか地下室へとたどりつくことができた。

地下室の様子は、一番目のキアの記憶のままだった。大きな壺や箱がいたるところにあり、赤い光がぼんやりと部屋中を照らしている。

そして、中央には血で満たされた大きなガラスの器があり、その中には長い黒髪をゆらゆらと広げた母様が身を丸めていた。ルビーの指輪だけを指にはめ、あとは裸だ。きっと、あの魔法の指輪は、母様と同じように、血の中に浸《ひた》ることで力を増すのだろう。

ごくりと、キアはつばをのみこんだ。その音が、やたら大きく響いた気がして、いっそう冷や汗が出てきた。

だが、母様は動かない。ぐっすり眠っているのだ。

大丈夫。今なら大丈夫。

自分に言い聞かせ、キア達から励まされ、キアはそろそろと足を進めた。部屋を横切り、奥にある黒い長方形の箱を目指す。そのふたを開ける時は、背筋に寒気が走ったが、それでも動きは止めなかった。

そうして、箱におさめられた少女の亡骸と向き合ったのだ。

それはからからに乾いた木の根の塊のようだった。肌は茶色くしなび、無数のしわがよっていた。目鼻のあったところには、うつろな黒い穴が開いているだけ。唇は薄く干からび、かすかに開いていて、小さな歯がのぞいていた。

黒い髪だけはまだ豊かにはえていたが、艶《つや》はまったくなく、ばさばさとした麻糸のようだった。豪華な刺繍《ししゅう》をほどこした美しい服を着てはいるが、とても人とは思えない。

だからだろうか。キアが感じたのは恐ろしさや嫌悪ではなく、哀れみだった。

「……始まりのキア」

そっと呼びかけながら、キアは亡骸の手首に触れた。

八

一人の寡婦《かふ》が、娘と二人で暮らしていた。財産は、夫が遺した小さな農場のみ。だが、その暮らしは豊かだった。農場からは、いつもその規模以上の実りが採れたからだ。

女が笑いかければつぼみは弾け、歌いかければ麦はすくすくと育った。女に触れられた果樹達は、嬉しげに身を震わせて、実を大きく熟すのだ。

そう。女にはまぎれもなく大地の加護が備わっていた。

それを見抜き、妬《ねた》んだ村人の一人が、領主に女のことを告げた。

領主はすぐに動いた。女の娘を人質にし、自分の領地に豊饒《ほうじょう》をもたらせと、女に命じたのである。

娘のためにと、女は必死で領主の土地に歌いかけた。だが、心にあるのはもはや喜びと平安ではなく、恐怖と怒りだった。それは女の声を濁《にご》らせた。

結果、領主の土地は衰えた。作物は虫に食い荒らされ、果樹は枯れ、ブドウは舌が痺れるほど酸っぱくなった。

わざとしたことではなかったが、当然、領主は激怒した。娘は女の前で殺され、その亡骸《なきがら》と一緒に、女は牢に放りこまれた。

冷たくなった娘を抱きながら、女は泣いた。悲しみと憎悪に満ちたその嘆きは、地下深くより影を呼び出した。

影は女の心を穢《けが》し、かわりに強大な力を与えた。

女は茨《いばら》の魔女となり、復讐を果たした。憎い領主の館を茨で囲み、我が物としたのだ。そして領主とその一族を裸に剝き、木に変えた。さらにあたり一帯の土地に呪いをかけ、作物が実らないようにした。自分を裏切った村人、その村人が属する村が飢えるようにと。

憎む相手全てに呪いをかけ、魔女は手に入れた館の中で敵どもの苦しみを楽しんだ。だが、心にあいた虚《うろ》は埋まらなかった。

憎しみだけではだめだった。愛が必要だった。

そこで、女は自分の呪いでぼろぼろになった村に取引を持ちかけた。村で生まれた赤ん坊を一人、自分に渡せ。そのかわり、畑に豊饒をもたらしてやろうと。

呪いと飢饉で滅びかけていた村人達は、すぐさまその条件をのみ、黒い巻き毛の女の赤ん坊を差し出してきた。

魔女はその子をキアと名づけた。

魔女の娘はいつだってキアだった。

始まりのキアから伝わってきた物語を、キアとキア達はゆっくりと飲みほした。

物語は苦みと悲しみの涙の味がした。この涙は始まりのキアのものだと、キアは悟った。始まりのキアの魂を、キアは感じた。他のキア達とは違う、母様に対する想い。それがひしひしと伝わってくる。

「あなた……悲しいのね。母様があんなふうになってしまって……あなただって、こんなふうに箱に入れられているべきじゃない。……あたし達と一緒に行こう」

ささやきかけ、キアは始まりのキアを箱から抱きあげた。始まりのキアは人形のように軽かった。その体はいかにももろく、そっと運ばないと、あちこちが砕けてしまいそうだ。

慎重に抱きかかえ、キアはそっと部屋を横切り、階段を目指した。その間も、器の中の母様から目を離さなかった。

大丈夫。まだ眠っている。

静かな眠りに浸《ひた》っている母様の姿に、キアは複雑な気持ちに駆られ、涙がわきそうになった。かわいそうな、そして残酷な人。一人の母親から冷酷な魔女になりはててしまった人。理不尽に娘を殺されたことには、心から同情する。が、だからといって、自分達にしたことを許す気にはなれなかった。

「……さよなら」

小さくつぶやき、キアは階段を上がっていった。

そうして、一階に戻ると、そのまま館の扉へと向かった。

扉を開け放つと、さあっとまばゆい光が差してきた。すばらしい晴天が広がっている。まさに雲一つない青空だ。庭の草は青々と輝き、その先の果樹達はたわわにオレンジを実らせている。闇も穢れもない昼間の外に向かって、キアは一歩踏み出した。

その瞬間、空気が変わった。風がやみ、甘くさわやかな大気は重たくよどみ、不気味に静まりかえる。そして、暗くなりだした。

空を見れば、太陽が欠け始めていた。

キアの中で、七番目がけたたましく叫んだ。

「九つの星が集う時、昼に夜が訪れる！　その暗闇は幸いなり！　予言は本当だったんだ！　あたし達が集まったことで、昼間に夜がやってきた！」

キアがうなずく間にも、暗闇は広がっていく。

ついには空は黒一色に塗りつぶされ、大地も闇に沈んだ。そして、突如暗闇におおわれたため、黄金館は夜が来たと勘違いしたらしい。夜を知らせる鐘が響き出した。

だが、その時にはキア達は茨の垣根を目指して走り出していた。

どんどん枯れていく果樹の間をすりぬけ、雨のように降り注ぐ枯れ葉をかきわけながら前に進む。

やがて垣根が見えてきた。

あと少しだと安堵しかけた時、キアはざざざという足音を聞きつけた。

振り向けば、恐ろしい速さで、母様が迫ってくるところだった。血の器から飛び出し、そのまま追いかけてきたのだろう。髪はべっとりと濡れていて、体も裸のままだ。その指にはルビーの指輪が赤々と輝いており、母様の目もルビーのように燃えていた。

母様の口が裂けんばかりに開き、憎悪の叫びがキアに向かって放たれた。

「裏切り者！　おまえも私を裏切るのね！　これまでの子供達と同じように！　あんなに愛してやったのに！」

叫びながら、母様は大きく手を振りあげた。心臓を守るために、キアはとっさに始まりのキアを盾とした。

娘の亡骸を盾にされ、母様の動きが止まった。だが、その目はいっそう憎々しげに煮えたぎった。

「娘を返しなさい！　キアを傷つけたら許さない！」

その言葉に、キアは我を忘れた。他のキア達もだ。五番目を除いた七人の少女は、いっせいに叫び返した。

「この子が本物のキアなら、なんであたし達にキアって名前を与えたの！　そうだよ！　なんで！」

「………」

「もともと、母様にとってのキアはこの子だけだったんでしょ！　だったら、あたし達なんか必要なかった！　そうよそうよ！　私達にキアなんて名づけなければよかったのよ！　母様はひどい！　母様とこのキアをひどい目にあわせた領主達よりもひどい！」

キアの言葉、そしてキアの口からたくさんの少女の声があふれたことに、母様の顔が青ざめた。

怒りが消え、戸惑《とまど》いが浮かぶ。

「な、なぜおまえがそのことを知っているの？　それは……ずっと昔のことなのに。それに、その声……」

「そんなことどうでもいいでしょ！　あ、あたし達にはそれぞれ違う生き方があったはずなのに！　勝手にキアにして、まがい物として処分して！　あんなふうに死んでいい子は一人もいなかった！　みんな、母様のことが好きだったのに！　裏切り者は母様だよ！」

全員で荒々しく叫んだ拍子に、キアの手に力がこもってしまった。

ぱきりと、乾いた音を立てて、始まりのキアの右腕が地面に落ちた。

それを見たとたん、母様の形相が変わった。顔はさらに白くなり、目にはっきりと殺意が浮かぶ。怒りで熱くなっていたキアですら、ざあっと寒気に襲われるようなすさまじさだ。

ひるむ少女に向けて、母様はもう一度手を振りあげた。

その時だった。ふいに、空から光が差してきた。

闇から、太陽が出てきたのだ。

さあっと、ドレスの裾が広がるように、光が地上をおおっていく。

その光を浴びたとたん、母様は絶叫した。その白い肌がみるみる焼け焦げだした。紙に火が燃え広がるように、黒い焦げは母様の全身に広がっていく。ひび割れ、ばりばりと弾けていく肌の下から、真っ赤なザクロのような肉がのぞく。だが、その肉もすぐに黒へと変わっていくのだ。

立ちすくんでいるキアとキア達に、母様は目を向けた。すでに鼻は崩れ落ち、右目がどろりと溶けていた。

ぱりぱりに皮がめくれあがった唇を開き、母様は何か言おうとした。だが、その口からあふれたのは声ではなく、もくもくとした黒煙だった。

そうしてふたたび輝かしい昼間が戻ってきた時には、母様はすっかり燃え尽き、ひと山の黒ずんだ灰と化していた。

魔女は死んだのだ。

キアはふいに息苦しさを覚えて、口を開いた。驚きのあまり、息をするのを忘れていたらしい。

「ど、どういうこと？　なんでこんな……」

あえぐキアに、同じほど動揺しながらも二番目が言った。

「母様は闇のなにかと取引して、魔女になった。その代償として……太陽の光に耐えられない体になったんだと思うわ」

「じゃあ……昼間、地下室にこもっていたのも、そのせいだったのね」

呆然《ぼうぜん》とつぶやきながら、キアは残った灰の山を見つめた。母様が死んだことを、どう感じていいのかわからなかった。喜ぶべきなのか、それとも悲しむべきなのか。一つだけ確かなのは、これで自分達は安全だということだけだ。

一方、そんなキアの中では、少女達がそれぞれのやり方で魔女の死を受けとめていた。

魔女が死んだと、小躍りしている七番目と二番目。

これでもう怯えないですむと、ほっとしている六番目。

一番目と三番目、四番目も、母様の死をじっくりと嚙みしめていた。

ただ一人、五番目のキアだけはすすり泣いていた。母様が死んでしまったことを心から悲しんでいたのだ。

それを慰めながらも、キアは黄金館のほうを見た。

母様の死は早くも多くの変化をもたらそうとしていた。

果樹に変えられていた人々が立っていた。束の間の夜によって、人間の姿になったらしい。すでに太陽はさんさんと輝いているが、もはや木に戻る様子はない。その顔にも、もう苦しみは見られなかった。

ほっとしたような顔をしながら、一人、また一人と、地面に横たわっていく人々。その体は見る間に土となり、大地に取りこまれていった。

さらにその向こうでは、黄金館が轟音《ごうおん》を立てて崩れていくところだった。あの館も、ついに役目が終わったということだろう。

これで魔女の魔法は二つ砕けた。残るは茨の垣根だけだ。

キアは茨の垣根に向き直り、ゆっくりとそちらに向かっていった。

凶悪な壁となっていた茨。だが、始まりのキアを抱いたキアが近づいていくと、太いツタはみるみるしおれ、硬く鋭いトゲも抜け落ちだした。そうして、まるでへたりこむように、左右に分かれたのだ。

外への道が開かれた。

道の向こうに見える緑の丘に、キア達の心は否応なく高鳴った。

世界だ。

キアはすぐにも走り出したいと思った。だが、ふと思い直し、いったん引き返した。そして、母様の灰の横に始まりのキアをそっと置いたのだ。母様への恨めしさ、怒りはまだ残っているが、こうするのが正しいことだと思った。他のキア達も何も言わなかった。

「さ、行こう!」

キアは今度こそ外を目指して駆け出した。

外の世界はどんなところだろう? もしかしたら、ここよりも残酷で、嫌なこともたくさんあるかもしれない。だが、それでもいい。自分達は自由なのだ。色々なところに行き、様々なものを見ていこう。なにより、自分達は一人ではない。八人だ。この八人でなら、できないことは何もない。

笑みを浮かべながら、キアは垣根の道を駆け抜けた。

銀獣の集い
廣嶋玲子短編集

2021年1月8日　初版

著　者　廣嶋玲子《ひろしまれいこ》

発行者　渋谷健太郎

発行所　株式会社東京創元社
〒162-0814 東京都新宿区新小川町1-5
電話　(03)3268-8231
http://www.tsogen.co.jp

装画・挿絵：橋賢亀
装　幀：大野リサ
印　刷：フォレスト
製本所：加藤製本

乱丁・落丁本は、ご面倒ですが小社までご送付ください。
送料小社負担にてお取り替えいたします。

ISBN978-4-488-02819-0 C0093

心温まるお江戸妖怪ファンタジー・第1シーズン

〈妖怪の子預かります〉

廣嶋玲子

＊

ふとしたはずみで妖怪の子を預かる羽目になった少年。
妖怪たちに振り回される毎日だが……

1. 妖怪の子預かります
2. うそつきの娘
3. 妖《あやかし》たちの四季
4. 半妖の子
5. 妖怪姫、婿をとる
6. 猫の姫、狩りをする
7. 妖怪奉行所の多忙な毎日
8. 弥助、命を狙われる
9. 妖《あやかし》たちの祝いの品は
10. 千弥の秋、弥助の冬

装画：Minoru